講談社文庫

わけあり師匠事《こと》の顚末

物書同心居眠り紋蔵

佐藤雅美

講談社

目次

わけあり師匠事《こと》の顛末

物書同心居眠り紋蔵

密通女の思う壺

一

　ヒューと冷たい風が首筋をなでる。江戸は真冬に入ったようで、紋蔵《もんぞう》は身体《からだ》を縮こまらせて当番所《とうばんしょ》にすわっている。三番組当番与力の助川作太郎《すけがわさくたろう》がいう。

「つぎ」

　男と女が当番所前のタタキに跪《ひざまず》いていう。

「恐れながら申しあげます」

「うむ」

「四ツ谷塩町《よやしおちょう》一丁目次兵衛店《じへえだな》の幸之助《こうのすけ》と申します。薪炭商《しんたんあきな》いをやっております。わたしにはきよと申す妹がおり、四日前に、堀之内《ほりのうち》の御祖師様《おそしさま》に参詣にまいりました。ところが、これ、このとおり」

　と幸之助は横にいる女の髪を後ろからぐいと引っ張る。女の顔が寒空にさらされる。ぶたれるか殴られるかしたようで、右目のまわりに隈《くま》ができていて唇《くちびる》も切れている。

「いまはそれでも腫《は》れがかなりおさまっているのですが、夜遅くに帰ってまいりましたときは、それはもうひどいご面相で、そのうえ、膝に擦り傷を数ヵ所、太股《ふともも》と尻には痣《あざ》をこしらえております。ご覧になられますか」

　助川作太郎は顔をしかめていう。

「ここではなんだ。あとで、女　衆《おなごしゆう》にでも確かめてもらう」

「着物もこのように」

　と持参してきた風呂敷を広げる。

「ずたずたに引き裂かれており、ようやっと家に辿《たど》り着いたふうで、それはもうびっくりいたしまして、どうしたんだ、誰にやられたんだと聞きましたが口をつぐんでなにも申しません。それでも根気よく問い質《ただ》すと、一昨日《おとつい》、やっと打ち明けました。堀之内からの帰り、顔見知りの仕事師惣吉《そうきち》に声をかけられ、連れ立って帰ることになったそうなのですが、途中にある内藤大和守《ないとうやまとのかみ》様の下屋敷には塀などというものはなく、街道からちょっと入ったところに森のようなところがあるのだそうで、そこへ連れ込まれて無念にも押《お》して不義《ふぎ》におよばれましたと」

「強淫《ごういん》されたと申すのか？」

「さようでございます」

押して不義におよぶ。つまり強姦《ごうかん》を当時は強淫といった。

「むろん、はげしく抗《あらが》ったそうなのですが男の力には敵《かな》いません。とうとう思いを遂《と》げられてしまいましたとも。仕事師の惣吉はわたしもよく知っております。それですぐに、どういうことだと掛け合いにまいりました。するとそれはなにかの間違いだろうと惣吉はとぼけます。はい、そうですかと引き下がるわけにはまいりません。町《ちょう》役人《やくにん》の皆様方にお願いしてこのように御同行を願い、御訴訟を申しあげる次第でございます。これが目安《めやす》（訴状）でございます」

と懐《ふところ》から書状をとりだしてつづける。

「お受け取りくださいませ」

「待て」

といって助川作太郎は紋蔵を振り返る。

「ということはこの訴訟は強淫出入《でいり》ということになるのか？」

「ということにはなりません」

といって紋蔵は小声でささやいた。

「強淫は吟味物《ぎんみもの》ですから、そもそも目安を受け付けないのです」

目安を受理して、役所がそれに対応するのを出入物（民事事件）といったのだが、「人殺し、火付け、強盗」などは吟味物（刑事事件）といって町奉行所など公権力が被害者の意向に関係なく、独自に警察権や裁判権を行使し、事件を取り調べて落着《らくちゃく》させた。目安も受け付けなかった。強淫もそんな吟味物の一つだった。

「じゃあ、相手方をいきなり引《ひ》っ括《くく》って調べるのか」

「そうもまいりません。言い掛かりということもあるからです」

「しかし、女はこれから御白洲《おしらす》で、押さえつけられました、裾をまくられましたの、足を開かされましたのと言い張らねばならず、それはとても恥ずかしいことだから、こうやって訴訟におよぶというのはよくよくのこと、つまり事実だったのではないのか」

「女がいくら訴えるといきまいても町としては体裁《ていさい》のいい話ではありません。このような事例ではたいてい町役人が相手の町役人と話し合って事件を揉《も》んでしまうものです。そこら辺《あた》りはどうなっているのかを聞いてみられてはいかがでしょう」

「そうだな」

助川作太郎は幸之助らの方に向き直る。

「相手方の町役人とは話し合ったのか？」

「わたしは」

と背後にひかえていた男が割って入る。

「次兵衛店の家主《いえぬし》で甚兵衛《じんべえ》と申します。むろん家主として先方の家主ら町役人に掛け合いました。ですが惣吉と同様、惣吉がそんな馬鹿な真似をするわけがない、なにかの間違いだろうといって取り合ってくれません。それで、はい、このように御訴訟に同行している次第でございます」

助川作太郎はふたたび紋蔵を振り返る。

「といっておる。どう扱えばいい？」

「目安をいちおう預かり、どう扱うかは上に判断してもらうのがいいのではないでしょうか」

「そうだな。そうしよう」

助川作太郎はふたたび幸之助らの方に向き直る。

「目安は預かる。追って沙汰《さた》する」

吟味方与力は筆頭の蜂屋《はちや》鉄五郎《てつごろう》をはじめ八人おり、八人は一件をどう扱えばいいかを協議し、こう決した。

訴人《そにん》の片口《かたくち》ばかりで相手方惣吉を引っ括るわけにはいかない。そこで、出入物に準じて、惣吉に返答書《へんとうしょ》（反論書）を書かせ、目安と突き合わせて検討し、強淫の疑いが濃厚ならば惣吉を牢に入れてなお詳しく取り調べる。扱うのは吟味方与力の一人村井《むらい》勝五郎《かつごろう》。ただ、なにぶん強淫されましたという訴訟はこのところ久しくなかったことでもあり、手続きその他に間違いがあってはならないから、例繰方《れいくりかた》の藤木《ふじき》紋蔵に輔佐させる。

紋蔵は蜂屋鉄五郎に呼ばれて、村井勝五郎を助《す》けるようにと申し渡された。

村井勝五郎は紋蔵を背後に控えさせて相手方の町役人と仕事師惣吉を呼びつけていった。

「しかじかの訴訟があった。返答書を書いて差し出せ」

返答書はすぐに提出された。村井勝五郎は熟読したあと紋蔵にまわす。紋蔵は開いて目で追った。

御張護符《おはりごふ》がよく効くことで知られている堀之内の御祖師様は行楽地としても江戸者に人気があり、法華《ほっけ》（日蓮宗《にちれんしゅう》）の信者だけでなく、毎日大勢の者が参詣に押しかけた。惣吉も亡くなった母が信者でその日は祥月命日《しょうつきめいにち》。小《こ》春日和《はるびより》の浮かれたくなるような日だったことでもあり、堀之内に足を向けた。

右手の横町から折れてきた女と目が合った。

「あら、惣吉さん」

きよだ。きよとはガキのころ、手習塾《てならいじゅく》で机を並べたことがある。惣吉はからかうように話しかけた。

「めかし込んでどこへいくんだ？」

「堀之内よ。あんたは？」

「おれも堀之内だ」

「じゃあ、連れになって」

「それはいいが亭主が焼き餅を焼きはしねえか」

紋蔵は返答書から目を外して村井勝五郎に聞いた。

「きよは亭主持ちだったんですか」

「そのようだな」

目安には一言も亭主持ちだと書いてなかった。強淫におよんだ相手の女が亭主持ちなら死罪《しざい》。亭主持ちでなければ重追放《じゅうついほう》。強淫は女が亭主持ちであるかないかによって罪がえらく違った。幸之助は妹きよが亭主持ちだというのをなぜ目安に書かなかったのだろう。首をひねりながら紋蔵は返答書に目を戻した。

きよは惣吉にいった。

「その亭主なんだけどねえ。いろいろあって、別れて、いまは実家に戻ってるの」

「おや、そうだったのか」

「ただね、相手はぐずぐずいっていまだに去状《さりじょう》（離縁状）を寄越《よこ》さない」

女は亭主から去状を貰わなければ離婚が正式に認められない。

「それで、去状を寄越しますようにと、このところ毎日のように御祖師様にでかけていって願《がん》をかけてるんだけど、ついては頼みがあるの。聞いてくれない？」

「聞けることならな」

「亭主勘八《かんぱち》はわたしが願をかけに堀之内に足を運んでいるのにそろそろ気づくころで、ひょっとしたらどこかで待ち伏せしているかもしれない。だから、もし待ち伏せしていたら、適当なことをいって追っ払ってもらいたいの」

「それはいいが素直に聞くかなあ」

「あなたの腕《うで》っ節《ぷし》が強いというのは勘八もよく知っている」

勘八もまた惣吉と手習塾で机を並べていた。

「知ってのとおり勘八はカマキリのようにか細い男で、気も女みたいに小さい。少しばかり脅せばすぐに尻尾《しっぽ》を巻く」

「分かった」

勘八と出会わすことなんかないだろうと気軽に請け合ったが、勘八はたしかに待ち伏せしていた。大木戸《おおきど》の先、内藤新宿《ないとうしんじゅく》には旅籠屋《はたごや》があって大勢の女郎《じょろう》をおいていることで知られているが、むろん茶店もあり、勘八はそこにいた。きよが近づいてくるのに気づくと、急ぎ足でやってきて通せん坊をする。勘八は話しかける。

「帰ろう」

きよはそっぽを向いていう。

「ふん、嫌なこった」

「帰ろうって、いってるだろう」

勘八はきよの手を摑《つか》み、きよは振りほどこうとする。いくらカマキリのようにか細いからとはいえ、女の手を摑んで離さないくらいの力は勘八にもある。きよはいう。

「惣吉さん、勘八を突き飛ばして」

勘八は仮にも亭主。惣吉はためらった。勘八は空元気をだして惣吉にいう。

「きよはおれの嬶《かか》アだ。おめえのでる幕じゃねえ」

去状を渡していないかぎり二人は夫婦で、夫婦であるかぎり、やっているのは犬も食わない夫婦喧嘩。割って入るのはよけいなお世話ということになる。惣吉はそう考えていった。

「じゃあ、おれはここで」

惣吉は二人を残して堀之内に向かった。だから、その後のきよのことはまるっきり知らない。ところが、一昨々日《さきおとつい》の午後、兄の幸之助がえらい見幕でやってきて、きよを押さえつけたろうという。あまりにも馬鹿馬鹿しいので相手にしないでいたら昨日、押して不義におよばれましたとお上に訴えた。

「そんな次第です。わたしにはなにがなにやらわけがさっぱり分かりません。どうか、唐人《とうじん》の寝言のようなたわけたことを申してわたしを困らせないよう、訴人にとくと言い聞かせてやってくださいませ」

返答書はそう締め括ってあった。紋蔵は写しをとって村井勝五郎にいった。

「拝読しました」

村井勝五郎はいう。

「言い分が天と地ほども違う。したがって両者を呼んで糺《ただ》すことになるが、そのつど立ち会ってもらう。よいな」

「承知しました」

二

きよは途中で出会った惣吉と連れ立って堀之内に向かい、帰りに、内藤大和守の下屋敷の街道からちょっと入ったところにある森のようなところへ連れ込まれて無念にも押して不義におよばれましたといっている。惣吉は内藤新宿で亭主の勘八が待ち伏せしており、勘八がきよを連れ戻したといっている。鶍《いすか》の嘴《はし》もこれほどは食い違わない。だったらなにより、亭主の勘八に糺してみる必要がある。村井勝五郎はきよと惣吉、そして勘八に御差紙《おさしがみ》（召喚状）をつけた。

いずれも家主五人組に名主《なぬし》が付き添って、当日、ぞろぞろとやってきた。村井勝五郎は一同を吟味方与力が取り調べる御白洲にすわらせていった。

「勘八」

「へい」

カマキリのようにか細い男が答える。

「そのほう、きよが惣吉を相手取って押して不義におよばれましたと訴訟したのを知っておるな」

「存じております」

「きよは訴状で堀之内からの帰り、内藤大和守殿の下屋敷の街道からちょっと入ったところにある森のようなところへ連れ込まれて押して不義におよばれたといっておる。ところが惣吉は、堀之内に向かっていたところ、おまえが内藤新宿で待ち伏せしており、きよを連れ戻した、後のことは知りませんと答書した。きよを連れ戻したというのに間違いないか」

「へえ、それはまあ。しかし、そのあと、おかしなことになったのです」

「と申すと？」

「きよの手を引いて帰る途中です。法華講の一団が四ツ谷の方からやってくる。いずれも白ずくめ。手には例の薄っぺらな太鼓と細長いバチを持ち、南無妙法蓮華経《なむみょうほうれんげきょう》、南無妙法蓮華経と御題目《おだいもく》を唱えながらです。御祖師さんに向かう一団で、きよはするりと一団に潜り込み、すまして南無妙法蓮華経、南無妙法蓮華経と唱和しながら大木戸の方に向かう。なにをやってる、戻ってこいと声をかけるのですが、蛙《かえる》の面《つら》に小便で、講の連中もわたしのことをかどわかしかなんかじゃないかというような不審な目で見る。しばらく、後を追っていたのですが、埒《らち》が明きそうもないのであきらめ、すごすご後戻りしました」

「相違ないか」

「ありません」

「き、きよ」

「はい」

「勘八はああ申しておる。訴状の内容とえらく食い違う。どういうことだ？」

「成り行きでそういうことになりましたが、くどくなるので訴状には書きませんでした」

「聞くが、おまえたち夫婦はいまどんなことになっておる？」

「勘八は指物師《さしものし》なものですからのべつ家におり、所帯を持って三年、掃除がどうの炊《すい》事《じ》がどうのと朝から晩までぐずぐず申します。ついには箸《はし》の上げ下ろしまでです。それで、嫌気がさして実家に逃げ帰り、去状を寄越すようにと兄幸之助を通じて掛け合って半年になりますがいまもって寄越しません。そんなことになっております」

なるほどそれで、兄の幸之助は目安に亭主持ちと書き忘れたのだ。紋蔵は納得しながら聞いている。村井勝五郎はいう。

「勘八、そのとおりか」

「そりゃあ、たまには文句をいったこともあります。ですが、掃除がどうの炊事がどうのとぐずぐずいったことはありません。ましてや箸の上げ下ろしなんかに口をだすはずがないじゃありませんか。それはきよの言い掛かりで、きよが実家に逃げ帰ったのは、察するに好きな男ができたからのようで、だったらわたしとしても素直に去状は渡せません。好きな男ができました、別れてくださいと素直にいうのならまた別ですがね。それで、その好きな男というのが誰か、やっと分かりました。そこにいる惣吉です。内藤新宿で待ち伏せしていたら、手に手をとってやってきたのですからねえ」

「それはおかしい」

「なぜです？」

「きよは惣吉から押して不義におよばれたといっておる。好きな男が相手なら手込《てごめ》にされるようなことにはならない」

「自分勝手な女ですから、なにか、差《さ》し縺《もつ》れるようなことがあったのではないのですか」

「きよ」

「はい」

「勘八はああ申しておる。おまえは惣吉が好きなのか」

「とんでもないことでございます。好きだったら、わたしの方から身体を許しております。好きでないから逆らい、押して不義におよばれたのです」

おかちめんこなら不義におよばれましたといっても、それはないだろうということになる。だが、きよはよく見ると熟《う》れごろの器量よし。惣吉はどちらかというと悪《あく》相《そう》。惣吉に不義におよばれたときよがいうのなら、そんなこともありうるとなんとなく思わせられる。女が強淫されましたと訴訟するのはそれなりに覚悟のいることで、助川作太郎がいったように強淫はやはり事実なのかもしれない。

「話を戻そう。講の一団と一緒に堀之内に向かって、きよ、そのあとおまえはどうした?」

「御祖師様までは講の方々とずっと一緒で、そのあと、いつものように御祖師様に勘八が去状を寄越しますようにと願をかけて踵《くびす》を返すと、惣吉とまたばったり。それで、今度こそ、勘八と出会ったら追い払ってくれるわねと頼み、連れ立って四ツ谷に向かいました」

「惣吉、そうなのか」

「馬鹿馬鹿しくって言い返す気にもなれません。きよの作り話の相手をしている暇はないのですが、なんでしたら、きよに現場を案内させてください。作り話ですからきっと襤褸《ぼろ》をだすはずです」

「そうだなあ、それはやってみる価値がある。それとは別に、きよ」

「はい」

「講の一団と申した。どこのどんな連中だ」

「日本橋《にほんばし》界隈《かいわい》の方々でした。講の名前は日本橋法華講。あの辺りでお尋ねになればお分かりになるはずです」

「日本橋はそう遠くない。これから使いを走らせる。それまで、そのほうらは全員、腰掛で待機していよ」

きよ、勘八、惣吉らはぞろぞろと御白洲を後にした。一刻半《いっときはん》（三時間）ばかりも待たされたろうか。

「四ツ谷塩町幸之助訴訟一件の者ども」

と声がかかり、一同はふたたび御白洲に呼ばれた。村井勝五郎はあらたに呼びつけた男にいう。

「名を名乗れ」

「日本橋法華講総代《そうだい》忠左衛門《ちゅうざえもん》と申します」

「ここにいるきよという女は過ぐる日、おぬしらの講の一団に紛《まぎ》れ込んで堀之内まで一緒だったと申しておる。相違ないか」

「相違ございません」

「下がってよい。ご苦労だった」

ねぎらって村井勝五郎はまた呼びかける。

「惣吉」

「はい」

「きよはたしかに当日、堀之内にでかけておる。そして堀之内からはおぬしと一緒に帰ったとも申しておる。どうあってもそうでないと言い張るのか」

「本当に馬鹿馬鹿しくて、きよのいうことなんかに付き合ってはおられないのですが、では申しましょう。鍋屋横丁《なべやよこちょう》をご存じですか」

「知っておる」

堀之内へは青梅《おうめ》街道を青梅の方に向かい、中野《なかの》で街道左側の角を斜めに折れる。目印は角にある鍋屋という茶店で、一帯は鍋屋横丁といわれていた。

「鍋屋横丁の手前で、雲助のようなのが三人、これから酒盛りをする、酌をしろといって、供《とも》を従えた御女中に絡《から》んでいる。わたしはこう見えても腕っ節には自信があります。よさねえかと割って入った。なにをと、三人もいるものですから、連中は負けるはずがないとわたしに向かってくる。たわいのない連中で、あっさり片づけました」

「待て。惣吉の側の家主孫兵衛《まごべえ》」

「へえ」

「惣吉は腕っ節には自信があるといっておる。そうなのか」

「たいしたものです。界隈で喧嘩をしてやつに勝った者は一人もおりません。といって、威張るとか肩で風を切るなどということはない。ごくふつうに真面目《まじめ》にどぶ浚《さら》いなど嫌な仕事もやっております」

仕事師とは鳶《とび》のことで、火事はのべつあるわけではないからふだんは町内のどぶなどを浚い、旦那衆から駄賃をもらって暮らしを立てている。

「ええ、ですから、わたしたち御簞笥町《おたんすまち》の町役人は塩町町役人の掛け合いを相手にしなかったのです」

「そのことについては申しあげたき儀があります」

と塩町の家主甚兵衛。

「申せ」

「なるほど、惣吉は喧嘩が強い。それで、威張るとか肩で風を切るなどしてないと孫兵衛は申しておりますが、それは違います。逆です。なにかと因縁《いんねん》をつけては金を強請《ゆす》っております。界隈では鼻摘《はなつま》みです。事件にはなりませんでしたが、女を手込にしたこともあります。ですから、きよを手込にしたということは大いにありうることで、わたしたちは訴訟に同意したのです。でなければ、同意なんかするはずがない」

「えらくまた食い違う。惣吉、おまえ、女を手込にしたことがあるのか」

「別れ話がもつれて女がそんなふうに騒いだことがありますが、二、三年も付き合ってのことでしたから、誰も相手にしませんでした」

「強請りは？」

「もつれた争いに話をつけて謝礼を貰ったことをいってるんでしょう。強請るなどということは金輪際《こんりんざい》しておりません」

「いいや」

と甚兵衛。

「おまえは強請りの常習者だ。このわたしをさえ、祭りのごたごたにかこつけて強請ろうとした」

「あれは、おめえが町入用《まちにゅうよう》から三両ばかりくすねようとしたから、塩町の者に頼まれて、それはないだろうと掛け合ったんだ。悪いのはおめえだ」

「たしかに町入用でごたごたがあったが、おまえはそれにかこつけてわたしを強請ろうとした。そもそも、御箪笥町の家主孫兵衛らは惣吉にいろいろ弱みを握られており、何事も惣吉のいいなりになっている。御役人様に申しあげます。孫兵衛らのいうことを鵜呑《うの》みにしないでくださいませ。どこの町にもダニのようなのがおりますが惣吉もそんな一人です」

「黙って聞いていれば……」

惣吉はこめかみをぴくぴくと震わせる。

「そうやっていつも脅すんです。惣吉は」

「もう、勘弁ならねえ」

惣吉は腕まくりをしていまにも飛び掛かりそうになる。

「止さないか」

村井勝五郎が一喝《いっかつ》する。

紋蔵はあらためて惣吉の顔を見た。悪相のうえに、怒らせたら手がつけられない凶暴な風貌が見てとれた。甚兵衛は鼻摘みだのダニだのといったが、そのとおりなのかもしれない。

「惣吉」

と村井勝五郎。

「はい」

「供を従えた御女中の話をつづけろ」

「御女中はぶるぶる震えながらわたしにおっしゃる。申しわけありませんが、江戸に向かわれているのなら、賑やかで誰にも絡まれることのない通りまでご一緒していただけませんかと。どうということのない頼み事です。いいですよと応じて一緒し、十三丁目横町のところで別れました。名は伺っておりませんが、訛《なま》りがあるので、どちらからいらっしゃったんですかと伺うと安芸広島《あきひろしま》からまいりましたとおっしゃってられた。そのお方は多分、霞ヶ関《かすみせき》の浅野《あさの》様の御家中の方だと思います。そちらに問い合わせていただければ、わたしが嘘をついているのではないということがお分かりになるはずです。わたしはきよと連れ立って帰ってはおりません」

「嘘だ」

ときよ。

「おまえのいってるのは作り話だ。わたしと一緒に帰って、途中でわたしを手込にしたのがなによりの証拠。御役人様に申しあげます。浅野様に問い合わせるなんて無駄です。骨折り損になります」

「黙れ。よけいな口出しをするな。それより、今日のところは全員、引き取れ」

村井勝五郎は振り返って紋蔵にいう。

「どっちが嘘をついていると思う」

「いまのところはなんともいえませんが、どっちどっちでいうなら惣吉かと……」

「そうだな。おれもそう思う。だが、それでも念のため、浅野家に問い合わせておいたほうがいい。それで、浅野のような御大家が相手だときちんとした挨拶《あいさつ》ができる者でなければならぬ」

掛け合い次第で先方が旋毛《つむじ》を曲げてしまうということだってないではない。

「悪いが、おぬしみずから、掛け合いに足を運んでくれぬか」

「お安い御用です。明日の朝イチにでも出掛けてみます」

「頼む」

三

紋蔵は役所に立ち寄って若同心に弁当を預けると、その足で白い息を吐きながら霞ケ関に向かった。霞ケ関の浅野家の屋敷は外桜田御門《そとさくらだごもん》をでてそのまままっすぐいった通りの右手にある。浅野家は四十二万石。屋敷は広大だ。門もでかい。潜り戸《くぐど》もふつうの家の門よりでかい。潜り戸の前に立っている門番にいった。

「南町奉行所の物書《ものかき》同心藤木紋蔵と申す。御用人《ごようにん》殿にお取り次ぎを願いたい」

「しばしお待ちを」

といって門番は奥に消え、戻ってきていう。

「使者ノ間でお待ちいただきたいとのことです。ご案内します」

脇玄関に案内され、そこで取次の者に引き渡され、使者ノ間に通された。用人がやってきていう。

「ご用件は？」

紋蔵は語り、用人はいう。

「件《くだん》の婦人がわが屋敷にいるはずで、証言をしてもらいたいとおっしゃるのですな」

「さようでございます」

「お待ちを」

かれこれ一刻ほども待たされただろうか。用人は姿をあらわしていった。

「件の婦人はわが屋敷におりませんでした。中屋敷もごく近くにあり、そこにも問い合わせたのですがおなじです」

「お騒がせして恐縮です」

紋蔵は門をでて役所に向かった。

その日も、惣吉、きよ、兄幸之助、亭主勘八らに呼び出しをかけており、一同を御白洲に呼んで村井勝五郎が惣吉に詰め寄る。

「おぬしの申す婦人は安芸広島浅野家の上屋敷にも中屋敷にもいなかった。でたらめを申したのか」

惣吉はいぶかしげにいう。

「婦人は言葉遣いや所作からいって町屋の方ではありません。御武家の御女中です。その方が安芸広島からまいりましたといいました。なのに、どうして浅野様の御屋敷にいなかったのだろう？　そうだ。内藤新宿にさしかかったとき、さすがに婦人もわたしも足が棒のようになったので茶店で休みました。茶店の者がわたしが婦人と一緒だったのを覚えているかもしれません。確認したいのですが、どなたかにご同道願えませんか。ついでに、きよがいう現場も検証してください」

「分かった」

村井勝五郎は振り向いて紋蔵にいう。

「おぬし、ついでだ、同道してくれ」

「承知しました」

惣吉、きよ、兄幸之助、亭主勘八、家主が一人ずつ三人、それに紋蔵の総勢八人は内藤新宿に向かった。

大木戸を過ぎるとそこは内藤新宿。きよが指を差していう。

「勘八がわたしを待ち伏せしていたのはあの茶店です」

紋蔵は惣吉に聞いた。

「婦人と休んだ茶店は？」

「もう少し先です」

やがて惣吉は足を止め、

「ここです」

といって茶店の女に話しかける。

「もう十日ほども前になるんですが、わたしは供を連れた婦人と一緒にここで休んで茶を飲みました。どなたか覚えている方がいるはずです。店の方に聞いていただけませんか」

「といわれてもお客さんはひっきりなしですからねえ」

面倒くさそうな物言いなので紋蔵が割って入った。

「御用《ごよう》である。店の者みんなに聞いてまわれ」

「は、はい」

女はびっくりして奥に向かい、すぐに店の者二人を連れてくる。そのうちの一人、爺《じい》さんがいう。

「この茶店の主人伝兵衛《でんべえ》です。用件は承りました。うちの茶店にはわたしと婆《ばあ》さんと応対したこのしのという女の三人しかおりません。それで、どなたですか、うちで休んで茶を飲まれたというお方は？」

惣吉が半歩前にでていう。

「わたしです」

爺さんは婆さんにいう。

「このお方を覚えているかい？」

「いいえ」

「いい、しのは？」

「存じません」

爺さんはいう。

「わたしは店にはでませんから応対しておりませんし、すると誰も覚えていないということになります。おあいにくでした」

「そういえば」

と惣吉。

「わたしは憚《はばか》りを借りてずっとしゃがんでおり、勘定《かんじょう》も婦人がすませた。供を連れた婦人を覚えていませんか」

しのという女が答える。

「ご存じのように御祖師様に参詣されるご婦人はひっきりなし。ときにはてんてこ舞いということもあります。ですから……」

「お婆さんは？」

「覚えておりません」

「そうですか」

といって惣吉はうなだれる。兄幸之助が勝ち誇ったようにいう。

「惣吉、とうとう尻尾をだしたな」

婦人と一緒だったというのはやはり作り話だったのか。

「現場へいかれますか」

きよが聞く。

「うむ」

「逆戻りします」

きよは大木戸の方に向かい、横町を右に折れる。玉川上水《たまがわじょうすい》が流れていて橋が架かっている。

「あの先に面白い物があるんだといって、惣吉はわたしを誘ったんです」

といってきよは橋を渡る。紋蔵らは後につづいた。兄幸之助がいったように内藤大和守の下屋敷には塀などというものはなく、たしかに森のようなところがあった。きよがいったことが作り話なら、手込にされた場所を、さてどこにしたものだろうかと一瞬迷う。そう思って紋蔵はきよの表情の変化を見逃さないようにじっと観察した。

「あそこです」

きよは迷うことなく窪《くぼ》みを指さし、つかつかと歩み寄って足を止める。

「ここで惣吉は、なあ、いいだろうと猫なで声をだしてわたしの肩に手をかけたのです。わたしは亭主持ち。馬鹿をおいいでないよといって戻ろうとしたら、なにをいってやがるといきなり頬をバシ、バシ。つづいて太股、尻と蹴飛ばす。着物も脱がすのが面倒とばかりにびりびりと引き裂く。そうやってとうとう手込にされてしまったのです」

惣吉がいう。

「あの日は小春日和だったが午後には日が隠れてとても寒くなった。なにが悲しくて、こんなところで尻を丸出しにして押さえつけねばならぬ。馬鹿も休み休みにいえ」

「ふん、がたがた震えながら腰を動かしてたじゃないか。いまさらいいわけはきかねえ。じたばたせず、神妙にお縄につきな」

「おれはおまえに恨みを買った覚えなどない。本当に、どうしてそんな嘘をつくんだ」

「泣き言をいってももう遅い。悪いことをしたんだから報《むく》いを受けるのは当たり前のことだ」

紋蔵はいった。

「引き上げる」

「そうだ」

と惣吉はすがるようにいう。

「鍋屋横丁の雲助を探せば証言してくれるはずです。鍋屋横丁に向かわせてください」

紋蔵はうんざりしていった。

「もう、いい」

南に帰り着くと、

「おまえたちは腰掛で待っていろ」

と紋蔵はいって中に入り、村井勝五郎に経緯《いきさつ》を報告した。村井勝五郎はいう。

「結局のところ、惣吉は安芸広島の婦人と一緒だったというのを証明できなかったのだな？」

「そういうことになります」

「きよは犯されたという現場に迷うことなく案内し、一部始終を説明したというし、こうなったら惣吉を牢に放り込んで叩くしかないということになる」

惣吉が鍋屋横丁の雲助を……とすがるようにいったのがいまとなっては気になる。

「安芸広島の婦人のことですが、念には念を入れてみようと思うのです。四、五日、時間をいただけませんか」

「何事にも慎重を期すのはいいことだ。待とう」

「失礼します」

紋蔵は外にでて惣吉らにいった。

「今日のところは帰っていい」

四

妙《たえ》や勘太《かんた》が通っている手習塾市川堂《いちかわどう》の女座《おんなざ》の師匠市川初江《はつえ》は安芸広島浅野家の上屋敷の奥に奥祐筆《おくゆうひつ》として上がっていた。あるとき、初江らが御前様《ごぜんさま》といっていた奥方様の手文庫から三十両が消えるという事件があった。奥方は利発で、騒ぎ立てると誰彼が迷惑する、このことは内緒にといっていたのだが、人の口に戸は立てられない。誰が盗んだかの詮索がはじまり、あろうことか初江に疑いの目が向けられるようになった。

初江は我関せずと知らぬ顔をしていたのだが、とうとう奥方までもが初江に白い目を向けるようになった。初江はいたたまれなくなって暇をとり、八丁堀《はっちょうぼり》の北紺屋町《きたこうやちょう》で手習塾を開き、そこに妙や妙の姉の麦《むぎ》も通うようになった。それから間もなくのこと、隼《はやぶさ》小僧《こぞう》なる盗賊が捕まり、『武鑑《ぶかん》』や『江戸買物独《ひとり》案内』を手に、この大名屋敷で三十五両、この大店《おおだな》で五十七両盗みました……などと白状をしはじめ、それが世間に洩れ伝わって話題になり、初江の耳にも入った。

それで、もしやと初江は考えた。御前様の手文庫から三十両を盗んだのも隼小僧ではないのだろうかと。妙や麦が市川堂に通っている。また里《さと》がなにかと初江に親切にしていた。そんな縁があって初江は紋蔵を訪ねていった。

「噂《うわさ》の隼小僧ですが、外桜田の浅野様の御屋敷にも忍び込んで三十両を盗んだのではないかと思うのです。お確かめいただけませんでしょうか」

隼小僧が浅野の屋敷からも三十両を盗んでいれば、初江の嫌疑が晴れるというわけだ。紋蔵はいった。

「お安い御用です。すぐにも確かめてお知らせします」

取り調べに当たっていたのは若き日の剣術仲間でもある吟味方同心の竹田《たけだ》平九郎《へいくろう》で、平九郎にいった。

「隼小僧についてだが、浅野の屋敷に忍び込んで三十両を盗んだかどうかを本人に聞いてもらえないだろうか」

「いいだろう」

平九郎は気安く請け合ってくれたのだが、結果はあいにく、「浅野の屋敷には忍び込んでいない」だった。

だが、誰が迷惑するわけじゃなしと平九郎にいった。

「つるとして一両を奮発する。隼小僧に、浅野の屋敷にも忍び込み、三十両を盗んだということにしてもらいたいといってくれないか」

どうせ死罪（死刑）は間違いない。どこでいくら盗もうとどうでもいいことで、隼小僧は紋蔵の頼みを聞き入れた。

紋蔵は初江に会っていった。

「いかにも隼小僧は浅野様の御屋敷にも忍び込んで三十両を盗んだそうです」

その後、隼小僧が忍び込んだ大店や御屋敷、および盗んだ額を一覧にしたものの写しを手に入れ、初江に渡した。初江は一覧を手に浅野の屋敷にでかけて奥方様にお目通りを願い、「しかじかです」と奥方様に一覧を見せた。

奥方様は「そうだったの」と納得し、「おまえには迷惑をかけたねえ」と初江を慰労した。以後、初江は御屋敷に出入りが叶《かな》うようになり、奥の女中の手習の指導もするようになった。

そんなことがあったから、初江は紋蔵に恩義を感じている。恩を返してもらうわけではないが、頼めばたいがいのことは聞いてくれる。紋蔵は初江を訪ねていった。

「しかじかです。安芸広島からまいったばかりといった御女中はなにかの事情があって名乗りでられなかったのかもしれません。その方を探し当てていただけませんか」

初江はいった。

「明日にでも御屋敷にでかけていって、確かめてまいりましょう」

その翌日、役所から帰ると里がいう。

「お師匠さんがご婦人を連れてお見えです」

紋蔵は着替えもそこそこに座敷に入った。真冬だが、閉め切った部屋には鉄瓶をかけた火鉢がおかれており、部屋はまあまあ暖められている。紋蔵は床《とこ》を背にすわっていった。

「もしや、朗報……ですか」

「そうです」

初江は微笑《ほほえ》んでいう。

「このお方は半年ほど前に広島表から江戸にまいられた奥林千賀子《おくばやしちかこ》さんです」

婦人はいう。

「奥林千賀子です」

「あとはあなたの口から」

と初江がいい、奥林千賀子はあらたまる。

「たしかにあの日、わたしは堀之内にまいり、帰りに鍋屋横丁の手前で三人の暴漢に絡まれ、困っているところを男の人に助けてもらいました。お礼をしなければなりません。気持ちですといっていくらかを包んだのですが受け取ってもらえない。お名をお聞かせくださいといってもおっしゃらない」

塩町の家主甚兵衛はさんざんに悪口をいっていたが、意外や意外、惣吉には男らしいところがあるんだ。

「それで、そのままになってしまったのですが、そうですか、そういうことでしたらでるところへでて、確かに帰りは一緒だったと証言しましょう」

惣吉を牢に入れて叩いたりしなくてよかった。ほっとして紋蔵はいった。

「有《あ》り難《がと》うございます」

「どういたしまして」

「一つ、伺《うかが》っていいですか」

「どうぞ」

「この前、わたしは御屋敷へお邪魔して、しかじかの御女中はおられませんかとお聞きしたのですが、いないというご返事でした。あのときはあなたの耳に入らなかったのですか」

「そうではありません。堀之内へは御前様の代参《だいさん》としてまいったのですが、実を申しますと御姑《おしゅうと》であられる大奥様は大の法華嫌い。それで、御前様の代参もままならなかった。わたしは奥では新米。いまのところ目立ちません。わたしに代参の白羽の矢が立ったというわけで、大奥様の手前、はい、わたしでございますと名乗りでられなかったのです。あのときはまことに失礼いたしました」

「そうでしたか。では早速ですが、明後日《あさって》の五つ半（九時）、南の御番所にお出でいただくということでいかがでしょう」

「結構です」

「南は非番ですので、潜り戸の前でお待ちしております」

「承知しました」

御白洲は評定所《ひょうじょうしょ》であれ、南北町奉行所であれ、両公事方《くじかた》勘定奉行所であれ、被疑者や参考人をどこにすわらせるかが身分によって詳細に規定されている。吟味方与力の二つ横並びにある御白洲もそれに準じており、奥林千賀子の場合は婦人でもあり、どこにすわらせればいいかがややこしい。そこで、御白洲には呼ばず、門内の腰掛で惣吉と対面させようということになった。惣吉らをずらりと並んですわらせ、惣吉にはこういった。

「先方はおまえの前に立つ。おまえから動いてはならぬ」

定刻に奥林千賀子は潜り戸の前にやってきた。紋蔵は迎えていった。

「惣吉を大勢と一緒に門内の腰掛にすわらせております。惣吉の前に立ってください」

「承知しました」

紋蔵は奥林千賀子を腰掛に案内した。奥林千賀子は紋蔵にいわれたとおり、惣吉の前に立っていう。

「このお方です。このお方に助けられて、鍋屋横丁から四ツ谷御門の近くまでご一緒させていただきました」

そして深々と惣吉に頭をさげていう。

「その節は本当に有り難うございました」

惣吉も頭をさげて返し、紋蔵に向かっていう。

「有り難うございました」

その目には涙が滲《にじ》んでいた。

村井勝五郎も間近に見ていて紋蔵にささやく。

「強淫の疑いは晴れた。すると、きよがでたらめをいって訴訟したことになるが、なぜでたらめをいって訴訟なんか起こしたのだろう」

奥林千賀子はなにやら土産《みやげ》を抱えてきていて、風呂敷包みごと惣吉に渡そうとする。

「それはちと」

惣吉は謝絶する。紋蔵はいった。

「いただいておけ」

何度も何度も頭をさげて奥林千賀子は御番所を後にする。村井勝五郎は一同にいった。

「すぐに呼びだす。そのまま腰掛で待っていろ」

村井勝五郎はそのあとすぐに惣吉、きよらを御白洲に呼びつけた。

「きよ」

と語りかける。

「それでもなお、惣吉に手込にされたと言い張るか」

ずっとうつむいていたきよはうつ伏せになったかと思うと、

「ウオーン！」

と喚《わめ》くように泣きはじめる。

「泣けばいいというものではない」

といっても泣きやまない。こうなるとしばらくは手がつけられない。村井勝五郎はいう。

「塩町の家主甚兵衛」

「はい」

「きよを今日のところは帰す。だが、追ってきびしく詮議する。首を括ったりせぬよう、しっかり見張りをつけておけ」

「承知しました」

「一同、引き取れ」

役所は七つ(午後四時)に引ける。七つの御太鼓を合図に紋蔵らは役所を後にする。いつものように鍛治橋御門《かじばしごもん》をくぐって家路についた。里が迎えていう。

「一昨日見えたご婦人が今日も見えて待っておられます」

「なんだろう?」

とにかく会ってみてのことと紋蔵は一昨日と同様、着替えもそこそこに座敷に入っていった。まずはと紋蔵は礼をのべた。

「本日はお忙しいところをまことに有り難うございました」

「とんでもないことでございます」

「それで、またなにか？」

「実はあのとき腰掛に、どこかで見かけた女の方がいることに気づいたのですが、どこで見かけたのかを思いだせなく、もどかしい思いで御屋敷に戻り、戻ってすぐに気づいたのです。ああ、あそこで見かけたのだと。それで、なにかのお役に立てばと思い、聞いていただこうとこちら様に伺ったのです。聞いていただけますね」

「もちろん聞かせていただきます」

「あの日、内藤新宿の茶店で休んでいたときのことです。惣吉さんは憚りを使っていてその場におられなかったのですが、腰掛でみかけた女の方が目の前を通りかかったのです。なぜ、そのことを覚えているかといいますと、男の方と一緒で、二人は人目も憚らず、いちゃいちゃと互いにしなだれかかっていたからです。さすが江戸だ、広島とは違うと、ある意味、とても感心したのでなお覚えていたのです」

腰掛にいた女はきよしかいなかったから、奥林千賀子の目の前を通りかかったのはきよということになるが、

「男と一緒にですか？」

「そうです」

「着物が引き裂かれていたとかは」

「なかったです。なぜ、そんなことをお聞きになるのですか」

「女はその晩、着物をずたずたに引き裂かれて、ぶたれたり殴られたり蹴られたりして大怪我をして家に帰っておるのです」

「そんな様子はまったくありませんでした」

「そうでしたか」

惣吉に押して不義におよばれたといってお上に訴えたのは、おそらくその男とのことが関係しているのだろう。

「わざわざ、有り難うございました」

「ついてはお願いがあります」

「なんでしょう？」

「御前様にしかじかで八丁堀にまいりますと申しあげたところ、御前様は、だったら市川初江殿に届け物をしてもらいたいといわれます。一昨日、市川初江さんと一緒だったんですが、お家にはお邪魔しておらず、住まいがどちらかを存じません。恐れ入りますが道を教えていただけないでしょうか」

「ご案内します」

短日《たんじつ》だがまだ日は落ちていない。しかし、八丁堀をでた辺りで日が暮れよう。紋蔵は霞ヶ関まで送っていくつもりで提灯《ちょうちん》を手に表にでた。

市川初江の市川堂は目と鼻の先。門は閉めてあり、ガラガラと開けていった。

「ご免ください」

「はあーい」

と男座《おとこざ》の師匠青野《あおの》又五郎《またごろう》が返事をしてやってきて、はっと足を止め、みるみる青ざめる。奥林千賀子はきっとなっていう。

「あなたは死んだんじゃなかったんですか。どうして生きているんですか」

「うーん」

「わたしを騙《だま》したんですね」

「なんといっていいか……」

「そうだ。忘れていた。市川初江さんに取り次いでください」

青野又五郎は二階への階段の下から声をかける。

「おっ師匠《しよう》さーん。お客さんです」

「はあーい」

声が返ってきて市川初江がおりてくる。

「御前様からのお届け物です」

奥林千賀子は渡して聞く。

「お伺いしますが、なぜ、ここに神崎清五郎《かんざきせいごろう》様がいらっしゃるのですか」

市川初江は首をひねっていう。

「神崎清五郎様って誰のことですか？」

「そこに突っ立っておられる男の方のことです。うん？　ということは、ここでは偽名を名乗っておられる？」

青野又五郎はいう。

「ここでは青野又五郎と名乗っております」

「そうまでして、わたしから逃げたかったのですね。分かりました。市川先生」

「はい」

「思いがけないことで、わたしは動転しております。これで失礼させていただきます」

奥林千賀子は踵を返して表にでていく。

「ま、待ってください」

青野又五郎は追っかける。紋蔵と市川初江は呆然《ぼうぜん》と顔を見合わせた。

五

紋蔵は翌日、奥林千賀子が教えてくれたことを村井勝五郎に伝えた。村井勝五郎はなにゆえ、きよが惣吉に強淫されたとでたらめをいって訴訟沙汰におよんだかの真相を知らねばならない。でなければ決着をつけることができない。紋蔵にいった。

「おぬしは大竹金吾《おおたけきんご》と親しくしている。金吾にこっそり調べさせてくれ」

紋蔵はいわれたとおり定廻《じょうまわ》りの大竹金吾に、一働きしてくれと頼んだ。

難しい案件ではない。金吾はすぐに調べあげた。こんな筋書きだった。

きよは勘八が好きで一緒になったわけではなかった。なんとなくいきそびれていい歳になってしまい、腕がいい、ということは稼ぎがいいことでもある幼馴染《おさななじみ》の指物師勘八に嫁《とつ》いだ。

勘八に嫁いでからというもの、きよは一皮も二皮も剝《む》けた。垢抜《あかぬ》けしたいい女になった。町を歩いていると男が振り返った。きよは嫌でも自分がいい女になったことを意識する。

勘八は醜男《ぶおとこ》というわけではないが、貧相で男ぶりはいいほうではない。勘八に嫁いだことをきよは後悔するようになった。そんなとき、水もしたたるというほどではないが、まあまあの優男《やさおとこ》八十助《やそすけ》から道で声をかけられた。

世の中には生まれつき運のいい男もいるもので、八十助は金貸しだった親から遺産をそっくり受け継ぎ、なんの不自由もなく気ままに暮らしていた。きよは待ってましたとばかりに八十助に飛びついた。そうなるともう、一刻も早く勘八と別れて八十助と一緒になりたい、なろうと必死になる。なんだかんだと難癖をつけて実家に戻り、去状を寄越すようにと勘八に迫った。勘八に寄越す気配はない。

むろん、毎日のように八十助に会いたいのだが、八十助とのことを知られると勘八はむきになって去状を寄越しそうにない。そこで、去状を寄越すように願をかけるのだというのを口実に堀之内に通い、堀之内の周辺にある、きよと似たような状況にある者たちのために用意されている出会茶屋で八十助と密会するようになった。

その日も、きよは八十助と待ち合わせている堀之内に向かった。なにやら勘八が待ち伏せしているような予感がする。惣吉と出会ったのをいいことに、勘八を追い払ってもらいたいといった。それからのことは、御白洲で述べたとおりだが、堀之内に着いてからが違った。日本橋法華講の連中と別れると、きよはいつもの出会茶屋にまっしぐら。しっぽり濡れたあと、二人はいちゃつきながら江戸に向かった。

紋蔵らを案内した内藤大和守の下屋敷の現場だが、暑くもなく寒くもないという時期に、歩いていてなんとなくむらむらときた二人はふらふらと分け入ってそこで抱き合ったことがあった。だから、きよは現場を迷うことなくここですと指摘することができた。

浅野家の奥女中奥林千賀子に目撃されたのはそのいちゃつきながらの帰りだったのだが、勘八のほうはすごすごと家に引き上げたわけではなかった。昼間はするりと逃げられた。だが、今日はなにがなんでもとっ捕まえてみせると、十三丁目横町の入口で辛抱強く待ち構えた。きよの実家の塩町一丁目へはその横町から御簞笥町を抜けてという道をとる。

日が暮れかけたとき、きよは八十助と肩を寄せ合って帰ってきた。勘八は身を隠して二人が通り過ぎるのを待ち、跡をつけた。二人は御簞笥町を抜ける。そのあと、塩町一丁目を右に見ながら坂町《さかまち》に向かい、洒落《しやれ》た一軒家に入っていく。

さすがにか細くて気の小さい男でも、後先の見境がつかなくなった。カアーとなって、どこで拾ったのか覚えていないのだが、摺子木《すりこぎ》のようなものを手に八十助の家の戸を蹴破って喚いた。

「密婦《みつぷ》に間男《まおとこ》！　殺してやる。覚悟しろ」

八十助は泡を食って勝手口から逃げた。きよは逃げ遅れた。

「この尻軽女！」

「メス豚！」

「色情狂！」

ありとあらゆる罵声《ばせい》を浴びせて、殴ってぶって蹴った。着物も引き裂いた。きよはぐったりして動かなくなった。勘八は我に返って、

「密通の廉《かど》で訴える。覚悟しておけ」

といって引き上げた。八十助はどこに逃げたのか帰ってこない。仕方がない。きよは引き裂かれた着物を引きずるように家に帰った。兄の幸之助がびっくりして聞く。

「どうしたんだ。誰にやられたんだ？」

本当のことはいえない。黙りこくった。兄幸之助はしつこく、翌日もそのまた翌日も聞く。そういえば当日、でかけるときに出会った惣吉は堀之内にいくといっていた。惣吉と御祖師様に連れ立っていって、帰りに押して不義におよばれたといえば、乱暴者の惣吉ならやりそうなことだと兄は思うだろうから、とりあえずこの場はそうとりつくろおう。女の浅知恵で、きよはそう考えて幸之助にいった。

「堀之内からの帰り、惣吉に襲われたのです」

幸之助がそこで、どう対処すればいいかをじっくり考えればよかったのだが、これまたカアーとなり、許せぬ！　となった。惣吉の家に怒鳴り込み、そのあと町内で騒ぎ立てた。町役人甚兵衛らは、訴訟はよしたほうがいいと止めた。幸之助は町内の有力者でもあったから聞かずに突っ張り、とうとう訴訟沙汰にまで話を広げた。

そうなったら、きよとしても後へ引けない。つぎからつぎへとでたらめを並べた。並べているうちに、本当に惣吉に襲われたと錯覚するようにもなり、惣吉を心底憎むようにもなった。

勘八は取り乱して「密通の廉で訴える」といった。しかし翌朝、目が覚めると、元の、女みたいに気の小さい男に戻り、きよに乱暴を働いたことをはげしく悔むようになって、あまつさえ、どうやったら縒《よ》りを戻せるかなどと考えはじめた。

むろん、きよが惣吉に強淫されましたと訴えたことを知らない。数日後に南から御差紙がついてそうと知り、仰天したが、乱暴を働いたのは惣吉ということになっている。とぼけて、話を合わせた。

こう、大竹金吾は調べあげてきた。

さて、どうする。

きっかけはきよと八十助の密通にあり、『御定書《おさだめがき》』では亭主持ちの女と密通したら男も女も死罪となっている。

だが、この規定が適用されることはほとんどなかった。密通は被害者の告訴・告発などを必要とするいわゆる親告罪で、告訴・告発がまずなかったからだ。それにあっても、町方など公権力は名主・家主五人組等に間に入って内済《ないさい》するようにきつく命じた。密通は個人の秘事。それで死罪を申し渡すのを恥としたからで、「間男七両二分」ではないが密通はたいてい金で話がつけられた。

ただ、異なる件を調べているうちに密通が明らかになることがあり、そんなときは『御定書』に死罪とある以上知らぬ顔をするわけにいかず、死罪を申し渡した。不運なことだったが、そのときに限って男も女も死罪に処された。

きよと八十助の場合だが、密通をしたと夫の勘八から訴えがあったわけではない。したがって、町方としてはきよの密通に関してはむしろ知らぬ顔をしていなければならない。だが、自分の密通がきっかけなのに、それを棚にあげ、強淫されたと騒ぎ立てて、惣吉を窮地に陥れた。きよだけはどうあっても懲《こ》らしめておかなければならない。でなければけじめがつかない。ではどうやって懲らしめる？　村井勝五郎は紋蔵に聞いた。

「どうしたものだろう？」

『御定書』にこんな条がある。

「人を殺し候旨申掛いたしもの

　一通り之申掛に候ハヾ、

　　重キ追放　」

惣吉はあやうく強淫したと断定されるところで、そうなったら、死罪を申し渡されるところだった。だから、きよは「人を殺し候旨申掛」たも同然。この条を適用して、重追放を申し渡されたらいかがでしょうかと紋蔵はいった。

「そうだな」

といって村井勝五郎はそのとおりに顚末《てんまつ》を書き上げて一件を上にあげた。御奉行は書類どおりに、きよに「重追放」を申し渡した。

追放刑は百姓・町人の場合、「重」も「中」も「軽」も江戸十里四方と住居地および犯罪地をお構いになるだけだが、江戸十里四方、日本橋から五里以上離れたところに住むということは長年江戸に住んでいる者にはとてもつらいことだった。ましてきよは女。宿場の飯盛女になるくらいしか、飯を食っていく術はない。

だが、そこも堀之内と同様、行楽地である川崎《かわさき》の御大師様《おだいしさま》は江戸から五里半。八十助は御大師様の門前に家を建て、きよをそこに住まわせた。きよはどさくさにまぎれて勘八から去状をもぎ取っており、それからというもの、八十助は誰に遠慮することなくせっせと御大師様の門前に通うようになった。きよにとって結果は思う壺となった。

そうと知って村井勝五郎は紋蔵に苦笑しながらいった。

「懲らしめるはずだったんだが、なんだかおかしなことになったなあ」

「そうですねえ」

と紋蔵も苦笑して応じたが、このところずっと頭にあるのは青野又五郎のことだった。

〈あの男、一体、何者なのだろう〉

と折りに触れて先日の奥林千賀子との遣り取りを思い出しては首をひねった。

家督を捨てる女の決意

一

南伝馬町《みなみでんまちょう》二丁目は目抜きの日本橋《にほんばし》通りを真ん中に挟んだ町で、そこで酒・味噌《みそ》・醤油《しょうゆ》の小売もやっている老舗《しにせ》の銭両替屋丸福屋《ぜにりょうがえやまるふくや》は朝から慌《あわ》ただしく人が出入りしはじめた。起きてすぐ、厠《かわや》を使っていた主人《あるじ》の仙右衛門《せんえもん》が突然「あわわ」と声にならぬ声をあげたきり、意識を失って倒れたからだ。

家の者は奥に運び、まだ畳んでいなかった布団《ふとん》に寝かせ、かかりつけの医者佐川玄《さがわげん》庵《あん》を呼んだ。息はある。玄庵はいった。

「中気《ちゅうき》だと思います。気がつかれても半身が麻痺されるでしょう」

女房のたきが聞く。

「気がつかれてもとおっしゃいますが、気がつくのですか？」

「そう、思うのですがねえ」

「思うのじゃ困ります。気がついてもらわなければならないのです。ほかのお医者さんにも診《み》ていただくわけにはまいりませんか」

玄庵はむっとしていう。

「わたしじゃ力不足だとおっしゃるのですか」

「そんなことはいっておりません。念のためです」

「いいでしょう。では、懇意にさせていただいている大沢霞沼《おおさわかしょう》先生にきていただきます。江戸で五本の指に入る先生です。ただし、薬研堀《やげんぼり》にお住まいだからいささか遠い」

「すぐに使いを走らせます。薬研堀の大沢かしょう先生ですね。どんな字なのですか」

「霞《かすみ》に沼《ぬま》です」

「変わったお名だ」

といって女房のたきは使いを走らせた。その間にも話を聞いた見舞い客が一人、また一人とやってきて応接の客間はいつしか足の踏み場もなくなり、見舞い客は居間をもふさいでしまった。

「うん？」

たきも、佐川玄庵も、ふみ、まち、しづの三人の娘も、仙右衛門の次弟の実右衛門《じつえもん》も、その下の弟の耕太郎《こうたろう》も、仙右衛門の養母妙知《みようち》も……と枕許に居合わせた者は全員が異変に気づいた。仙右衛門の首からがくっと力が抜けて、頭がだらりと左に傾いたのだ。

「もしや」

とたきがいって仙右衛門の口に手をあてる。同時に玄庵は仙右衛門の脈をとる。

「息がない」

とたきがいい、玄庵もいう。

「脈もありません」

「うおーん」

たきは声を振り絞って呻《うめ》くようにいう。

「だから、早く書いてくださいと早く書いてくださいとあれほどお願いしたのに……まだ早いまだ早いといって、とうとう書いてくださらなかった。わたしたちはこれから一体、どういうことになるのかしら」

居合わせた者はみんなたきがいっていることの意味を理解できる。

「遺書ならあるさ」

仙右衛門の次弟、実右衛門がいう。

「本当？　どこに？」

「封印して宗福寺《そうふくじ》に預けてある。そんなことを兄から聞いたことがある」

宗福寺は仙右衛門家の旦那《だんな》寺《でら》だ。

「なぜ、わたしにはそういってくれなかったのかしら？」

「どっちにしろ、宗福寺には往復一刻半《いっときはん》（三時間）はかかる。遺書の開封には名主さんや家主さんにも立ち会ってもらわなければならないし、開封は夕刻の七つ半（五時）ということにして、先に葬礼《とむらい》の支度《したく》にとりかかることにしよう」

使いを早物屋《はやものや》や旦那寺に走らせたりして、七つ半に名主、家主五人組立ち会いのもとに、たきが遺書を開封した。

「な、なに、これ。どういうことなの？」

といってたきは末尾に目をやっていう。

「おかしいと思った。これが書かれたのは十二年も前の、わたしがここへ嫁いでくる前のことじゃない」

「どれ、見せなさい」

名主の新右衛門《しんえもん》が手をだす。

「　跡式《あとしき》の事。

跡式は娘のふみに譲る。なお、ふみは幼年なれば、弟実右衛門を後見人とする。

文化《ぶんか》戊寅《ぼいん》年（この年四月に文政《ぶんせい》と改元）一月一日。仙右衛門　判」

とある。

「たしかに十二年前に書かれた遺書だ」

「わたしがここへ嫁いでくる前に書かれている遺書なんて、そんな物、無効よ」

「和尚《おしょう》さん」

名主は宗福寺の当住覚全《とうじゅうかくぜん》に話しかける。

「これはあなたがお預かりした物なのですか」

「いいえ、先住《せんじゅう》がお預かりした物です。わたしが宗福寺に赴任したのは八年前。さっき、こちらから使いがあって、しかじかの物があるはずだとおっしゃるので、証文類がしまわれている長櫃《ながびつ》を開けて探したらでてきたのです」

「その後、書き改めた物などを預かっておられないのですか」

「ほかに、これという物は見当たりませんでしたし、少なくともわたしは預かっておりません」

「うーん」

「この家には」

とたきが切りだす。

「ご承知のように、わたしが嫁いできて娘が二人生まれ、娘は三人になっております。わたしや、下の二人の娘のことが書かれていない遺書なんて無効です。無効に決まっております」

「ふみ」

と名主の新右衛門は総領娘《そうりようむすめ》に向かっていう。

「おまえはいまいくつになる？」

高野《たかの》という姓を持つ名主新右衛門は御開府《ごかいふ》以来の草創名主《くさわけ》。気位は高い。物言いもおのずと高飛車になる。

「十九になります」

「この家は家付きの娘だったおまえのおっ母《か》さんが仙右衛門を婿養子に迎えて、おまえが生まれた。おまえは家付きの娘の娘でかつ十九ということだから、当然、おまえが養子を迎えて、養子が家督《かとく》することになる」

ふみの実母でもあり、仙右衛門の女房でもある家付きの娘が死に、その後に嫁いできたのが後妻のたきだ。

「たき」

「はい」

「ふみが迎える養子が家督することに異論はないな」

「それはもうむろんございませんが、わたしがいってるのはそんなことではなく、わたしが嫁いでくる前の、十二年も前に、弟の実右衛門を後見人にするなどということが書かれている遺書は無効だということです。それでなくとも実右衛門はふらふら遊び歩いてばかりいて家業を傾け、仙右衛門のところにもしょっちゅう金を借りにきていた男です」

「待て」

と実右衛門。

「わたしは家業が家業」

実右衛門も酒・味噌・醤油の小売りもやっている銭両替屋を家業にしていた。

「注文取りに、配達にと出歩くのは当たり前のこと。なにが、ふらふら出歩いてばかりだ。また、たしかにしばしばこの家を訪ねたが、兄弟だから訪ねるのであって、金なんか鐚一文《びたいちもん》借りておらぬ。なんてことをいう」

「おまえがこの前やってきて帰ったあと、仙右衛門が、あいつには困ったもんだ、なんでも家屋敷を五百両で家質《かじち》に入れておるらしいといっていた。そうじゃないのか」

「左前にならずに、商売はちゃんと切り盛りしておる。よけいなお世話だ」

「家質のことはどうなんだと聞いているんだ」

「だから、よけいなお世話だといっている」

「やはり家屋敷を家質に入れてるんだな。そんな借金で首がまわらないような者に後見人なんかになられたら、せっかくの身上《しんしよう》を食い潰されてしまう。わたしは女だから後見人にはなれないが、ふみが養子を迎えるまではわたしが後見人のような立場に立って家業を切り盛りする。それがいちばん納まりがいい。そうします。よろしいですね、名主さん」

「よく聞け」

と実右衛門。

「遺書は十二年前に書かれたのかもしれないが、そのとき以来、兄仙右衛門の気持ちはずっと変わらなかったということだ。おまえは後妻で、家付きの娘の娘であるふみとは血が繋《つな》がっていない。だから、おまえにいいかげんなことをさせないがために、仙右衛門は遺書を書き換えなかったのだ。分かったか」

たきは眉を逆立てる。

「おまえにいいかげんなことをさせないがために……とはどういうことだ。わたしがなにをするというのだ」

「たとえばだ、ふみに養子を迎えさせないようにあれこれ策をめぐらし、自分の娘に養子を迎えて、この家を乗っ取る」

「あんまりだ。あまりのことをいう」

「仙右衛門がおまえに鼻毛を抜かれておって甘い顔をしていたのに付け込み、おまえはなにかとふみを差別しておった。見比べてみろ、いまふみが着ている物と、まちとしづとが着ている物とをだ。どう見たって、まちとしづとが着ている物のほうがいい。誰の目にもそうと分かる。まちとしづのとが白木屋《しろきや》の特注品だとしたら、ふみのは柳原《やなぎわら》の床店《とこみせ》のとまではいわないが、富沢町《とみざわちょう》の古着屋の売れ残りだ」

「ふみはわたしが継母《ままはは》なものだから、わたしに当てつけるように、わざとそんなのを着ているんだ。わたしがこれはというのを勧めても頑として袖を通さない」

「おまえはいま、遺書を早く書いてくださいと早く書いてくださいとあれほどお願いしたのに、といった。それでも仙右衛門が遺書を書いておまえに渡さなかったのは、いまいったとおり、すでに遺書を書いておって、あらためて書く必要はないと思っていたからだ。分かったか」

「そんなこと、ありえない」

「ありうるとかありえないとかじゃなくて、それが事実だ」

「名主様」

たきは名主新右衛門に向き直る。

「なんだ？」

「名主様も遺書は無効だと思われるでしょう。違いますか？」

「おまえと実右衛門がわたしがいおうとする話の腰を折って、わいわいやっておるからいいそびれているのだが、さっきもいったとおり、ふみは家付きの娘の娘で、かつ十九ということだから、当然、ふみが養子を迎えて、養子が家督することになる。それで、ふみは十九。すると、これまでにいくつも縁談があったはずだが、どうだ、ふみ」

ふみは答えない。

「なかったのか」

おなじく答えない。

「好きな男は？」

ふみは押し黙る。

「いるのだな？」

ふみは鶴のように首をたれる。

「いってみろ」

「千太郎《せんたろう》ですよ」

中のまちが割って入ってつづける。

「千太郎と広小路《ひろこうじ》でいちゃついているのを何度も見かけた」

南伝馬町の北に中橋《なかばし》広小路というまあまあの盛り場がある。

「千太郎って、あの溝浚《どぶさら》いか」

火消し人足《にんそく》のことを蔑称して溝浚いといった。

「そうです」

とまちがいい、ふみはいよいよ首をたれる。

「あいつはいけない。なるほど、見てくれはいい。だが、喧嘩《けんか》っ早《ぱや》い。それに背中に墨も入れておる。中橋広小路の地廻《じまわ》りの 盃《さかずき》ももらっていると聞く。素《す》っ堅気《かたぎ》じゃない。あんなのを婿養子に迎えるのは町内の恥だ。名主のわたしが許さない」

たきが割って入る。

「縁談は降るようにあって、わたしや仙右衛門が勧めるんですが、そんなわけで、ふみは首を縦に振らなかったんです。それより、後見人の話ですが、名主さんにおかれましては、わたしが後見人のような立場に立って家業を取り仕切るのをお認めいただけますね」

実右衛門が声を荒立てる。

「遺書には実右衛門と書いてあるじゃないか。しかもわたしはふみと血が繋がっている。おまえはふみと血は繋がっていない。わたしがなるのが筋だし納まりもいい。名主さんもそう思われるでしょう」

「二人に聞くが、後見人になったらなにかいいことがあるのか」

「うっ！」

と二人とも詰まる。新右衛門はいう。

「今日これから、商売用の銭は別にして、遺金や目ぼしい財産はわたしが封印する。それで、ふみに相応《ふさわ》しい婿をわたしが探してきて、婿に跡を継がせて封印を解く。それでいいな」

たきは口を尖《とが》らせる。

「名主さんだからといってそんな勝手は許されない」

実右衛門がいう。

「遺書があるんですからね」

首をたれていたふみが顔をあげ、眦《まなじり》を決していう。

「千太郎さんを婿に迎えます。家付きの娘の娘のわたしがいうのです。文句がありますか」

名主新右衛門が青筋を立てる。

「ある。あんなやつを町内に住まわせるわけにいかぬ」

「まあまあ」

宗福寺の覚全が割って入る。

「枕許でそうわいわいがややられたら仏もゆっくり三途《さんず》の川《かわ》を渡ることができません。またの話ということにして、わたしにお経をあげさせてください」

そのとおりで、座は水を打ったようにしーんと静まった。

二

役所から家に帰り、着替えを終えたばかりのところへ声がかかった。

「こんばんは」

勘太がいう。

「あの声は、おっ師匠《し》さん」

ずっと気になっていた男、市川堂の男座の師匠青野又五郎だ。

「わたしがでる」

といって紋蔵は玄関にでた。青野又五郎は神妙にいう。

「ご相談したいことがあって伺いました」

紋蔵は台所で包丁を使っていた里に声をかけた。

「でかける」

表にでていった。

「蕎麦《そば》屋辺りでということになりますが、よろしいですか」

「わたしはどこでも」

がらりと障子戸を開けた。時分《じぶん》どきだ。蕎麦屋は混んでおり、みんながてんでにしゃべっていて、声を張りあげなければ話が通じないものだから店内は騒然としている。だがまあ、それだけにといっていい。なにをしゃべくっても騒がしい話し声に掻《か》き消され、誰に聞き耳を立てられるということがない。むしろ好都合。紋蔵は青野又五郎を促《うなが》して中に入った。銚子《ちょうし》と蕎麦のタネ物を適当に頼んで紋蔵はいった。

「伺いましょう」

青野又五郎は苦笑いしながらいう。

「この前はびっくりなさったでしょう」

紋蔵も苦笑いしていった。

「ええ、まあ」

「わたしも、婚約して挙式の一歩手前までいった女性が突然あなたと一緒に見えたので、それはもうえらく驚き、うろたえました」

「あのあと、奥林千賀子さんを追っていかれた。いかが相成りましたか？」

「けんもほろろでとりつく島もありませんでした」

「いろいろ事情がおありだったんですね」

青野又五郎はうなずいていう。

「ええ、それで面倒なものですから市川初江殿やあなたには、父はわたしが子供のころ、ちょっとしたごたごたがあって扶持《ふち》を離れたと適当なことをいっておったのですが、要は嘘をついていたわけで、市川堂に居辛くなり、辞めようと思うのです。つきましては、江戸のことにはまるで暗い。辞めてなにをして食っていけばいいのかさえ知らない。もっこ担《かつ》ぎでもなんでもやります。仕事を世話していただけませんか」

「市川初江さんから辞めろといわれたんですか？」

「というわけではありません」

「いろいろおありだった事情というのを市川さんに説明されて、納得していただければいいじゃないですか。まさか、人を殺して逃げているなどというのではないのでしょう？」

青野又五郎は視線を落としてしばらく黙していたが、やがて意を決したように顔をあげて口を開く。

「その、まさかなのです。いかにも人を殺して逃げているのです」

紋蔵は目を剝《む》いた。

「本当ですか？」

「本当です」

「ご一緒した女性、奥林千賀子さんはあのときあなたに、〝あなたは死んだんじゃなかったんですか〟といわれた。そうではなく、逆に人を殺して逃げた？」

青野又五郎はうなずいていう。

「逃げる前に、死んだことにしてもらったのです。もっとも、わが家には後妻さんの腹の十《とお》ばかり下の弟がおり、わが家はこれでも四百五十石をとっておりますから、後妻さんとしてはなんとか自分の子に跡を継がせたいと思っていた。だものですから、後妻さんにとっては渡りに船。御家の御重役である後妻さんの親父が抜かりなく取り計らってくれました」

「御家というのは広島の浅野家ですね」

「そうです」

「しかし、かりに表向きは死んだことにしても、殺された側は黙っちゃあいないでしょう。あなたに追っ手をかけているかもしれない」

「御重役が抜かりなく取り計らってくれたはずなのですが、あるいはそうは問屋がおろさず、追っ手をかけているかもしれません。ですが、いまのところ間近に迫っている気配はありません。もっとも、このほど奥林千賀子殿はわたしが生きていることを知った。千賀子殿の口から洩れて、追っ手が迫ってくるということはありえます。このまま市川堂にいると、追っ手は市川堂に踏み込んでくるかもしれない」

「追っ手が市川堂にですか」

ちょっと考えられない。

「討つほうは所を選びません。白昼だと手習子《てならいこ》を巻き添えにして、初江殿だけでなく世間様にも大迷惑をかけてしまう。ですから、一刻も早く市川堂を立ち退《の》いたほうがいいということになるのです。市川初江殿に嘘をついていたから市川堂に居辛くなったということだけが理由ではないのです。それで辞めたあと、江戸でどうすれば食っていけるかを相談できるお人といえばあなたしか思い当たらない。このようにお願いにあがったのはそんな次第です。よろしくお願いいたします」

「よけいな穿鑿《せんさく》かもしれませんが、そもそも、なぜ人を殺すようなことになったのです」

「浮世の義理です。止《や》むに止まれなかったのです」

「というと、どなたかに頼まれたかした？」

「それは勘弁してください」

「奥林千賀子さんはあなたが偽名を名乗っておられることについて、こんなこともいっておられた。〝そうまでして、わたしから逃げたかったのですね〟と。あなたはいま、婚約して挙式の一歩手前までいったといわれた。奥林千賀子さんとは一体なにがあったのですか」

「申さねばなりませんか」

のでしょう」

「わたしの知り合いがかねて奥林千賀子殿にぞっこんでしてねえ。その手前、わたしはいつも千賀子殿に対して腰を引いていました。だからつい、そんなことをいわれたのでしょう」

「人を殺したことと関係がある？」

「あるといえばあるし、ないといえばない」

「禅問答ですか」

「すみません」

「ただ、いきなり辞めるといわれても市川さんには市川さんの事情がおありだろうし、困ってしまわれるんじゃないんですか」

「こんな御時世です。後釜などいくらでもおります。実際、もし辞められるようなことがおありだったら、わたしを推挙していただけませんかといってみえた方が少なからずおられます。困ってしまわれることはないと思います」

「全体、あなたはいかなるご縁があって、市川堂の男座の師匠になられたのですか」

「江戸にでてきて、こっそり参勤で江戸にきている旧知《きゅうち》を頼ったところ、たまたま浅野家と縁のある初江殿を知っておって、ちょうどいい、やってみるかと勧められたのです」

「分かりました。そういうことでしたら、市川さんが気持ちよく了解されたらというのを条件に、仕事をご紹介しましょう」

「どんな仕事があるのですか？」

「とりあえずご紹介できるのは銭になる仕事と銭にならない仕事」

「銭になる仕事から伺いましょう」

「ちょっと立ってみてください」

青野又五郎はすっくと立つ。

「六尺《ろくしゃく》はおありですか」

「五尺九寸です」

五尺九寸は百七十九センチ。この時代では雲をつくような大男だ。

「五尺九寸もあれば、明け六つから暮六つまで働いて一日銀十匁《もんめ》の仕事が月に二十日はあります」

「合計二百匁として一両はおよそ銀六十四匁だから……」

「月に三両と二朱（三・一二五両）になります」

大の男の稼ぎは月におよそ一両二分（一・五両）。倍以上になる。

「結構な稼ぎですが、一体どんな仕事なのですか？」

「駕籠《かご》を担ぐ仕事です」

「駕籠舁《か》き？」

「駕籠に乗る人担ぐ人そのまた草鞋《わらじ》を作る人といいます。その担ぐ人です。あなたはさっき、もっこ担ぎでもなんでもやりますとおっしゃった。それで、銭になる駕籠舁きはどうかとお勧めしているのです」

「駕籠舁きってみんなそんなに稼いでいるんですか」

「みながみなではありません。五尺八寸以上の者に限られます。浅野家のような国持《くにもち》大名とか御三家《ごさんけ》とかの駕籠舁きはやたら背が高い。知っておられますよねえ」

「江戸の町をうろついたことがありません。あいにく知りません。ですが、なぜ？」

「駕籠舁きはなんてったって背が高くなければいけない。見端《みば》が悪い。国持大名とか御三家とかはこぞって背の高い駕籠舁きを雇う。だから五尺八寸以上の駕籠舁きは引く手あまたで、明け六つから暮六つまで働いて一日銀十匁ということになっておるのです」

「じゃあ、低ければ安い？」

「四段階に分かれていて、一番下は五尺五寸以下で一日銀二匁五分。五尺八寸以上の四分の一です」

五尺五寸は百六十七センチ。

「食っていくためには駕籠を担ぐのも致し方ありませんが、もう一つの銭にならない仕事というのは？」

「むしろ、こっちの仕事のほうがあなたには向いているのかもしれません。あなたはたしか達筆だった？」

見たことがある。

「そのつもりです」

「そのような方には筆耕《ひっこう》の仕事があります」

「ひっこう？　そうか、筆を耕すと書くのですね」

「そうです。江戸の本好きはほとんどが貸本屋から本を借りて読みます。貸本屋が貸す本には読本《よみほん》、人情本《にんじょうぼん》、書本《かきほん》などいろいろありますが、書本はずばり手書きの本で、借り手は少なくない」

「なぜです？」

「はるか昔、享保《きょうほう》の時代にだされた触《ふれ》に、人々の家筋や先祖のことについてかれこれ相違することを新作の書物にあらわし、世上に流布《るふ》させている者がいる、以後、停止《ちょうじ》するとあります。これは出板する場合の規制で、書本のような手書きの本にはおよびません。そこで、家筋や先祖のことに関しての実録物、御家騒動物、政談物、漫遊記などは書本にされて貸本屋におかれるようになりました」

「加賀《かが》騒動とか伊達《だて》騒動とか荒木又右衛門《あらきまたえもん》などですね」

「そうです。書本は読本や人情本のようなまるっきりの作り話ではありません。実話に近い。本好きのなかには作り話より実話を好む者もいて書本はそれなりに人気があり、せっせと書き写す書き手を必要とする。その書く仕事、つまり筆耕という仕事があります。ただ、駕籠舁きと違って稼ぎはよくない。毎日朝から晩までせっせと筆を動かして、稼げるのはやっとこ月に一両二分というところ」

「駕籠舁きは二十日で倍以上」

「明け六つから暮六つまでということになっておりますが、仕事はたいてい昼に終わる。どんなに遅くなっても八つ（二時）には終わる。終わったらそれで仕舞う。暮六つまで拘束されるということはない。待つことが多くのべつ担いでいるわけではありませんから、楽といえば楽な仕事です。ただし、町人髷《ちょうにんまげ》に結いなおし、お仕着せの紺《こん》看板《かんばん》（法被《はっぴ》）を着せられ、尻を丸出しにして長棒を担がなければならない。お侍さんには辛い」

「三日《さんじつ》の登城などのときはお殿様が下城されるまで堀端でじっと待つのでしょう？」

「大手御門から入るにしろ内桜田御門《うちさくらだごもん》から入るにしろ、その先は小さな廓《くるわ》になっていて、お殿様はそこから歩いて下乗橋《げじようばし》を渡り、城の中に入っていく。ですから、駕籠舁きは廓で待ちます」

「そこで、浅野の家中の者と顔を合わせないともかぎらない？」

「ありえます」

「じゃあ、駕籠舁きは無理だ、といわなきゃあいかんのでしょうが、やはり金になる仕事のほうがいい。かつかつの暮らしより、余裕があるほうがいい。駕籠舁きの仕事を紹介してください」

「本当に駕籠舁きでいいんですね」

「ええ」

「分かりました。だったら、明日、役所が引ける七つ（午後四時）に、南の御番所《ごばんしょ》の門前で待っていてください」

「そうします」

「念を押すようですが、あくまでも市川初江さんに了解をとったうえでのことですよ」

「承知しております」

「それじゃあ」

紋蔵は腰をあげた。

三

「藤木さん」

若同心が呼びかける。

「なんだい？」

「安藤《あんどう》さんがお呼びです」

「分かった」

年番与力《ねんばんよりき》で筆頭与力の安藤覚左衛門《かくざえもん》に呼ばれると、たいがい碌《ろく》でもない用をいいつかる。今日もそうに違いないと覚悟を決めて年番与力の部屋に向かった。

「藤木です」

唐紙《からかみ》越しに声をかけた。

「入れ」

「失礼します」

いま一人の年番与力で次席与力の沢田六平《さわだろくへい》はいず、かわりに中年の男がいる。安藤覚左衛門はいう。

「こちらは南伝馬町二丁目の町名主高野新右衛門さんだ」

南伝馬町二丁目の名主は草創名主であるだけでなく、伝馬役《てんまやく》を兼ねており、江戸の者にはよく知られていた。むろん、初対面だが紋蔵もその名はよく知っている。軽く会釈《えしやく》をしていった。

「物書同心藤木紋蔵と申します」

「高野新右衛門です」

「おぬしにはいつぞや」

と安藤覚左衛門。

「七沢屋《しちざわや》という小間物屋《こまものや》の家督の問題で先例をいろいろ取り調べてもらったことがあった。そうだな」

「はい。ございました」

「それで、家督の問題についていちだんと詳しくなったろうからきてもらったのだが、高野さんがお尋ねすることに答えてもらいたい」

碌でもない用でもなければ厄介な用でもない。紋蔵はいった。

「承知しました。なんでもお聞きください」

「お尋ねします」

といって高野新右衛門は切りだす。

「幼少の娘に跡を継がせ、弟を後見人にするという内容の遺書を書いたのが十二年も前のことで、当人はその二年後に後添えを貰い、あらたに娘二人が生まれた。そしてこのほど、死去した。その場合、十二年前に書いた遺書は有効か無効か、どちらなのでしょう？」

「難問ですねえ」

と思わずいったがたしかに難問だ。

「そんなことについての規定や先例があるはずもないからなんともいえないのですが、ちょっと待ってください。十二年も前のことですね？」

「そうです」

「だったら、死んだ当人が遺書を書いていたのを忘れていたということもありえます」

「これは弟の言い分なのですが、後添えは何度も遺書を書いてもらいたいと催促をしておったそうですから、書いたのをそのつど思いだしていながらそのままにしていた、忘れていたわけではないと。となると、有効ということになってしまうのですが……」

「有効であれ無効であれ、なにが問題なのですか」

「遺書には後見人は弟にとあり、弟はだからわたしが後見人になるという。一方後添えは、当人は遺書を書いたあと、わたしと一緒になっているのですから、遺書は無効、わたしが後見人の立場に立って家を切り盛りするといい、双方ともに譲らないのです」

「その家は相当の資産家なのですね」

「ご存じだと思うのですが、南伝馬町二丁目の、表通りに店を構えている丸福屋です」

「存じております」

大店だ。

「これはわたしの推測ですが、沽券《こけん》金なども差しくわえると一切合切《いっさいがっさい》で資産は七千両をくだらないと思います」

「それを切り盛りできるかどうかがかかっているということですか。なるほど、どっちも譲れないわけだ。ところで、十二年前の幼少の娘というのは先妻の娘、つまり総領娘ですね？」

「そうです」

「いま、いくつになるのですか？」

「十九です」

「総領娘が婿を迎えて、婿が跡を継ぐことに問題はないわけで、だったら、さっさと婿を迎えさせればいい。後見人の問題など立ち所に解消する。そのことになにか問題があるのですか」

「それが、あるんですねえ。総領娘はふみというのですが、ふみは、背中に墨を入れていてなおかつ中橋広小路の地廻りから盃を貰っているというややこしい男を婿に迎えたいというのです。名主としては、とてもそんな男を町内の老舗の婿になんか迎えさせるわけにいかない。それで、認めないといっているのです」

「じゃあ、しばらくは後見人を必要とするわけですね？」

「その後見人の座をめぐって二人が争っているから、困っているのです」

「遺書にあるとおり、弟に任せるというのはどうなのです？」

「その弟というのが、ふらふら出歩いてばかりいて家業を傾け、家屋敷を五百両で家質に入れているらしく、後添えのいうのに、弟を後見人にさせると身上を食い潰されてしまうと」

「さりとて後添えは女ですから表立っては後見人になれない」

「さっきもいったとおり、本人は後見人のような立場に立ってといってるんですがね。参考までに伺いたいんですが、かりにですよ、総領娘が折れて、ややこしい男とではなく、まともなのを婿に迎えたとして、その場合、後添えや後添えの娘二人はどんなふうに扱われるのでしょう？」

「むろん、そんなことについても規定はありませんが、後添えは隠居ということになりますから、遺産などもらえるはずもなく、月々なにがしかのお小遣いをもらって暮らすことになるのでしょうねえ。そこらのことはむしろ名主さんのほうがよくご存じのはず」

「ええ、まあ」

「財布の紐を握っていたのが財布ごと手放すわけで、これまでの暮らしとは一変する。ですから、後妻さんとしては、ここは一歩も引けないということになっているのでしょうねえ」

新右衛門はうなずいて聞く。

「二人の娘は？」

「『御定書』……ご存じですよねえ」

「ええ」

八代将軍吉宗《よしむね》の指示により制定された民刑法典である。

「『御定書』に規定はないのですが、『御定書』以前の先例を整理したのに『律令要略《りつりようよう りやく》』というのがあり、それを参考にしたらこんなことが導きだされます。家屋敷・家財・田畑《でんぱた》は総領が相続し、有り金は総領が七分、ほかの倅《せがれ》が三分を相続する」

「すると二人の娘は有り金の三分、一人一割五分ずつを相続することになるのですか」

「『律令要略』より古い『京都板倉《いたくら》氏新式目《しきもく》』を参考にするとこんなことが導きだされます。むろん跡は総領が継ぐのですが、有り金は、実母がいたら、実母の判断に任せる。ただし、おっしゃった事例では、後添えは長女にとって継母。実母ではない。その場合、有り金は兄弟で等分に分けるとなっております」

「それだと二人の娘は三割三分ずつ貰える？」

「そういうことになりますが、『律令要略』も『板倉氏新式目』も目安ですから、ふつうは名主さんや家主五人組のみなさんにもくわわっていただき、話し合って決める

「話を元に戻して、十二年前に書かれた遺書は有効か無効かですが、それはどうなんでしょう」

「名主さんがいわれた、弟さんの言い分のほうが筋が通りそうですねえ」

「すると、弟が後見人になり、後添えによると、弟に身上を食い潰される？」

「そうさせないためには、早く総領娘に婿を迎えるしかない」

「しかし、総領娘が婿に迎えたいといっている男を、わたしとしては婿にさせるわけにいかない」

安藤覚左衛門がつぶやくようにいった。

「下世話《げせわ》にいう糞詰《ふんづ》まりですか」

さすがにこれという思案が思い浮かばず、紋蔵は聞いた。

「下がってよろしいでしょうか」

「ご苦労だった」

四

「市川堂のお師匠さんがお待ちです」

家に帰ると里が玄関に迎えていう。

「分かった」

紋蔵は着替えて、夜は寝間になる座敷に入り、すわっていった。

「いらっしゃいませ」

市川初江は手をついていう。

「突然お邪魔して恐縮です」

青野又五郎についての話だろうと分かってはいるが、紋蔵はわざとはぐらかすようにいった。

「今日はまたいちだんと冷えますねえ」

市川初江は時候の挨拶をしている暇はないのだとばかりに意気込んで切りだす。

「単刀直入に伺います。男座の師匠の青野又五郎さんについてですが、藤木様に身の振り方を相談されませんでしたか」

「うーん」

「されましたね？」

「ええ、まあ」

「突然、代わりの方を推挙されて、辞めさせていただきたいと申されます。なぜです？　と伺うと、わたしに迷惑をかけることになるからと。わたしがどんな迷惑をこうむるのですかと伺うと、それはいえませんと。奥林千賀子さんのことが関係しているのですかとさらに伺うと、直接は関係しておりませんが、とにかく迷惑をかけることになるからと。それで、辞めてどうなさるんですかとまた伺うと、仕事を探しますと。あの方は江戸にこられてすぐにわたしのところの手伝いをされることになりましたから、江戸のことには明るくない。それで、さては江戸での数少ないお知り合いの藤木様に身の振り方を相談されてのこと。こう察しをつけて、こちら様に伺ったのですがやはりそうだったのですね」

「ご推察のとおりです」

「だったら、迷惑をかけることになるからという理由を藤木様は青野さんから伺っておられると思うのです。聞かせていただけますね」

「聞いてどうなさるのですか」

「本当にわたしが迷惑をこうむるのなら、仕方がありません。わたしは青野さんの申し出を受け入れます。そうではなく、口実にすぎないのであれば、戻ってきて仕事をつづけていただきたいのです。人柄もいいし、手習子たちにも慕われている。あんないいお師匠さんはまたとおられない」

「申していいものかどうか」

紋蔵は躊躇《ちゅうちょ》した。

「お聞かせください」

「青野さんがおっしゃられていたことに嘘はないと思うのですが、青野さんによればこうです。事件があって、青野さんは追っ手がかかるかもしれない身となった。それでまあ、身を潜めるようにあなたのところ、市川堂におられた。そこへ偶然、昔の婚約者奥林千賀子さんがあらわれた。あのとき、青野さんは奥林さんを追っかけていかれましたが、けんもほろろ、とりつく島もなかった。しかしそんな次第で、奥林さんは青野さんが市川堂にいるのを知った。もし、そのことが奥林さんの口から洩れて青野さんを探しているかもしれない追っ手の耳に入ると、追っ手は市川堂に踏み込むかもしれない。白昼だと、子供を巻き添えにするかもしれない。そんなことになったら、あなたや世間様に大迷惑をかける。だから、辞めたいのです、一刻も早く市川堂を立ち退いたほうがいいということになるのですとおっしゃってました」

「追っ手は市川堂に踏み込み、白昼だと、子供を巻き添えにするかもしれないとおっしゃるのですね」

「そうです」

「もし、そういうことになったら、わたしのことはともかく、たしかに世間様に大迷惑をかける。分かりました。青野さんを引き留めるのはあきらめます。ところで、藤木様は青野さんにどんな仕事を紹介してさしあげたのですか」

「駕籠舁きです」

市川初江は首をひねっていう。

「駕籠に乗る人担ぐ人の駕籠舁きですか」

「そうです」

「なぜ、そんな仕事を？」

「稼ぎがいいからです」

「なにもよりによって駕籠舁きなんかに」

「筆耕の仕事もあるといったんですが、稼ぎが違う」

「駕籠舁きはいくらになるんですか」

「月に二十日働いて三両ちょっと」

市川初江は顔を曇らせていう。

「わたしがお支払いしていた月々のお手当が不満だったのかしら」

「立ち入ったことかもしれませんが、差し支えなければお聞かせください。いくら支払っておられたのですか」

「月に二両」

「だったら不満ということはないでしょう」

「そういうことなら、しかし、困った」

「なにがです」

「あのあと、奥林千賀子さんから使いがあって、青野さんに知られぬように、どこかでお会いしたいとおっしゃる。それで、では、二日後の市川堂が休みの日に、東井《あずまい》でお会いしましょうと返事をしました。富本豊勝《とみもととよかつ》師匠のお三味線《しゃみせん》のお浚い（発表会）にわたしも顔をだして東井という店を知り、二度ばかり利用させていただいたことがあるものですから、東井でということにしたのです」

紋蔵らの通勤道路沿いに伊雑太神宮《いそべだいじんぐう》という名称はものものしいが規模はごくふつうの、通称を〝伊雑さん〟という神社があった。その向かいにある川魚《かわうお》料理屋が東井だ。

「それで約束の時間にお会いすると、神崎清五郎さん、つまり青野さんですね、青野さんはまだお一人ですかとお尋ねになる」

「とりつく島もなかったはずですが」

「あのときは取り乱して後先もなかったのですと」

「ということは、青野さんのことをまだ忘れられないでおられる？」

「そのようです」

「それで？」

「広島表では、青野さんは他国で不慮《ふりよ》の死を遂げたということになっていたらしく、そうと聞かされ、青野さん以外の人に嫁ぐ気はなかったから、青野さんのことをきっぱり忘れてこれからは一人で生きていこうと、奥勤《おくづとめ》を願って、江戸にでてこられたそうなのです。ところが、思いがけなく市川堂で青野さんとばったり。あのときは、いまも申したとおり、取り乱して後先もなかったから青野さんを振り切ったそうなのですが、落ち着くと青野さんへの思慕がふつふつとつのり、もしまだお一人なら、御暇《おいとま》を願いますので、添えるように取り計らっていただけませんかとおっしゃる。ですが、いくらなんでも駕籠舁きの女房というわけにはいかない。尻込《しりご》みをなさるに違いない。おかわいそうに」

「わたしがよけいなお世話をしてしまったということになるんでしょうか」

「そんなことを申しているのではありません。お二人はそうなる運命だったのでしょう」

「こういうのはどうでしょう？」

里が割って入る。

「青野さんに即刻、駕籠を担ぐのを止めていただき、元のご浪人さんに戻っていただく」

紋蔵がいった。

「筆耕の仕事で所帯は持てない」

「一人口より二人口と申すではありませんか」

「そうです」

と市川初江。

「青野さんにそうお願いしてみていただけませんか。なにがなんでも駕籠舁きをしなければならないというわけでもないのでしょう？」

紋蔵はいった。

「分かりました。明日の帰りにでも会って、さよう掛け合ってみます」

「よろしくお願いします」

市川初江は頭をさげて帰っていった。

五

役所内は朝からざわついていた。この日、詮議所で珍しい詮議がおこなわれるからだ。

丸福屋の総領娘ふみは名主高野新右衛門を相手取って、こんな内容の訴訟を起こしたいと家主五人組に願った。

「火消し人足千太郎を婿に迎えたいと願っているのに、名主高野新右衛門様は許すことはできないと反対される。いくら名主様だからといってそんな勝手は許されないはず。どうかお許しくださるよう、名主様にお申し聞かせくださいませ」

訴訟を起こすには家主五人組の付き添い、つまり許可が必要なのだが、町役人としては家主五人組の上に名主がおり、名主が首を縦に振らなければ訴訟を起こすのは難しかった。そんな仕組みになっているのに、ふみは名主を相手取って訴訟を起こしたいと家主五人組に願った。ふつうなら「なにを馬鹿なことをいっておる」と家主五人組も名主も一蹴する。町内の名主を相手取っての訴訟などありえない。だが、意外や意外、名主高野新右衛門はいった。

「よろしい。訴訟を起こしなさい。相手になってやろう」

過去に例がないではないが、珍しい訴訟だ、相手はしかも草創名主で伝馬役の高野新右衛門、どんな結果になるのだろうと、役所の者は朝から興味津々で審理がはじまるのを待ちかねていた。

ふみの提訴とほぼ同時に、ふみの叔父、実右衛門からもこんな訴訟が起こされた。

「兄仙右衛門の遺書には弟実右衛門を後見人にするとある。にもかかわらず、仙右衛門の妻たきや名主高野新右衛門様が邪魔をして後見人にさせない。これにはなにか魂《こん》胆《たん》があるとしか思えない。どうか、邪魔をせず、遺書にあるとおり、わたしを後見人にさせるよう、たきや名主高野新右衛門様においいつけくださいませ」

ふみの訴訟と実右衛門の訴訟はともに名主高野新右衛門を相手にしている。また内容がどちらも丸福屋の家督に関している。そこで、審理は一緒にとりおこなうことになり、これまた珍しいことなのでなおいっそう、役所のみんなは審理がはじまるのを待ちかねていた。

紋蔵が高野新右衛門にいったように、十二年前に書かれた遺書が有効かどうかなどに規定や先例というものはない。また、名主が婿をとるのに反対していいのかどうかという問題にも規定や先例はない。詮議は難しい。南のナンバースリー、吟味方与力としてはナンバーワンの蜂屋鉄五郎が一件を扱うことになり、紋蔵はあらかじめ蜂屋鉄五郎から、背後に控え助言をするようにと仰せつかった。

詮議は朝のいちばんでおこなわれることになっており、開門と同時に、ふみ、たき、実右衛門、高野新右衛門らは詮議所に呼ばれた。全員が抱えてきた筵《むしろ》を敷いて御白洲にすわった。若同心が知らせて、蜂屋鉄五郎がやってくる。一同は手をついて頭をさげる。蜂屋鉄五郎がいう。

「面《おもて》をあげイ」

一同は顔をあげる。

「南伝馬町二丁目丸福屋総領娘ふみの訴訟と尾張町《おわりちょう》二丁目相模《さがみ》屋実右衛門の訴訟はともに丸福屋の家督に関しており、便宜上一緒に審理をとりおこなうことにした。それで、ふみの訴訟のほうが一日早くだされている。ふみの訴訟の審理から先にはじめる。ふみ」

「はい」

「そのほうは界隈の南鞘町《みなみさやちょう》に住む火消し人足の千太郎を婿に迎えたいと申すのだな」

「さようでございます」

「そのこと、千太郎も承知しておるのか」

「むろんでございます」

「それで、南伝馬町二丁目の名主高野新右衛門に反対されて、いくら名主様だからといって、そんな勝手は許されない、どうか許すよう、名主様にお申し聞かせくださいませと申すのだな」

「そのとおりです」

「相手方名主高野新右衛門に聞く。相違ないか」

「ございません」

「反対する理由は？」

「千太郎は背中に墨を入れており、中橋の地廻りの盃ももらっております。素っ堅気ではありません。日本橋通りでもある南伝馬町二丁目の通りもまたご承知のように目抜きで、そこに店を構えている者はみんな真面目な商人《あきんど》です。そんなところへややこしいのに入られると、先々どんな不都合が生じるか計り知れません。名主として、そんなのを迎えるわけにいかないのです。お分かりください」

「もっともだが迎えるのは娘だ。娘が承知というのであれば致し方ないのではないのか」

「町には町の仕来りがあります。あんなやつを裏店《うらだな》ならともかく、町に迎えるわけにはまいりません」

「ふみ」

「はい」

「名主殿はああ申されておる。考えなおしたほうがいいのではないのか」

「いいえ、考えなおしません」

「名主殿は？」

「認めるわけにはいきません」

「そういうことなら、どっちかが折れるまで時期を待つしかないということになる。それまで待つがいい」

ふみがいう。

「待てません」

「身勝手なことをいうな」

「このことが問題になってからずいぶんと考えたのですが、そういうことならこういうのはいかがでしょう。千太郎を婿に迎える。ただし、町には住まない。迎えた翌日に町をでていく」

名主高野新右衛門が身を乗りだすようにして聞く。

「町をでていくって、おまえはどうするのだ？」

「わたしも一緒にでていきます」

「店は？」

「店ごと売ります」

「本気でいっておるのか」

「千太郎を婿に迎えたら、その瞬間に千太郎は丸福屋の跡目を継ぐことになります。店は千太郎の物です。売るのは千太郎の勝手です。文句がありますか」

「そんな馬鹿な」

と後妻のたき。

「気でも狂ったか」

と弟の実右衛門。実右衛門は声を張りあげてつづける。

「わたしは遺書にあるとおり後見人だ。後見人として、そんな身勝手は許さない」

たきが実右衛門を睨《にら》んでいう。

「いいえ、後見人はわたしです。遺書は無効です」

「そうだ、御役人様」

実右衛門は蜂屋鉄五郎に向かっていう。

「遺書が有効か無効かの審理をすぐにはじめていただけませんか。むろん、有効に違いなく、そう断定していただければ、わたしは後見人の立場からふみを諫《いさ》めます。ふみは色狂いをしておるのです。まともじゃないのです」

「御役人様」

ふみが話を引き取る。

「わたしにはこれまでに七つも八つも縁談が持ち込まれました。ですが、どの縁談の相手も丸福屋の身上が狙いでした。わたしの幸せを願って、などという者は一人もいませんでした。そんな相手となぜ一緒にならなければならないのか、またとない一生をなぜ添い遂げなければならないのか。そのことをわたしはずっと疑問に思いつづけておりました。なるほど、千太郎は堅気ではありません。ですが、わたしは千太郎が好きなのです。大好きなのです。千太郎もわたしのことを愛《いと》しいといってくれています。ですから、ここはわたしの好きにさせてください。千太郎と添わせてください。名主様」

「なんだ？」

「千太郎を婿に迎えて祝言《しゅうげん》をとりおこなったら、翌日にもでていきます。どうか、一晩だけ、千太郎を家に入れるのを認めてください。よろしくお願いします」

「待ってください」

たきは夜叉《やしゃ》の顔になって眉を吊りあげている。

「わたしたちはどうなるのですか？　この寒空に家を放りだされるのですか」

「そうだ」

と高野新右衛門。

「継母のたきや二人の娘、まちとしづはどうなるのだ？　叩きだすのか」

「どうせ店を売るのですから、一切合切を娘三人で三等分するというのはいかがでしょう」

「三等分？」

「そうです」

「だったら、なにも店を売ることはない。遺金だけで三分の一になるはず。それを持って家をでればいいのだからな」

「そういうこともありうるのだとしたら、その差配は名主様にお任せします」

蜂屋鉄五郎が念を押すようにいう。

「金を持って家をでていくのはいいが、千太郎にそっくり遣われ、店はもともとわたしの店です、返すように命じてくださいなどと泣きついてきてもどうにもならぬぞ。ここはよくよく思案をすることだ」

「千太郎はそんないいかげんな男ではありません。必ずなにかをやってくれる男です。よしんば失敗して一文なしになっても、こちら様に泣きつくようなみっともない真似はいたしません。飯炊きでもなんでもやります。腹は括っております」

「分かった。たき」

と後妻に向かっていう。

「文句はないな」

「店はわたしの娘が継ぐことができるのですね」

「そのようだ」

たきは涙をぽろぽろこぼしながらいう。

「なにもいうことはありません」

蜂屋鉄五郎がいう。

「一件落着だ」

「冗談じゃない」

実右衛門が喚くようにいう。

「わたしは遺書にあるとおり後見人です。後見人として、そんな勝手は許すわけにはまいりません」

「馬鹿者！」

蜂屋鉄五郎は一喝していう。

「ふみは十九だ。十九の娘が婿を迎えて、婿に家督させ、婿と一緒に家をでていくといっているのだ。後見人も糞もあるか。一同、引き取れ」

「待ってください」

実右衛門は階《きざはし》にとりつく。

「そいつを摘《つま》みだせ」

蜂屋鉄五郎がいい、蹲《つくば》い同心が実右衛門の腕をとって御白洲から追いだし、そのあとを一同はぞろぞろと引きあげていった。蜂屋鉄五郎は振り返って紋蔵にいう。

「あれこれ尋ねることがあるかもしれないと思って同席してもらったが案外だった。あっけなく落着した。ご苦労だった」

「失礼します」

といって紋蔵はさがった。

紋蔵は捨吉《すてきち》が親方の人宿八官屋《ひとやどはちかんや》に向かっている。

御三家や国持をはじめとする諸大名の御屋敷に駕籠舁きなど武家奉公人を送っているのは八官屋などの人宿である。ただ、駕籠舁きは背が高ければ高いほど需要があるものだからついつい強気になり、人宿の世話にならなくともいい、おれたちはおれたちでやっていくといって人宿から独立して六尺部屋という部屋を構えるようになった。したがって駕籠舁きはいつしか人宿ではなく六尺部屋に属するようになったのだが、それでも八官屋など大手の人宿は依然として駕籠舁きを抱えており、紋蔵が世話をして、青野又五郎は八官屋の住み込みの駕籠舁きになった。

「いらっしゃい」

若い衆が紋蔵を迎える。紋蔵はいった。

「又五郎さんを呼んでもらいたいんだけどねえ」

「へい」

と若い衆は答えて二階に向かい、声を張りあげる。

「又さーん。お客さんだよ」

「どうしなすった」

奥から捨吉が顔を見せる。

「青野さんに用があって訪ねてきたんだ」

「差し支えなければ話し合いはおれの部屋でということでどうだい？」

「そうだな。おまえさんにも聞いてもらったほうがいい。そうさせてもらおう」

とんとんと二階から下りてくる足音がして、青野又五郎は紋蔵に気づいていう。

「おや、また、なにか？」

「話があってまいりました。親方の部屋で」

「はい、じゃない。へえ」

神棚を背にした長火鉢の前で向かい合い、「実は……」と事情を説明して紋蔵はいった。

「そんなわけで、世話になることになった親方（捨吉）には悪いんだが、駕籠を担ぐのを止めて元の浪人に戻ってもらいたいんだ」

「わたしは、じゃない。あっしは、だ。あっしはもうあっちの世界に戻るつもりはありません。駕籠を担いで金を溜め、なにか商売をはじめます。せっかくですが、縁がなかったと、奥林千賀子さんにお伝えください」

「そんな冷たいことをおっしゃっていいんですか。後悔することになっても知りませんよ」

「駕籠舁きのわたしに嫁いでくるというのなら話は別ですがね。ですがきっと、そんな度胸はおありにならない。親方」

「なんだい」

「ひきつづきお世話になります。よろしく」

「分かった。頑張ってくれ」

紋蔵はいった。

「なんだか頼まれ甲斐のないことになってしまったが、あなたのお気持ちがそうなら、無理にとは申しますまい。じゃあ、これで」

「表までお送りします」

青野又五郎と捨吉に送られて八官屋を後にした。

ふみという商家の総領娘は家督を捨てて好きな男と一緒になるのだという。青野又五郎もまた家督を捨てた男で、家督を捨てたということではおなじだが、これから幸せになれるかどうかということではかなりの落差がある。

そんなことを考えながら紋蔵は家路を急いだ。

真綿でくるんだ芋がくる

一

清吉《せいきち》はこのところずっと思い悩んでいる。

家《うち》は正徳《しょうとく》のころから六代もつづく室町《むろまち》一丁目の老舗の道具屋で、二十二歳になる清吉もとっくに店で働いていたのだがある日、父清兵衛《せいべえ》はこういう。

「おまえに嫁を迎えることになった」

そろそろ縁談があってもおかしくはない歳で、それはいいのだがよく聞くと、百両の持参金付きなのだという。

百両を真綿でくるんだ芋がくる
という狂句がある。

貰《もら》い手のない醜女《しこめ》が百両の持参金付きでやってくるという、たまにある話を当てこすった狂句である。

父清兵衛は馬鹿に正直がつくというのか、商売が下手《へた》というのか、清兵衛の代になってから商売が先細りし、このところ金詰まりになった。父はそうとはいわないが、息をつくために百両の持参金付きの嫁を迎えるに違いなく、だったら、間違いなく嫁はおかちめんこ。清吉にはそう思える。渋い顔をしていった。

「有り難い話ですが、わたしはまだ早い。嫁くらいそのうち自分で探します」

だが、清兵衛には清吉の気持ちが分からないのか、

「親どうしが決めたことだ。素直に従いなさい」

とたしなめるようにいう。

「その気になれないのです」

と突っ張っても、

「嫁を貰えば落ち着く。落ち着くのは早いほうがいい」

と清吉にいわせれば見当違いのことをいって取り合わない。

ガキのころから、当たり前のように道具屋の跡を継ぐものと思って店先に立ち、二十二歳になるいまは書画《しょが》骨董《こっとう》、茶道具、刀剣などひととおり目が利《き》くようになった。

道具屋の跡を継ぐしか飯を食う術《すべ》を知らない。親には逆らいようがない。青菜に塩で黙っていると、清兵衛は止《とど》めを刺すようにいった。

「これから忙《せわ》しない師走《しわす》を迎える。祝言は年が明けたらすぐ、吉日《きちじつ》を選んでおこなう。その心構えでいるように」

花嫁を迎えるのはだいたいが一生に一度ということになっている。花嫁はどんな姿形をしているのだろうと誰もが子供のころから、布団の中などで頭に思い描く。当たり前のことながら誰もが美人を想像する。おかちめんこを想像する者はいない。そしてときに心をときめかせる。狂おしい思いになることもある。

界隈にこれという娘が二人、いや、三人いた。そのうちの二人は傾きかけた道具屋の倅なんかには見向きもせずに大店に、また近くの鰹節問屋《かつおぶしどんや》にと嫁いでいき、いま一人は魚《うお》問屋にと話がまとまった。それはまあそれで仕方のないこと、縁がなかったことと割り切ってはいるが、よりによってなんで、迎えるのは〝百両を真綿でくるんだ芋〟なんだと清吉は思い悩んでいる。

むろん、娘の顔を見たことはない。芋に違いないのだが、器量がどうと評判を聞いたことがない。というのも、相手は室町一丁目のずっと南、芝神明前《しばしんめいまえ》に店を構える一《いち》膳飯屋《ぜんめしや》の娘だからで、評判を聞こうにも、聞く相手がいないのだ。さりとて、のこのこでかけていって界隈の連中を捕まえ、一膳飯屋の娘さんですが、器量はどうなんですかなどと聞くわけにもいかない。聞いて、聞いたのが相手の清吉だと分かると破談になるかもしれず、それはむしろ有り難いことなのだが親父から大目玉を食らう。

そんなふうに思い悩みつづけているところへ、清吉の縁談を耳にしたお節介焼《せっかいや》きがこんなことを耳に入れてくれた。

そこは一膳飯屋といってもただの一膳飯屋ではない。安くて美味《うま》いと評判だから、二階にも座敷があって百ほどもある席は昼も夜も入り切れないほど満杯になる。

屋号は〝びっくり屋〟。ただし、界隈の者は〝びっくり屋〟とはいわない。けちかんといっている。「けちかんで飯でも食わねえか」というように。

親父、つまり娘の父親の勘右衛門《かんえもん》というのが桁《けた》違いのけちで、〝けちの勘右衛門〟といわれていて、それがだんだんにつづまってけちかんといわれるようになったというのだが、勘右衛門はなんといわれようと柳に風。涼しい顔をして受け流している。

それで、どのくらいのけちかというと、たとえば飯炊き、皿洗い、配膳などの女子《おなご》衆《しゅう》を十数人も抱えているのだが、女子衆を雇い入れるとき、勘右衛門はこう言い渡す。

「鍋釜の掻き落としの煤《すす》を一合十文で買ってやる。せいぜい励んで掻き落とすように」

鍋釜は長く使っていると煤がつき、火の回りが悪くなって薪《たきぎ》が余分にかかる。煤を掻き落とせばその分、薪の減りが少なくなる。だからというわけだが、女子衆は一合で十文になるならとせっせと煤を掻き落とす。鍋釜の底はいつもぴかぴか。

むろん勘右衛門だって転んでもただでは起きない。一合十文で買った煤は叺《かます》に詰めておき、叺が一杯になると、勘右衛門はそれを安物の墨の材料として墨屋に売る。いくらにもならないがそれでも元はとれる。

一事が万事そんな調子なものだから、三十年ほど前に路地裏の間口一間ではじめた一膳飯屋がいまは表通りに移って間口七間。料理屋といってもおかしくない構えの、たいそう繁盛する一膳飯屋になっていた。

「聞くが」

とお節介焼きはいう。

「娘は三人いるらしい。そのうちのどれを貰うのだ」

「聞いてねえ」

親父の清兵衛は「おまえに嫁を迎えることになった」といったが、そんなことすら教えてくれなかった。持参金さえ入れればいいと思っているからに違いなく、なぜ、おれが金詰まりのとばっちりをこうむらなければならないのだと膨《ふく》れっ面《つら》で聞いていると、お節介焼きはつづける。

「三人の娘は十数人いる店の女子衆と一緒に立ち働かされているそうだ。たいした身上になっても勘右衛門に娘を乳母日傘《おんばひがさ》で育てる気などさらさらない。けちかんといわれる所以《ゆえん》だ」

その評判のけちかんが百両の持参金を持たせるというのだ。これはもうよくよくのおかちめんこと考えて間違いない。うーん、まいった。ここはなんとしてでも、この目で娘のご面相を確かめなければならない。それで、思ったとおりのおかちめんこなら、よーし、腹を括った。話を蹴ろう。蹴って、勘当《かんどう》されるようなことになったら、手代《てだい》くらいは勤まる。どこかの道具屋で働かせてもらおう。

だがしかし、どうやって確かめる？　かりに娘が長女、次女、三女の誰と分かっても、十数人いる店の女子衆と一緒に店で立ち働かせているのなら、こっそり店を覗いたところでどれがその娘か見当もつかない。娘の面を確かめるなにかいい工夫はないものだろうか。

毎日、朝から晩までそんなことを考えているうち師走に入り、いちだんと気忙しくなったその日。

「ご免」

と冴《さ》えない御武家が店先に立つ。応対にでて清吉はいった。

「いらっしゃいませ。何用でございましょう？」

御武家は口を開く。

「それがしはさる屋敷で納戸《なんど》方《かた》を務めておる」

「さようでございますか」

「昨日は煤払《すすはらい》」

江戸者は毎年十二月十三日に煤払という名の年末の大掃除をした。千代田《ちよだ》の御城がその日に煤払をするのにならったのだ。

「われら納戸方は納戸にある物を取り出してあれもこれもと埃《ほこり》を払っておったのだが、何十年と埃を被ったがらくたが山ほどあり、これも捨てよう、あれも捨てようということになった。それで、たいがいのがらくたは屑《くず》拾いを呼んでただでくれてやったのだが、二束三文でもまあまあ値がつくかなと思われる掛け軸が五本ばかりあり、取り除けておいて、小遣い稼ぎにと思って持参いたした。買ってくれぬか」

「拝見させていただきましょう」

清吉は一本また一本と掛け軸を広げた。ことごとく表具の漆《うるし》が剝《は》げ落ちている。絵が描かれているのが三本あるが、それはまたどれも絵の具が剝げたり、日焼けしたりしていて、まともなのは一本もない。ふつうなら、「これらはちと……」と断ってお引き取り願うのだが、ただ、一本、気になる文字が読み取れる掛け軸がある。清吉はいった。

「まとめて、南鐐《なんりょう》一枚ということでいかがでございましょう」

南鐐一枚は二朱。八百文。腕のいい職人の日当の二日分。酒手《さかて》としては十分。御武家は相好《そうごう》を崩していった。

「結構だ。文句はない」

「では、御名前を伺わせてください」

「小遣い稼ぎに、捨てるはずのがらくたを持ち込んだのだ。名乗るのはちと勘弁してくれ」

「ですが、伺っておかないとあとでややこしいことになるのです」

「ややこしいことにとはどういうことだ？」

「これらの品があとで紛失物や盗品だと分かったりしたら、お上からきついお叱りを受けるのです」

御武家はきっとなっていう。

「紛失物や盗品を持ち込んだとでも申すのか？」

「そういうことをいってるのではありません。御名前を伺っておかないとあとでややこしくなると申しているのです」

「がらくたを持ち込むだけでも恥ずかしいことなのに」

「御名前が世間に洩れるようなことはまずまずござりますまい」

「そうだな。がらくたどものな。分かった。申そう。すぐ近く、細川越中守《ほそかわえっちゅうのかみ》家の者で納戸方の五木平内《いつきへいない》と申す」

「道三河岸《どうさんがし》のですね」

「そうだ」

評定所の手前にある。

「細川様の……」

と清吉はすらすら書き留め、

「ではこれを」

と南鐐一枚を差しだしていった。

「請取《うけとり》を」

「請取まで渡すのか？」

「いただくことになっておりますので」

「分かった」

五木平内という御武家は請取を認《したた》め、受け取った南鐐を袂《たもと》に入れて店をでていった。

二

御武家が帰ったあと、清吉は気になる文字が読み取れる掛け軸をあらためて広げた。

「一　坊主になるな魚《うお》を食え　」

坊主は肉食《にくじき》を禁じられている。坊主になんかならなくて気楽に魚を食いなさい。

「一　地獄へ行て鬼に負けるな　」

どうせ極楽じゃなくて地獄へいくんだろうが、閻魔さんや鬼に負けたらいかんぞ。

「一　大食して暮らせ　」

大食は身体に悪いというが気にすることはない。好きなように食え。

「一　念仏は唱《とな》えずともよい　」

念仏を唱えたところで役に立たない。

「一　仏法を嘘おかしと思わはこの歌を見よ　」

仏法に疑問を持ったらこの歌を見ろ。

「　みな人に欲は捨てよとすすめつゝ
　　跡でひらふは寺の上人《しょうにん》　」

世間の人に「欲を捨てて生きなさい」とすすめておきながら、捨てられた欲を拾って生きているのが寺の上人、つまり坊主である。

なにがいいたいのだろう、と読み終えて清吉は考えている。

幕府のキリシタン禁圧の手段としての寺請《てらうけ》制度によって、民百姓は誰も彼もが旦那寺の住職の管理下におかれるようになり、なにかと干渉された。それゆえ時に度が過ぎ、住職に対する反感から「坊主憎けりゃ袈裟《けさ》まで憎い」とか、「くれくれ坊主にゃやりとうない」とか、「坊主丸儲け」などと、僧侶はとかく悪し様《あしざま》に罵《ののし》られるようになったのだが、掛け軸に並べてある言葉や狂歌はちょっと違う。

寺請制度による反感からくるものではなく、僧侶の世界に生きている人が、多くの仲間の生きざまや仏法の教えそのものに疑問を抱いて、その非を暴いている言葉や狂歌のように清吉には思われる。

すると……と頭に浮かぶのは読本で読んだことのある頓知《とんち》の一休《いっきゅう》さんだ。一休さんならこんな言葉や狂歌を並べても不思議はない。いかにも一休さんの詠みそうな狂歌だ。もっとも、一休さんの狂歌だからといって、念仏ではあるまいし、それが書いてあるから有り難いというのではないが、これは違う。

伸び伸びした筆遣いや力強い筆の運び、また紙の古さなどから推測するに、一休さんの生きた時代、つまり室町時代の物と思われる。細川越中守の細川家といえば室町時代からの名門。一休さんの書が細川家にあっても不思議はない。

ただ、残念ながら落款《らっかん》にある字は一休ではない。紫野《むらさきの》だ。印も紫野を崩してある。それで、紫野という人の作だとして、紫野という人が何程かの人なら、五両とか十両とか相応の値がつくのではないだろうか。掘り出し物とまではいかなくとも、そこそこの儲けになるのではないか。

それで、誰に鑑定してもらうかだが、一休さんの頓知話によると、一休さんは京都の臨済宗大徳寺《りんざいしゅうだいとくじ》の和尚さんということになっている。その大徳寺の江戸の触頭《ふれがしら》は品川《しながわ》の東海寺《とうかいじ》。清吉の家の旦那寺も臨済宗の寺だからそうと知っていた。ここは一つ東海寺を訪ねて、誰か和尚さんに、紫野なる人はいかなる人で、紫野さんの書はいかほどの値打ちがあるのかを値踏みしてもらい、よければ買ってもらおう。そう考えて翌

日、

「ちょっとでかけてきます」

と店の者に断って清吉は品川に向かった。

芝神明前はその途中にある。

芝神明前は飯倉《いいくら》神明宮の門前町で、一帯は江戸でも有数の盛り場になっている。それゆえ、そこの表通りで間口七間の一膳飯屋を構えているというだけでも、それはたいしたものなのだが……だからといって芋を女房に迎える義理はない。

いつも考えているそんなことをこの日も考えながら、右折すれば芝神明前というところにさしかかった。むろん素通りするつもりでいた。だが、怖いもの見たさといったらなんだが、店構えを見るくらいならいいだろうと東海道を右に折れた。

東海道と平行して走る最初の通り沿いが神明前といわれている、というくらいは清吉も知っている。神明前の通りにでて左右を見渡した。南（左）の方で女子衆三人ばかりが打ち水をしている。

江戸はことに冬になると筑波颪《つくばおろし》の空っ風が砂ぼこりを巻きあげる。打ち水をするのはむしろ冬のほうが多い。

「あそこかもしれぬ」

清吉は心臓をばくつかせながら、女子衆三人ばかりが打ち水をしている店の方に向かった。看板が見える。〝びっくり屋〟とある。紺地に白抜きの暖簾《のれん》にも〝びっくり屋〟とある。

「違いない。ここだ」

それとなく三人のご面相を窺《うかが》った。

「ひどい」

まともな顔をしたのは一人もいない。歳は二十代後半から三十代にかけての中年増《ちゅうどしま》。

あれから、父清兵衛に聞いた。

「娘は三人いるそうですが、嫁にくるのは上か下か真ん中か、どれなんですか」

清兵衛はいう。

「上だ。長女だ」

「長女は総領娘じゃないのですか」

「一番下に男の子がおって、家は男の子が継ぐ。お前が心配することではない」

「長女はいくつなんです？」

「二十いくつとか聞いている。いくつだっけ」

「二十一も二十九も二十いくつです。いくつだっけはないでしょう」

「今度、会ったときに聞いておく」

持参金のことしか頭にないから歳もろくろく聞いていないということのようで、歳はいまもって二十いくつとしか分からないのだが、すると芋は芋でも行き遅れの芋で、この三人の中のどれかなのかもしれない。だとしたら……と清吉はほとんど絶望的になりながらびっくり屋の前を通り過ぎた。

高輪《たかなわ》で昼になった。高輪には上り下りの送迎の人たちのための料理屋が軒を並べている。暖簾を掻き分けていった。

「一人だが、いいかな？」

「どうぞ」

と出迎えた娘はさっきの三人とは較《くら》べようがないほどの美人で、思わず、ぽおーっと見とれた。女が聞く。

「どうか、なさいましたか」

「あ、いや」

「こちらへ」

海が見える入れ込みの座敷に案内された。

「なにになさいますか？」

「なにができる？」

「貼紙をご覧ください」

〝本日の日替わり。穴子《あなご》と鯊《はぜ》の天麩羅《てんぷら》、味噌汁、香《こう》の物《もの》付き、三十五文〟とある。結構な値だが、場所柄、そんな値付けをしてもやっていけるのだろう。

「お刺し身なんかもありますが」

「いや、日替わりにしてもらおう」

こんなところにもあんな美人がいる。なのに、よりによって芋を迎えさせられるとは……、ああ、あ、おれって、なんと不幸せな男なのだろう。

腹の中でぶつくさ文句をいいながら昼をすませ、清吉はふたたび品川に向かった。

東海寺に着いた。

「ご免ください」

庫裏《くり》を覗いた。納所坊主《なつしよぼうず》が応対にでたのだが、だんだんに上に話があがっていって、勝輪院《しようとういん》という塔頭《たつちゆう》に案内された。部屋で待っていたのは伸ばしている髭《ひげ》が真っ白な老人で、

「当住の晦雲《かいうん》です」

と名乗る。清吉も名乗った。

「室町一丁目の道具屋、白雲堂《はくうんどう》の手代、清吉と申します」

「室町時代の人と思われる、紫野なる人が書いた掛け軸を持参したと申されるのですな」

「さようでございます」

「拝見しましょう」

清吉は風呂敷を開き、

「どうぞ」

と差しだした。

「どれ」

晦雲は座敷に広げ、食い入るように見つめてうなる。

「うーん」

「どうかなさいましたか」

「どうやってこれを手に入れられた？」

「一昨日の煤払の日に、屑拾いが持ち込んだのです」

五木平内という納戸方の侍は名前をだされたくないふうだった。いいかげんにごまかした。

「屑拾いはどこでこれを手に入れたのだろう？」

「さあ、聞いておりません」

「いくらで買われた？」

「二束三文です」

「いい買い物をされましたなあ」

「とおっしゃいますと、紫野という方は名のあるお方で、それは逸品ということになるのですか？」

「さよう、逸品です」

「紫野という方はどんなお方なのですか」

「一休禅師《ぜんじ》。ご存じですよねえ」

「よおく」

知っているからその縁でここにきている。

「紫野というのは一休禅師がそこにおられた大徳寺のある地名で、一休禅師はしばしば紫野を号とされております。これは一休禅師の書に間違いありません」

「なんと！」

「お店は室町一丁目にあると申されましたなあ？」

「申しました」

「屋号は白雲堂と？」

「ええ」

「一休禅師は狂雲《きょううん》とも号しておられた。つまり室町時代の一休禅師、つまり狂雲さんの書が、室町一丁目の白雲堂の手に落ちた。これは偶然ではありますまい。あなたのご先祖のご功徳《くどく》によるものでしょう」

先祖の功徳かどうかはともかく、父清兵衛はたしかに馬鹿正直で通っており、その功徳があったのかもしれない。

「ついては頼みがあります」

「なんでしょう？」

「この掛け軸、よかったら拙僧に売ってくださらぬか」

五両か十両になればと思ってやってきた。願ったりの話だ。

「いくらで買っていただけるのですか」

「駆け引きはいたしません。ずばり百両」

「ひゃっ、百両！」

「ただし、本物に間違いないと思うのですが、京都の本寺《ほんじ》大徳寺に送って真贋《しんがん》を確かめてからということで……。今日は手付として十両をお支払いします。いいですね」

百両あれば、親父は当座をしのげるはず。芋なんか迎えなくてすむ。なんだか嘘のような夢みたいな話だが嘘でもなければ夢でもない。清吉はいった。

「書画骨董を売り買いしてわたしら道具屋は商いをしております。わたしに文句はありません。お売りします」

「しばしお待ちを」

晦雲は奥に入り、やがてでてきていう。

「手付金十両、百両でわたしに売るという証文と、手付の請取です。所と名前を書いて判を、判がなければ拇印《ぼいん》を押してください」

「判はあります」

なにかのときのためにいつも持ち歩いている。証文に所と名前を書いて判を突き、請取を渡して手付金十両を受け取り、清吉は東海寺を後にした。

三

青野又五郎は紋蔵にこういった。

「あっしはもうあっちの世界に戻るつもりはありません。駕籠を担いで金を溜め、なにか商売をはじめます。せっかくですが、縁がなかったと奥林千賀子さんにお伝えください」

そのとおりを紋蔵は市川堂の市川初江を通じて奥林千賀子に伝えた。折り返し、市川初江を通じて奥林千賀子からこういってきた。

「あなた様の非番の日にどこぞでお会いしていただくわけにはまいりませんか」

そんな遣り取りがあって、市川初江と奥林千賀子がこの前会ったという東井でこの日、昼を一緒することになり、紋蔵は東井に向かっている。

「こんにちは」

と閉め切られている格子戸《こうしど》を開けた。

「いらっしゃいませ」

女将が迎えていう。

「お二方ともお見えです。二階の座敷にご案内しております。どうぞ」

女将は二階にあがり、廊下にすわって、

「藤木様がお見えです」

と声をかけ、障子を開ける。市川初江と奥林千賀子は並んですわっており、向かい合う位置に座布団がおかれている。

「今年もいよいよ押し詰まってまいりました」

当《あ》たり障《さわ》りのないことをいいながら紋蔵は座布団にすわった。奥林千賀子は両手をついて頭をさげる。

「暮れでなにかとお忙しいところを、ご無理をいって申しわけありません」

「なにをおっしゃいます。こんな日にできることといえば縁側《えんがわ》での日向《ひなた》ぼっこくらいです」

「さっそくですが、伺ってよろしゅうございますか」

「どうぞ。なんなりと」

「神崎清五郎様は駕籠舁きをつづけられるということですが、ご本人がたしかにそうおっしゃったのでございますか」

「おっしゃいました」

「信じられません。どうしてなのでしょう？」

「駕籠を担いで金を溜め、なにか商売でもはじめますとおっしゃってました」

「どこで駕籠舁きをなさっているのか、教えていただけませんか。じかにお会いして、お気持ちを確かめたいのです」

「この前お会いしたとき、青野さんではない、神崎さんですか、神崎さんはこうもおっしゃってました。駕籠舁きのわたしに嫁いでくる気がおありなら、居場所を教えていただいてもいいのですが、でなければ、教えてくださいますな。あっちの世界に戻るつもりはないというわたしの気持ちに変わりはないのですからと」

「話し合えば、いくらでもお互いの身の振り方について話し合いができるはず。わたしには依怙地《いこじ》になっているとしか思えない。なぜなのでしょう」

「さあ」

たしかに依怙地になっているといえばいえなくもない。

「この前、お師匠《し》（市川初江）さんに伺ったのですが、藤木様はお師匠さんにこうおっしゃったそうですねえ。青野さんが……、ややこしいのでここでは青野さんということにします。青野さんがおっしゃられたことに嘘はないと思うのですが、青野さんによれば、事件があって、追っ手がかかるかもしれない身となったから、身を潜めるように市川堂におられたと。そうおっしゃいましたよねえ」

「ええ、そう申しました」

さすがに「人を殺して」というのは秘したがいいと思い、「事件があって」といいかえた。

「さらに藤木様はこういわれた。青野さんが市川堂にいるのをわたしが知り、そのことがわたしの口から洩れて追っ手の耳に入ると、追っ手は市川堂に踏み込むかもしれない。白昼だと、子供を巻き添えにするかもしれない。そんなことになったら、お師匠さんや世間様に大迷惑をかける。だから辞めたいのです。一刻も早く市川堂を立ち退いたほうがいいということになるのですとも」

「ええ、青野さんはたしかにそういっておられました」

「事件があって、追っ手がかかる……。一体、なんのことなのでしょう。わたしは青野さんと婚約して、結納《ゆいのう》も取り交わし、挙式の一歩手前までいっておりました。事件があって、追っ手がかかる……など、そんなことは気配も感じませんでした」

「あなたはこう聞かされたそうですねえ。青野さんは他国で不慮の死を遂げたと」

「そうです」

「具体的には？」

「聞かされておりません。青野さんのお父上が、それ以上は申せぬとおっしゃいますので……。ですから、他国かどうかはともかく、つまらぬことで喧嘩でもなさって殺されたのではなかろうかと思っておりました」

「そのころ、広島でなにか事件は起きませんでしたか」

「事件とおっしゃいますと？」

「たとえば御家騒動とか、あるいは一族対一族の争いのようなことです」

「まったく」

と首を振って奥林千賀子はつづける。

「わたしの実家、奥林家はこう申してはなんですが重役に名を連ねることもある家です。そのようなことがあれば、自然とわたしの耳にも入るはずです」

「あなたが偶然市川堂で青野さんに会われたのは一月《ひとつき》くらい前ですよねえ」

「そうですが、それがどうかしましたか」

「そのころ、御屋敷でなにか変わったことはありませんでしたか」

「とくにございませんが、変わったことといえば、そうそう、お殿様が亡くなられました」

「いつです？」

「十一月の二十一日です」

「今日は十二月の十五日。青野さんがわたしを訪ねてきて、市川堂を辞めます、なにか仕事をといわれたのはたしかそのころ、十一月の二十一日か二十二日でした。暦《こよみ》に印をつけておりますから後で確かめますが、するると、青野さんがわたしに市川堂を辞めます、なにか仕事をといいだすようになったきっかけはあなたと偶然会ったことにではなく、お殿様の死にある？」

「まさか」

「あなたが偶然見えたことがきっかけのように青野さんはおっしゃり、わたしたちもそう思っておりましたが、きっかけは違う？」

「そんなことって……あるのでしょうか」

「だから青野さんは、駕籠舁きのわたしに嫁いでくるのなら話は別ですがね、などといってあなたとの復縁話に耳を藉《か》さない」

「きっかけがお殿様の死にあるとしたら、どんなことが考えられるのでしょう？」

「そうだ。お師匠さん」

「なんでしょう？」

と市川初江が応じる。

「この前、青野さんに聞きました。全体、あなたはいかなるご縁があって、市川堂の男座の師匠になられたのですかと。それに青野さんはこうおっしゃった。江戸にでてきて、こっそり参勤で江戸にきている旧知を頼ったところ、たまたま浅野家と縁のある初江殿を知っておって、ちょうどいい、やってみるかと勧められたのですと。そうなのですか」

「半分は当たっており、半分は違っております」

「とおっしゃいますと？」

「お殿様は名を斉賢《なりかた》とおっしゃるのですが、御前様は有栖川宮《ありすがわのみや》家からこられております」

「有栖川宮家というと皇族の？」

「そうです」

「そうでしたか。それは知りませんでした。しかし、すると皇族のお姫様が法華を信じておられるのですか」

「詳しいことは存じません。嫁いでこられてからだんだんにそうなられたらしいです」

「大奥でも法華はえらく盛んらしいですからありうることなのでしょうが、それで？」

「市川堂を二階建てにして男座を設けることにしたのが一昨年の夏。そのとき、用があって霞ヶ関の御屋敷にまいり、なにげなく御前様に、しかじかの次第で男座のお師匠さんを探しているのでございますと申しました。その旬日《じゅんじつ》後でした。御前様から声がかかってまいりますと、男座の師匠の件ですが、うちの小林《こばやし》に心当たりがあるそうだから、小林に会ってみないかと」

「どういう方なのです？」

「有栖川宮家からはお付きの御女中だけでなく、お侍も二人が御前様に付き添ってこられ、男にしかできない御用を果たしておられるのですが、そのうちのお一人が小林様です。小林隼人《はやと》と申されます」

「浅野家の家来ではあるが、元をただせば有栖川宮家のご家来というわけですね」

「そうです。青野様はそのお方、小林様のご紹介です。ですから、小林様が浅野家と縁のあるわたしを知っておってというのは当たっているのですが、小林様が参勤で江戸にきている旧知というのは違っております」

「説明するとややこしいからそういってはぐらかしたのか、それともわざとはぐらかしたのか」

「どうなのでしょう」

「いずれにしろ青野さんは有栖川宮家からこられている御前様となんらかの繋《つな》がりがある。そしてお殿様が亡くなられたのと時を同じくして、身を隠すように市川堂を去って駕籠舁きになられた。今度の青野さんのことは、お殿様かもしくは御前様、あるいは御両人様となにか繋がりがあってのこと。そう考えることはできませんか、奥林さん」

「広島からのおかしな去りようといい、あるいはそうかもしれません」

「青野さんはわたしに、せっかくですが、縁がなかったと奥林千賀子さんにお伝えくださいといわれたが、するとそれは本心ではない。原因はほかにあってそういわれているのかもしれず、なにがあってのことか、そこら辺りがはっきりするまで、そっとしてあげておかれたらどうです。少なくともいまの青野さんに、あなた以外の女性を娶《めと》るつもりはない。それははっきりしている」

「分かりました。じたばたしないで、しばらく様子を見させていただきます」

「そろそろお食事にしましょう」

といって市川初江は手を叩いた。

四

清兵衛が店先に顔をだしていう。

「清吉」

「なんですか」

「ちょっときなさい」

清吉は清兵衛の後についていった。清兵衛は奥の神棚を背にして長火鉢の前にすわる。清吉はその向かいにすわった。

「今日、わたしが留守にしていた間に、酒、味噌、醤油、その他もろもろの節季払《せっきばら》いの勘定七両余をおまえはそっくり支払ったと聞いた。金はどうした？」

「昨日、今日とお父《と》っつぁんは忙しくしていたので後回しにしていたのですが、ちょうどいい、ご説明します。実は、掘り出し物を当てましてねえ。百両ほども儲かることになり、手付金を十両、いただいたのです」

「ほおー、それはでかした、といいたいところだが、いまどきそんなうまい話が転がっているとは思えぬ。おかしな仕掛けに乗せられているのではないのか」

「ご安心ください。出所《しゅっしょ》もしっかりしておりますし、買い手も、本物だ、間違いないといっておられます」

「出所？　どこだ？」

「道三河岸は細川越中守様の御屋敷」

「買い手は？」

「品川東海寺の塔頭、勝輪院の晦雲という和尚さんです」

「詳しく聞かせてもらおう」

「その前に、聞いていただきたいことがあります」

「なんだ」

「百両の持参金付きの嫁を貰うという話、あれはないことにしてください」

「なぜだ？」

「気がすすまなかったのですが、家のためだと思って従うことにしました。ですが、百両が転がり込むことになると話は別。百両の持参金付きの嫁など貰うことはない。断って、自分の気に入ったのを貰います」

「気に入った娘とか約束した娘とかがいるのか」

「いいえ」

くともいい」
「だったらなにも、祝言も間近に迫っているというのに、話を引っ繰り返したりしな
「百両が入るのだから、百両の持参金付きの嫁など貰わなくともいいといっているの
です」
「おまえは百両の持参金というのをえらく気にしておるが、それは、こっちからいい
だしたことではない。相手の神明前のびっくり屋は勘右衛門さんが裸一貫から身を起
こしていまのような身代にした一膳飯屋で、うちは正徳から六代もつづく老舗。ひょ
んなことから、わたしは勘右衛門さんと知り合って意気投合し、娘を貰ってもらえま
せんか、いいでしょうということになった。それで、おたくほどの老舗に貰っていた
だくからには、娘が肩身の狭い思いをしないよう、百両ほども持たせていただきまし
ょうとおっしゃる。遠慮しときますというのもおかしなものだから、ああ、そうです
かといい、おまえにもそういったまでで、なにもおまえが気にすることはないのだ」
「お言葉ですが、家はいま金詰まりで青息吐息。お父っつぁんにとっては渡りに船だ
ったのでしょう」
「まあ、たしかに青息吐息だが、だからといって身代が潰れてしまうというほどでも
ない。いざとなれば、在庫のがらくたを叩き売っても二百や三百にはなる」

「近所の手前もあります。なにも持参金付きの嫁など貰うことはない。貰えば、とかくのことをいわれる」

「ははーん。そうか、分かった。おまえが気乗りしないでいる理由がだ。おまえ、相手の器量を心配しているのだな」

ずばりだから、清吉はなにもいえずに口をつぐんだ。

「百両を真綿でくるんだ芋がくるという狂句がある。嫁は芋だと思っているのだろう？」

「芋ではないんですか？」

「それは……」

「娘の顔を見たことがあるんですか」

「ない」

「実はですねえ。こっそり勘右衛門さんの顔を見たのです」

「いつ、どこで、どうやって？」

「それはまあ、いいじゃないですか」

品川からの帰り、神明前で日が暮れて、こっそり店を覗いた。店は薄暗いうえに女は大勢いたから、長女がどれとは分からなかったが、女たちが「旦那様」「旦那様」

といっていた親父の顔ははっきり見た。

「勘右衛門さんは鬼瓦がひしゃげたような顔をしている」

「まあ二枚目ではない」

「瓜《うり》の蔓《つる》に茄子《なすび》はなりません」

「それは分からぬ」

「鳶《とび》が鷹《たか》を生むこともない。鬼瓦がひしゃげたような女房の顔を見て一生を暮らすなど、わたしにはたえられません」

「聞くが、おまえはどれほどの面《つら》をしておる?」

「見てのとおりです。男前ではありませんが、かといって不愉快な顔ではない」

「界隈の娘を騒がせたようなことは……」

清吉はうつむいた。一度もなかった。

「贅沢《ぜいたく》はいえないんじゃないのか」

「しかし」

「惚れ合って一緒になる者もこの世にはいる。だが、どこかに無理があって、だいたいは不幸せに終わっている。そこへいくと、親が決めた結婚には家どうしが釣り合っていて無理がない。うまくいくものだ。お父っつぁんだって、祝言を挙げて、みんなが飲んで食って騒いで帰っていった明け方、ようやく角隠《つのかく》しをとった、亡くなった母さんの顔を見た。母さんはおまえも知ってのとおり十人並み。だが鬼も十八、番茶も出花。若かったから、それは美人に見えたものだ」

清兵衛はそういいながら一服つける。

「母さんはというと、ちらちらとわたしの顔を盗み見しておったそうで、いい男だったのでほっとしたといっておった」

清吉は思わずいった。

「お父っつぁんがいい男？」

「そうだ」

ジャガ芋のような顔をしている。お世辞にもいい男とはいえない。

「要は気の持ちようだ。互いに、いい相手に巡り合えた、よかったと思えばそれでいいのだ。そうすれば以後、家内安全、幸せな家庭が築ける」

「それは違う。醜女《ぶす》は醜女だ。醜女と一生を寄り添うのはたえられない。とにかく、百両は都合がついたのです。家は息がつけるはずです。ことわってください」

「さあ、その百両の話だ。詳しく聞かせてもらおう」

「煤払の日の翌日でした……」

と清吉は一部始終を語った。

清兵衛は顔をしかめていう。

「やはり、おかしな話だった」

清吉は口を尖らせる。

「どこが？」

「おまえが屑拾いとかから買い取って、東海寺の塔頭に持ち込んだというのなら話はとおる。まさに掘り出し物を当てたわけだからなあ。そうではなく、出所は細川様の納戸方とはっきりしている。たとえ、塔頭の晦雲という和尚さんに屑拾いから買ったといってその場はごまかしたとしても、大徳寺に送って真贋を調べるということだから、やがて出所は細川家だと明らかになる。そしてそのことは細川家の耳に入る。五木平内という納戸方の侍ががらくただと思ってここへ持参したということだが、手違いがあってのことで、掛け軸は細川家の目録にもきちんと載っているはずだから、どういうことなのだと細川家は騒ぎ立てる」

「しかし、わたしはたしかに南鐐一枚、金二朱で買っております。請取もとっております。おかしなことをやって買い取ったのではありません」

「さあ、そこだ。たしかにおまえは代を払って買っておる。その点で、誰彼に文句をつけられる筋合いはない。しかし、細川家に手違いがあってのことに違いなく、二朱で買って、右から左へ百両で転売したとなると、白雲堂《うち》は世間からどういわれる？すっとぼけて二朱と値踏みし、こっそり百両で転売した。正徳のころからつづく老舗かどうかは知らないが薄汚い商売をする。とてもじゃないが、あんなところとは取引できない。そういわれ、信用はがた落ちになって店はいよいよ金詰まりになり、最後は傾く。分かってくれるな」

「じゃあ、どうしろと？」

「すぐにも東海寺の塔頭にでかけていき、手付金を倍返しして掛け軸を返してもらい、細川様の御屋敷にお届けするのだ」

「それじゃあ、家《うち》は十両も損をする」

「仕方がない」

「それでなくとも、家の台所は火の車だというのに」

「おまえが心配することではない。商売はなによりも信用が第一なのだ」

清吉はあきらめていった。

「分かりました。じゃあ、でかけてきます」

清吉は品川に向かった。

「また何用で？」

当住の晦雲は迎えて聞く。

「しかじかでございます」

と清吉は事情を説明して、二十両を差しだした。

「うーむ」

晦雲は腕を組んでうなる。

「当寺から大徳寺へは、九、十九、二十九日の月に三度、手紙や品々を送ることになっていて、例の掛け軸は荷造りして手許《てもと》においたままになっている。そなたに渡そうと思えばすぐにも渡せる。だが、なんとも惜しい。一休禅師といえば大徳寺を代表する室町時代の名物和尚さんだからなあ」

「でも、細川様の手違いに違いなく、このことが世間に広まったら、わが白雲堂の信用はがた落ちになり、ひいては商売にも影響すると、はい、父が申すのでございます」

「実は細川様は大徳寺が菩提《ぼだい》寺で、江戸ではここ触頭の東海寺が菩提寺になっている。細川家の物と分かれば、いよいよ自分の物にするわけにはいかぬ。分かった。そなたの父の正直で誠実な人柄に免じて返してつかわそう」

「有り難うございます。これは倍返しの二十両でございます」

「十両は受け取るが倍返し分の十両は受け取れぬ。受け取ったらわたしが恥を掻く」

「それでは申しわけが立ちません」

「受け取れぬ物は受け取れぬ」

「ではお言葉に甘えて、そうさせていただきます」

その日も神明前にさしかかったところで日が暮れたが、びっくり屋に寄り道はせず、まっすぐに家をめざした。

五

「ご免くださいまし」

清吉は細川家の門番に声をかけた。

「なんだ。なんの用だ？」

町人が相手だと、門番はあなどって踏ん反り返る。

「納戸方の五木平内様にお会いしたいのでございます」

「五木平内様というと……」

と門番は同僚に話しかける。

「たしか伊皿子台《いさらごだい》の屋敷に……」

門番は清吉に聞く。

「おぬしは？」

「室町一丁目の白雲堂と申す道具屋の手代でございます。清吉と申します」

「五木平内様に用があるのだな？」

「さようでございます」

「そこの腰掛に腰を下して待っておれ」

門内の腰掛でしばし待っていると、門番が侍を案内してくる。

「それがしは五木平内殿の朋輩《ほうばい》、鈴木三太夫《すずきさんだゆう》と申す。用件は？」

「五木平内様に直接」

「五木殿は事情があって伊皿子台の屋敷におられるのだが、伊皿子台はいささか遠い。それがしが代わって承っておく。何用だ」

「五木平内様が持参された掛け軸についてでございます」

「なに、掛け軸だと？」

「そうです」

「まさか、一休さんの掛け軸と申すのではあるまいな？」

「その一休さんの掛け軸です」

「そうか。だったら、ちょっときてくれ」

清吉は内玄関から上げられ、十畳ほどの部屋に通された。出入りの商人や諸職人を通す部屋なのだろう。殺風景な部屋だ。

やがて鈴木三太夫と名乗った侍がいま一人の侍を伴ってきていう。

「用人の志水孫七郎《しみずまごしちろう》様だ」

清吉はあらためて名乗った。

「室町一丁目の白雲堂と申す道具屋の手代でございます。清吉と申します」

志水孫七郎は口を開く。

「当家の納戸方、五木平内がそのほうの店に一休禅師の掛け軸を持参したと申すのか？」

「さようでございます」

「いつのことだ？」

「煤払の翌日です。五木平内様がこれらの掛け軸五本を持参され、がらくただが引き取ってくれないかと申されます」

五木平内が持参したあとの四本の掛け軸はすべて売れ残っていた。

「それで、締めて南鐐一枚で買わせていただきました」

「金二朱でと申すのだな」

「さようでございます」

と清吉はうなずいていった。

「こちら様の菩提寺は京都の大徳寺で、江戸での菩提寺は品川の東海寺だそうでございますねえ」

「さよう。よく存じておる」

「偶然なのですが、東海寺のどなたかに鑑定をしていただこうと、このうちの一本を持参しました。応対されたのは塔頭勝輪院の晦雲という和尚さんで、晦雲さんはこれは一休禅師の書である、百両で買い取りたい、ついては京都に送り、あらためて大徳寺で鑑定してもらう、とりあえず手付金を十両支払うと申されます。願ってもない話なので、十両を頂戴して帰りました。ところが、白雲堂の主人《あるじ》でもあるわたしの父清兵衛が……」

と経緯《いきさつ》を説明してつづけた。

「そんなわけで、お返しにまいった次第でございます。どうか、お納めください」

「いくらだ」

「二朱で買わせていただきましたので、二朱をお支払いくださいい」

「おぬしはいま、東海寺の塔頭勝輪院の晦雲さんに百両で売る約束をして、十両の手付金まで貰ったといった。晦雲さんによればだ、百両の値打ちがある。それを二朱でいいだと？　本気で申しておるのか」

「本気もなにも……。いまも申したとおり、そちら様に手違いがあってのことでしょうから、お返ししてこいと父清兵衛が申しますゆえ、お返しにまいったのでございます」

「おまえのところは道具屋だろう？」

「さようでございます」

「鵜《う》の目鷹の目で掘り出し物を探しているのではないのか」

「そりゃあ、掘り出し物に行き当たればそれに越したことはございません。ですが、そんなことはめったになく、ふつうはまあ、地道に商いをしており、それが一番だと思っております」

「そうか、分かった。ちょっと待っておれ」

といって志水孫七郎と鈴木三太夫は奥に引っ込む。

それが朝の五つ半（九時）過ぎ。ところが昼九つ（十二時）の御太鼓が鳴っても二人は姿を見せず、また誰も構ってくれない。さすがにいらつくが、相手は五十四万石の大大名。「どういうことなんだ？」などと大声をあげるわけにはいかない。待った。

「待たせた」

といって志水孫七郎と鈴木三太夫が姿をあらわしたのは、なんと八つ（二時）の御太鼓が鳴りはじめたときだった。

納戸方の五木平内は目録にもしっかり載せられている一休禅師の書を誤って処分した。不届きであるとされて伊皿子台の下屋敷で謹慎を命ぜられていた。そこへ志水孫七郎は早馬を飛ばして、室町の道具屋がやってきてかように申した、事実かと質した。

五木平内はすべて屑拾いに払い下げたと弁解していた。室町の道具屋に二朱で売り飛ばして小遣い稼ぎをしていたというのは、恥ずかしいことなので黙っていた。それがばれて、そのことで追罰を受けることになりそうなのだが、それはともかく、五木平内が一休禅師の書を室町の道具屋に二朱で売ったのは相違ないと判明した。志水孫七郎は取って返して上役の江戸家老に、いかが取り計らいましょうかと聞いた。

たとえ売値は二朱であったとはいえ、道具屋はその後、百両という値をつけて勝輦院に売る約束をしている。それを二朱で買い戻したとあっては肥後《ひご》五十四万石の名折れ。江戸家老は百両で買い戻せと指示した。志水孫七郎は清吉にいう。

「伊皿子台にいる五木平内に問い合わせたところ、五木がそのほうの道具屋に売ったのは事実と判明いたした。ついては」

と鈴木三太夫に持たせていた三方《さんぼう》を前にすっとずらしていう。

「百両ある。受け取るがいい」

なるほど、そうか。いろいろあって時間がかかったのだ。清吉はすぐにそうと悟り、心はぐらりと揺れた。これで、芋を迎えなくてすむと。だが、気持ちとは裏腹のことを口にしてしまった。

「なにかの間違いではございませんか」

「東海寺の塔頭勝輪院に百両で売る約束をしたのだろう？」

「そうですが、そちら様に手違いがあってのこと、お返ししてまいれと父が申すので、かようにお返しにまいっているのでございます。五木平内様にお渡ししたのは二朱。百両は法外。受け取るわけにはまいりません」

といって清吉は気づいた。どうやら、おいらも親父の血を受け継いでいるらしいと。

志水孫七郎は気色ばんでいう。

「この百両、受け取れぬと申すのか」

清吉は胸を張っていった。

「受け取れませぬ。受け取る謂《いわ》れがございませぬ」

「刀にかけてもか」

「ちと、大袈裟でありませぬか」

「それもそうだ。だがのオ、道具屋。われらとしても、いったんだした物を引っ込めるわけにはいかぬのだ」

「わたしとしても、受け取る謂れがない物を受け取るわけにはまいりませぬ」

「室町一丁目の道具屋白雲堂と申したな」

「さようでございます」

「後日、挨拶にまいる。今日のところは引き取れ」

「失礼します」

それからというもの、毎日のように志水孫七郎は白雲堂にでかけていき、清兵衛と受け取れ、受け取れませぬと遣り取りをして、暮れの江戸はその話題で持ちきりになった。もとより、紋蔵らも耳にして話題にした。

いた。

「井戸の茶碗」という外題《げだい》の落《おと》し噺《ばなし》がある。

麻布《あざぶ》のどことかに住んでいる清兵衛という屑拾いは正直者で正直清兵衛といわれていた。

ある日、清兵衛は白金《しろかね》の清正公《せいしょうこう》（加藤清正《かとうきよまさ》）様の通りの近くに住んでいる浪人者から仏像を三百文で買った。

清兵衛はそのあと、伊皿子台の細川家の下屋敷沿いを通りかかった。二十四、五の侍が窓から清兵衛を呼び止め、仏像を買った。洗うと、底の紙が破れて、小判五十両がでてきた。

仏像は買ったが小判を買った覚えはない。侍は清兵衛が通りかかるのを待ち構え、摑まえて、返してこいといった。清兵衛は返しにいった。

浪人は、売った以上は向こうの物。受け取れぬといい、受け取れ、受け取れぬという遣り取りがあって、浪人の住む町の家主が仲に入り、双方が二十両ずつ、清兵衛が十両を受け取るということで決着した。

しかし浪人は気がすまない、手許にまああの茶碗がある、これを受け取ってもらいたいと侍にいった。侍は受け取った。

そんな、二人の遣り取りが細川の家中で評判になり、殿様が茶碗を見せろといった。侍は殿様に茶碗を見せた。殿様は目利きに見せた。それがなんと、この世に二つとない値打ち物の「井戸の茶碗」だった。そこで殿様は三百両で茶碗を買いあげた。侍は正直清兵衛をつうじて、せめて半分の百五十両を受け取ってもらいたいと浪人にいった。浪人は受け取れないという。

受け取れ、受け取れぬという遣り取りがまたまたあって、浪人は、では娘を嫁に貰ってもらい、百五十両はその結納金として受け取りたい、そして嫁ぐときに持参金として持たせたいといった。娘は評判の美人でもあったので侍は承諾し、娘は侍に嫁いだ。めでたしめでたし。

「井戸の茶碗」はざっとそんな筋書きで、とても事実あったこととは思えないのだが、江戸時代からあったことのように語り継がれていた。あるいは、道具屋清兵衛・清吉父子と細川家の志水孫七郎との遣り取りが形を変えて語り継がれたのかもしれなかったのだが、それはともかく、道具屋白雲堂と細川家の遣り取りは決着を見ないままに年は暮れ、新年を迎えて、祝言は間近に迫った。

清吉は、俎板《まないた》の鯉《こい》、こうなりゃあじたばたしてもはじまらない、成り行きに身を任せようと腹を括った。

祝言の日を迎えた。飲んで、食って、騒いでと祝言は真夜中までつづき、夜明け近

くにようやくお開きとなって、清吉はやっと花嫁と向かい合った。花嫁はおずおずと角隠しをとる。芋のはずが……、

「あっ、おっ、あなたは……」

高輪の料理屋にいた美形の娘だった。清吉は聞いた。

「どういうことなんだ」

「売りにでたあの店をお父っつぁんが買い、わたしはしばらく手伝いに出向いていたのです。それで、あなたが持っておられた風呂敷包みに『室町白雲堂』とあったものですから、ははーん、このお方が嫁ぐ相手の清吉さんだと気づきました」

「なぜ、そのこと、わたしに一言いってくれなかったのだい？」

「難しい沈んだ顔をなさって物思いにふけっておられたから、よけいなことを話しかけるのはよしたほうがいいと思ったのです」

あのときは、こんなところにもあんな美人がいる、なのに、よりによって芋を迎えさせられるとは……、ああ、あ、おれって、なんと不幸せな男なのだろうと考えていたのだ。物思いにふけっていたのではない。花嫁はつづけていう。

「百両を受け取られなかったという話ですが、さすが清兵衛さんと清吉さんの父子は違うと、お父っつぁんはとても感心して、わがことのように喜んでおります」

お父っつぁんが返すといいださなければ、勝輪院の和尚さんから百両を受け取り、なにがなんでも縁談を蹴り、この娘を迎えることはなかった。なんということだろう。清吉はいった。

「一つだけ聞いていいですか」

「一つといわず、なんでもどうぞ」

「高輪でお会いしたとき、わたしのことをどう思いましたか」

「思っていたとおりの素晴らしいお方だったので、ほっとしました。わたしたち嫁ぐ側もお相手はどんな方なのだろうと気を揉むのですよ」

　親父によれば、お袋もおなじようなことをいったというが、紋切り型には思えなかった。

「いま一つ」

「どうぞ」

「あなたは本当に勘右衛門さんの娘さんですか」

「よくそういわれます。鳶が鷹を生んだのでしょうねえ。実の娘でございます。末長くよろしくお願いいたします」

「こちらこそ」

といって清吉はそっと花嫁の手をとった。

にっと笑った女の生首

一

「おや、お久しぶり」

役所からの帰り、大通りの角で大竹金吾にばったり出会った。

「そういえば」

しばらく金吾と酒を酌《く》み交わしていない。

「今日辺りどうです?」

金吾は猪口《ちょこ》を傾ける真似をする。

「いいねえ」

「じゃあ、若竹《わかたけ》で待ってます」

「ひとっ風呂浴びてからでいいかな」

湯屋《ゆや》には二日に一回通っていた。

「どうぞ、ごゆっくり」

紋蔵は家に帰り、着替えて湯屋に向かった。桶《おけ》は留桶《とめおけ》にしてある。身体を流したあと、固く絞った手拭《てぬぐい》を手に若竹に向かった。

「いらっしゃい」

と迎えたのは金右衛門《きんえもん》だ。江戸でぶらぶらしている在の大金持ちである。谷山《やつやま》の料理茶屋観潮亭《かんちょうてい》の金主《きんしゅ》でもある。金右衛門はつづけて話しかける。

「しばらくお会いしませんでした。お変わりありませんか」

「ええ、まあ」

「駆けつけ三杯」

金右衛門は銚子《ちょうし》を持つ。紋蔵は小女《こおんな》から猪口を受け取り、それに金右衛門はなみなみと注《つ》ぐ。

「おっと」

こぼれそうになったのを口を近づけてずずっとすすった。そこへ金右衛門はさらに注ぎながらいう。

「お嬢さんの結婚話、すすんでいるそうですねえ」

紋蔵は笑っていった。

「後家《ごけ》です。お嬢さんではありません」

「この前、町角でお見かけしました。まだまだお若い。お嬢さんですよ」

長女稲《いね》は南の与力蜂屋鉄五郎の次男鉄三郎《てつさぶろう》に嫁いだ。鉄三郎は剣持《けんもち》家の養子になり、というより剣持家の株を買って御家人《ごけにん》になった。御家人が立身出世することができるのは勘定《かんじょう》畑に限られている。鉄三郎もなんとか勘定所に潜り込み、将来を嘱望《しょくぼう》されるようになったのだが、不運にも不帰《かえらず》の病にとりつかれてこの梅雨《つゆ》どきに死去した。稲は二歳になる娘千鶴《ちづ》の手を引いて紋蔵の家に帰ってきた。

そのおよそ半年後のお玉落ちのころだった。稲にとっては義父に当たる蜂屋鉄五郎は稲の将来を気遣い、再縁をすすめた。

相手は稲が子供のころ、手習塾知新《ちしん》堂《どう》で机を並べたことのある北の与力、新婚の妻に先立たれた里見《さとみ》恒之助《こうのすけ》だ。千鶴という娘がいる。しかも夫が病死して半年ばかり。稲はむろん「わたしは鉄三郎様以外の方に靡《なび》くようなはしたない女ではありません」といって頑《かたくな》に拒んだのだが、「鉄三郎の一周忌を待って」という鉄五郎の強い勧めに首を縦に振らされた。

だったらと里見家では着々と準備をすすめ、ついこの前、蜂屋家で結納の儀がとりおこなわれた。紋蔵も連れ合いの里と一緒に顔をだした。ほかにも市川堂の男座の師匠だった青野又五郎と奥林千賀子のことなどあれやこれやとあって、若竹はここしばらくご無沙汰していた。

「いやあ、まいったまいった」

ぼやきながら金吾が入ってくる。紋蔵は聞いた。

「昨日からの騒ぎがまだおさまらないのかい？」

「そのとおり。それで足止めを食わされちまったんですよ」

金右衛門が聞く。

「昨日からの騒ぎってなんです？」

紋蔵が応じた。

「ご存じない？」

「昨日まで観潮亭にいて、八丁堀にはさっき戻ってきたばかりなんです」

金吾が説明する。

「もともとは浜町河岸《はまちょう》ではじまった騒ぎなんですがね。昨日のことです。日が暮れてすぐ、音羽《おとわ》と墨で書かれた提灯を持つ鳶の者らしい二人連れが声高にやってくる。どうかしたのかと辻番《つじばん》が咎《とが》めるように聞いた。どうしたもこうしたもあるものか」

一人がそういってまくしたてた。

「いやあ、驚いたねえ。男が前垂れで包んだなにか重い物を道端《みちばた》に捨てようとした。前の店の者が不審に思い、なにをやってるんだと近寄って見た。おれらもつられて覗いた。包んであったのはなんだと思う?」

辻番は聞く。

「なんだったんだ?」

辻番は武家に雇われている。町人に対しては横柄な口を利く。

「乱れ髪のにっと笑った女の生首だ」

「まさか」

「本当だ」

「担いでるんじゃねえだろうなあ」

「店の者はぎゃあーと声をあげ、ふつうなら自身番屋《じしんばんや》に走って知らせるところを、驚きのあまりこういった。駄目だ、こんなところに捨てちゃあ、どこか他所《よそ》で捨てろと。男は生首を拾いなおし、すごすごとその場を後にした」

「おまえたちはなにをしていたんだ?」

「あっけにとられてただ見ていた」

「男を追わなかったのか？」

「薄気味が悪くて追えるか」

いま一人がいう。

「生首を包んだ前垂れは使い古しだったから女はどこにでもいるそこいらの女房《かみ》さんのようで、すると生首を持ち歩いていたのは亭主ということになるようだ。女房が間男かなんかをやったのを知って怒り狂い、殺しても飽《あ》きたらず、首を切り落としちまったんじゃねえのか」

辻番は聞く。

「どこであったことだ？」

「富沢町だ」

昨夜そんなことがあったと金吾は説明してさらにつづける。

「去年の夏、おなじようなことが木挽町《こびきちよう》でありました。覚えておられますよねえ」

金右衛門は首を横に振っていう。

「おなじようなことって？」

「男が死んだ女をおぶって、どこに捨てようかと汐留橋《しおどめばし》の辺りをうろうろしている。

そんな噂が夕刻に立った」

「埋葬する金がなかったからなのでしょうか」

「かどうかはともかく、いくらなんでも死んだ女をどこかに置き去りにするなど考えられない。そんな馬鹿な話があるものかと界隈の者は一笑に付し、聞き流していたら翌朝、河原崎座《かわらさきざ》のこっち方、木挽町四丁目の芝居茶屋の前に冷たくなった女が置き去りにされていた。ご存じのように芝居は朝早くにはじまります」

芝居は朝早くから夕刻まで一日がかりだった。

「だから、芝居茶屋も朝から客を迎えたり……と忙しいのに、検視の御役人に検死をすませていただくまでは仏さんを動かすことができない。店は往生《おうじょう》したということがありました」

「そうでしたか。わたしは知らなかった。観潮亭に居つづけていたときのことだったんだろうか」

「浜町河岸の件《くだん》の辻番所は組合辻番です」

個人で費用を負担しきれず、小名《しょうみょう》や旗本何人かが組み合って維持・管理する辻番所を組合辻番といった。

「そこで辻番は組み合っている御屋敷の門を叩いてまわり、去年の夏、しかじかのことがございました、また似たようなことがありそうです、しかも今度はにっと笑った女の生首です、ご用心なさってくださいと触れまわった」

「みんな仰天したでしょうねえ」

「あの一帯は町屋と隣接しており、噂はたちまち町屋にも広まり、上を下への騒ぎになった。正月を前に、店先ににっと笑った女の生首など縁起が悪いどころではない。下手をすると祟《たた》られる」

「かもしれません」

「御屋敷はむろんのこと町屋もみんな戦々恐々で表を見張って一夜を過ごし、とにもかくにも何事もなく、夜が明けてほっと胸を撫《な》でおろした。ふつうならそれで一件落着となるのですがそうはならなかった」

「なぜです？」

「噂に尾鰭《おひれ》がついてこういうことになった。御屋敷や町屋が騒がしいので、男は生首を抱えたままいったん家に帰った。しかし、いつまでも生首を家においておくわけにいかない。おそらく今夜ふたたびあらわれて、間違いなくどこぞにおいていく……。大いにありうるというので、今夜もまた、なかには高張り提灯まで立てて警戒おさおさ怠《おこた》りないというありさまです。そんなわけで」

と金吾は紋蔵に向きを変えていう。

「噂は浜町河岸と近くの町屋だけでおさまらず、今日になって北へ南へと広まり、とうとう八丁堀まで押し寄せてきております」

「歳末でどこもかしこも大忙しというのに、迷惑な話だ」

「町方としても放っておくわけにいきません。お偉方が大番屋まで出向いてこられ、おれら廻り方やおれらの手先、総勢百五十人くらいを集めて、みんな、警備を怠るでないと諭《さと》された。おれはなんとか抜けだしてきたけど、そんな次第でここへくるのが遅れちまったたってえわけです」

「にっと笑った女の生首を持ち歩いてということですよねえ」

と金右衛門がいい、金吾はうなずく。

「ええ」

「だったら、首のない血だらけの骸《むくろ》がどこかにあるはず。それはどうなってるんでしょう？」

「長屋の部屋の隅にでも転がしているんじゃないんですか。夏と違っていまは真冬。三日や四日は持つ。ですから、ひょっとしたら隣の夫婦が怪しいなどとよけいな心配をして、昨夜《ゆうべ》は寝られなかった者もいたそうです。隣はなにをする人ぞですからねえ、江戸は」

隣の者が何者か分からないという長屋住まいの者が江戸には少なからずいた。

「しかし、なんでまた首を掻き切ったのだろう？」

「鳶のような男がいったように、間男かなんかをされた腹いせでということではないんですか」

紋蔵が割って入った。

「駄目だ、こんなところに捨てちゃあといった富沢町の店の者はどこの誰と分かったのかね」

「あいつだろう、こいつだろうと、てんでにいいあってるそうなんですが、誰とは分かっていないんだそうです」

「鳶らしい二人の者に担がれてるんじゃゃないのか」

「去年の夏のことがあります。朝目が覚めて店を開けたら、目の前に転がっていたというんじゃあ、それこそ目も当てられませんからねえ」

「それもそうだ」

「明日は御用納《ごようおさめ》」

御番所は北も南も十二月二十五日が御用納ということになっていた。

「昨夜生首を持ち歩いた男がたしかにいたとして、今夜にもけりをつけてくれなきゃあ、おれらは御用を納めそこなっちまう」

「内勤のわたしらもとばっちりを食う」

「えらい歳末を迎えてしまった」

その夜は生首のことでいつまでも話はつきなかった。

二

翌朝、御用納の日の朝――、紋蔵ら南の御番所に向かう面々は道すがら同僚と顔を合わせるとそのつど「昨夜はどうでした？」「なにか耳にしましたか」と互いに尋ね、互いに首を横に振った。どうやら生首はどこにもおかれなかったらしい。役所では「流言蜚語《りゅうげんひご》ではないのか」ということになって、紋蔵らまでもが警備に駆り出されることなく無事に御用納となった。

役所はいつも七つ（午後四時）に仕事を仕舞う。この日は正九つ（正午）の鐘を合図に仕舞い、紋蔵らはそそくさと役所を後にした。

「ただいま」

家に帰ると、

「お帰りなさい」

里が迎えていう。

「市川堂のお師匠さんが待っておられます」

「暮れも押し詰まったいまごろ一体なんだろう？」

「お顔色がすぐれないご様子ですよ」

青野又五郎と奥林千賀子のことでなにか問題が生じたのだろうか。

「お待たせしました」

着替えて座敷に顔をだした。

「突然、お邪魔をしてあいすみません」

「なにをおっしゃる。それより御用は？」

「近所の駄菓子屋さんから苦情が持ち込まれましてねえ。銭函《ぜにばこ》に入れていた銭をごそっとかっぱらわれました、おたくの手習子がやったに違いありません、御番所に届けましょうか、それとも弁償していただけますかって」

「いくら？」

「銭函には三十文くらいあったはずですと」

湯銭が八文、二八蕎麦が十六文だからたいした額ではないが、子供にしたらそれなりに使い出はある。

「それではと三十文をお支払いして穏便にすませたのですが、実は市川堂はいま困ったことになっているのです」

「と申されますと？」

「文吉《ぶんきち》さんがいたころは文吉さんが睨みを利かせておりましたから、男座の手習子はみんな大人しくしておりました」

文吉は紋蔵の家になんとなく居着くようになった遠島者《えんとう》の子で、紋蔵は実の子のように育てた。怒らせると手がつけられないほど気性が激しい。それでいて正義感にあふれており、間違ったことは決して許さない男の中の男といった性分《しょうぶん》を男座の手習子はみんな知っている。だから文吉が市川堂にいたころは、文吉の手前みんな大人しくしていたということなのだろう。

「その文吉さんが半年ほど前から市川堂《うち》に通ってこなくなり、それからというもの、男座の手習子たちはなんとなくざわつきはじめました」

稲の夫剣持鉄三郎が死んで、百俵七人扶持《ぶち》の剣持家の跡取りを誰にするかという問題が持ちあがったとき、稲の義父蜂屋鉄五郎は思いがけない提案をした。文吉を跡取りにして、稲の二つになる娘、といってもまだ赤ん坊の千鶴を文吉に添わせるというのだ。

むろん文吉は面食らって返事をしぶったのだが、蜂屋鉄五郎が強引に進め、文吉は折れて剣持の家を継ぐことになり、二つの娘千鶴と添い遂げる決心もした。

そのあと――、剣持の家を継ぐとなれば前髪を落として元服し、出歩くときは腰に二本を差さなければならない。十三歳の子供だが、そうやって格好を一人前の侍にとりつくろった。すると、二本差しが手習子に交じって手習をするのはおかしい、これまでどおり手習塾に通うわけにいかないということになる。市川堂に通わなくなった。紋蔵は聞いた。

「男座の手習子たちがざわつきはじめた……とはどういうことですか？」

「男座の手習子たちの間でこれまでになかったいじめがはじまり、お山の大将をめぐっての争いも起きるようになったのです」

「なるほど、そういうことですか」

「しかしそれでも青野先生がおられましたから、みんな青野先生の目を気にして、いじめも争いも陰でこそこそという程度だったのですが、ご承知のように青野先生は辞めてしまわれました」

「代わりの先生がこられたのではないのですか」

「その代わりの先生というのが温厚というのか、お人はいいのですが頼りなくて、いたずらをしても注意もしなければ怒りもしない。手習子たちは与《くみ》し易《やす》しとあなどってたちまち悪戯《いたずら》っ子の本性をあらわし、手習の時間はいまやお遊びの時間のようになってしまい、いじめも公然とはじまるようになりました。またお山の大将をめぐっての争い、摑み合いの喧嘩や小競り合いも教場のあちこちで起きております」

「勘太はどうなのです？　勘太もいじめられているのですか」

文吉より一つ下、十二歳の不幸な出自の勘太をも紋蔵は引き取って育てていた。

「勘太ちゃんには文吉さんがついている。下手にいじめると文吉さんがすっ飛んでくる。そんなふうに怖がっているんでしょう。勘太ちゃんには誰も手をだしていないようです」

「端《はな》に三十文のかっぱらいのことを申されました。それもいじめに関係しているのですか」

「そのようなのです。駄菓子屋さんが、あの子がそのようです、後ろ姿が似ているとおっしゃった子は、とてもかっぱらいをやるような子ではない。どうやら、後ろで誰かが糸を引いて、脅して、その子にかっぱらいをやらせたようなのです」

「状況はかなり深刻というわけですね」

「はい。そんなわけで、お師匠さんに、しっかりしてくださいましなと詰め寄ったところ、わたしは生来気が弱い、お子たちに強く当たれない、この際辞めさせていただきますといって、本当に辞めてしまわれた。折よく市川堂も冬の休みに入りましたから問題は先送りされたのですが、年が明けると七草からまた手習がはじまり、ごたごたは蒸し返されます。ですからそれまでに、手習子に睨みの利くしっかりした先生を見つけなければなりません。そこで、ご無理を承知でお願いにあがったのです。どうでしょう、青野先生に戻っていただくよう、藤木様からお願いしていただくわけにまいりませんでしょうか」

「青野さんが辞められる理由はこうでした。このまま市川堂にいると、追っ手はここに踏み込んでくるかもしれない。それで、白昼だと手習子を巻き添えにして、初江殿だけでなく世間様にも大迷惑をかけてしまう。ご本人がそうおっしゃるからには信じるしかなく、青野さんの立場に立てば戻ることはできない。そうではないのでしょうか」

「ですが、藤木様はこの前こうおっしゃった。青野さんは有栖川宮家からこられている御前様となんらかの繫がりがある。そしてお殿様が亡くなられたのと時をおなじくして、身を隠すように市川堂を去って駕籠舁きになられた。今度の青野さんのことは、お殿様かもしくは御前様となにか繋がりがあってのことと。そうですね」

「ええ、そう申しました」

「ということは、追っ手が白昼に市川堂に踏み込んできて云々《うんぬん》というのは作り話。そもそも太平の世のこの江戸で、白昼に手習塾に踏み込んで手習子を巻き添えにするような事件が起きるなど考えられません。青野先生がおっしゃってることは不自然です。そう思われませんか」

「たしかに不自然は不自然です」

「説得次第では戻ってきていただけるのではないのでしょうか」

「不自然だからなおのこと、おたくを辞められたのには深刻な事情があると思えるのです。説得してもまず無理でしょう」

「そうですか」

はあーと市川初江は大きな溜め息をついていう。

「ではいっそ、文吉さんにしばらく戻っていただくというのはいかがでしょう」

「それは無理です。前髪を落とした二本差しです。手習子と机を並べるわけにはいきません」

「いえ、手習子と机を並べるのではなく、お師匠さんの席に着いていただくのです」

「どういうことです？」

「そうやって手習子に睨みを利かせてもらうのです。青野先生のようなしっかりした先生を探すことができるまでの間だけということでいかがでしょう。お願いできませんか」

「文吉はいま小普請組《こぶしんぐみ》の頭《かしら》や支配《しはい》の屋敷に月に四日顔をだし、それ以外の日は愛宕下《あたごした》のさる御大名家の御屋敷に弁当持ちで通い、午前は素読《そどく》、午後は剣術の稽古《けいこ》をやっております。素読も剣術も侍であるからにはしっかり学ばなければなりません。おっしゃっておられるようなことをさせるわけにはまいりません」

「そうですか」

市川初江は頭をたれる。

青野又五郎が市川堂を去ったことについて、紋蔵が非を問われることはなにもない。だが、駕籠舁きとはいえ仕事を世話しなければ、又五郎はまだ市川堂にいたかもしれない。いくらかの負い目はある。紋蔵はいった。

「来年の手習がはじまる七草までおよそ十日あります。その間、手習子に甘く見られることのないしっかりした先生を探しましょう。わたしもお手伝いします」

「本当ですか」

「はい」

「頼りにしてよろしいのですね」

「ええ」

そういったがまるで当てはなかった。

三

厠《かわや》を使って、歯を磨き、洗面をしているところへ声がかかった。

「紋蔵さん」

大竹金吾だ。紋蔵は手拭で顔を拭き終えていった。

「こんなに早くにどうしたんだ？」

金吾は近寄ってきていう。

「してやられました」

「とは？」

「まんまと一杯食わされちまったのです」

「誰に、なにを？」

「にっと笑った女の生首を持ち歩いていると噂を振り撒いた者たちにですよ」

「嘘だったのか？」

「嘘も嘘も大嘘。敵は本能寺ならぬ、敵の狙いはほかにありました」

「というと？」

「押し込み」

「押し込み？」

「そう。女の生首を持ち歩いているやつは二日目の夜もあらわれなかった。しかし、それでもと三日目の夜も御屋敷や町屋は警備の手を緩めなかった。逆におれらは御用納の日の夜でもあるし、夜はお偉方の屋敷を廻勤御礼《かいきんおんれい》した」

御用納の日の夜、与力は上役である年番与力らの屋敷を廻勤御礼した。与力同心は南北ともに一番組より五番組まで五分隊に編成され、それぞれに与力が五人、同心が三十人配されていた。ちなみに紋蔵は三番組で、紋蔵ら同心はおなじ組の五人いる与力の屋敷をおなじように廻勤御礼した。酒肴《しゅこう》をだしてもてなされることでもあるし、廻勤御礼は一晩がかりだった。

大竹金吾ら廻り方は二十人近い手先を使っている。一年の締め括りだ。その晩、廻り方は手先を自宅に招き、四斗樽《しとだる》を抜いてもてなした。実際のところ、御用納の日の夜は警備どころではなかった。

「あるいはわざと御用納の日の夜を狙って、二日前から仕組んだのかもしれない」

「押し込まれたのは？」

「播磨屋《はりまや》」

「金吹町《かねふきちょう》の？」

「そう」

江戸では五本の指に入る両替屋だ。

「外は寒い」

ぶるっと震えがきていった。

「上がらないか」

「紋蔵さんちは紋蔵さんも入れて七人もいる。話がしにくい。家にしよう。家なら女房《かみ》さんしかいない」

「そうだな」

金吾に子供はいない。

「でかけてくる」

家の中に声をかけ、紋蔵は金吾の後につづいた。

「お帰りなさい」

金吾の連れ合いが迎え、神棚を背にした長火鉢を挟んで向かい合った。金吾がいう。

「御屋敷や町屋はどこも、町屋なら手代や小僧が入れ替わり立ち替わり一晩中潜り戸を出入りして警戒した。それが三晩つづいた。だから三晩の間、潜り戸はどこのもずっと開けっ放しの状態がつづいた」

「そういうことになるなあ」

「しかも月の二十五日。月の出は遅く、外は真っ暗闇。提灯の明かりくらいはいくらでもごまかせる。その隙を狙って、賊《ぞく》はすっと播磨屋に忍び込んで息をひそめた。一方、どこの店の者もそうであったように、不寝番《ねずのばん》が三晩もつづいて播磨屋の手代・小僧もへとへとに疲れていた。それに三晩目となると誰もが半信半疑。子《ね》の刻（午前零時）くらいになるとみんな警備を止め、潜り戸にサルを嚙《か》まして布団に潜り込んだ。そうなると後はもう白河夜船《しらかわよふね》。ぐうすー、ぐうすー、鼾《いびき》をかいて正体もなく寝てしまった」

「お汁《つけ》をどうぞ」

作り立ての味噌汁を連れ合いは盆に載っけてくる。

「これはどうも」

すすって紋蔵はいった。

「うーん。上手い。なにでだしをとっておられるのかな？」

「いりこといいとへんの削り節」

「そうか。いいとへんの削り節か。しかしあれは値が張る」

いいとへんというのは老舗の削り節屋。

「うちで使ってるのはサバの削り節。味が違うわけだ」

「そんな話はどうでもいい」

金吾は不機嫌に連れ合いにいう。

「おまえはしばらく顔をだすな」

「お邪魔さまでした」

女房はふんと鼻を鳴らして立ち去り、金吾は話をつづける。

「石町《こくちょう》の丑《うし》（午前二時）の鐘が合図だったようで、忍び込んでいた者は中からサルを外す。手に手に刀を持った黒覆面の男たち十人ばかりがどっと押し込む。播磨屋は両替屋ですから使用人はそうはいない。下男下女を入れてもせいぜい二十人。賊は手際よく連中に猿轡《さるぐつわ》を嚙まし、細引《ほそびき》でしっかり縛って柱に括りつけていく。そして最後に、主人《あるじ》の三右衛門《さんえもん》を脅しつけて鍵の在り所《あかり》を白状させ、蔵にしまってあった千両箱をなんと十二箱、ごそっと運びだした」

「千両箱を十二箱も？」

「そう」

「一万二千両。盗まれた額としては前代未聞だな」

「記録だろうという者もおりました」

「しかし、千両箱を十二箱もとなると十人じゃ持ち切れない」

「金吹町は外堀まではすぐです。外堀にそっと猪牙舟《ちょき》を待たせておいて、それに運び込んで逃げたようです」

「すると端《はな》から播磨屋に狙いをつけていたということになる？」

「のでしょうねえ。それで、下女の一人がたまたま厠を使っていて、がたがた震えながら様子を窺っていた。やがて物音がしなくなり、そっと厠をでた。賊はどうやらいなくなったらしいとなって部屋に戻り、同僚の縄を解いた。そうやって、一人また一人と縄を解いていって、やられた、さあ大変だとなったのが寅《とら》の刻（午前四時）。手代や小僧が番屋に走り、番屋の書役《しょやく》が八丁堀に走り、仲間の廻り方に総動員がかけられたのがまだ真っ暗な七ツ半（午前五時）。おれも眠い眼をこすりながら駆けつけた」

「昨夜は遅かったのだろう？」

「尻の長いやつがいたから、手先の持て成しは丑の下刻（午前三時）までかかり、ようやく布団に潜り込んだときだったから一睡もしていない」

「それはそれは」

「金吹町は北の廻り方の持ち場ということになっている。おれらが大勢でわいわいがやがややったところで船頭多くして……ということになるだけ。おれら南の廻り方はとりあえず引き揚げることにしたのだが、お偉方もすぐに駆けつけてきて、それはもうえらい勢いで怒鳴りちらす。こういう筋書きが読めなかったのかってね」

「読めなかったのはお互い様なのにな」

「そう」

「手掛かりのような物は？」

「なにもない」

「元はといえば浜町河岸を通りかかった二人の鳶のような男が辻番を相手に、にっと笑った女の生首がどうのこうのといったことからはじまっている。そいつらはどうなのだ」

「そのときも日が暮れていた。辻番はやつらと話はしたが顔をしっかり見ていなかった」

「音羽と墨書した提灯を持っていたということだったなあ」

「わずかにそれが手掛かりといえば手掛かりで、音羽といえば知られた岡場所のある町。北の廻り方はそこら辺りから探りを入れることになるんだろうねえ」

「正月を前にして大変だ」

「大竹さーん」

表から声がかかった。金吾は玄関に向かい、紋蔵も後につづいた。若同心だ。金吾は聞く。

「なんだい？」

「急の呼集《こしゅう》です」

「というと？」

「南の者は至急御番所に集まれとのお偉方の達しです」

「今日から休みだってえのに」

紋蔵は背後から聞いた。

「わたしら内勤の者もかい？」

「そうです」

「やれやれ」

「それじゃあ」

若同心が去り、

「じゃあ、また後で」

といって紋蔵は家に急いだ。

四

御番所に千畳敷のような広間はない。広座敷といった部屋があるが、ぎゅうぎゅうに詰めて入れるのは二十数人。南北それぞれに与力が二十五人、同心が百五十人いる。与力全員くらいしか入れない。その日二十六日は与力だけが広座敷に集められた。御奉行が姿をあらわしていう。

「まんまと賊の罠《わな》に嵌《は》められてしまったわけでこれほどの失態はない。さきほど北の相役（奉行）と書状で遣り取りをして決めたのだが、南北ともに暮れも正月もなしで賊を追うことにした。直接には廻り方が事に当たるのだが、他の者もおのれが失態と肝に銘じて廻り方に力を藉すよう。のほほんと過ごしてはならぬ」

一番組から五番組まである組は五人いる与力の年長者が同心支配役に任ぜられており、紋蔵らには同心支配役与力から奉行の言葉が伝えられた。

実際のところ、動き廻るのは大竹金吾ら南北に二十四人いる廻り方だけで、紋蔵らは心構えの程を諭されただけだが、これから正月を迎えるという華やいだ気分は一挙に吹き飛んだ。誰もが肩を落とすようにして御番所を後にした。

御番所から八丁堀への帰りは外堀沿いに北へ向かい、鍛冶橋御門を抜けてという道順をとる。その日紋蔵は南の御番所門前にある数寄屋橋《すきやばし》御門を抜けた。

あの日紋蔵は市川初江に当てもなく「わたしもお手伝いします」といった。青野又五郎が思い直すなどありえないと分かってはいたのだが、思い当たる人物といえば青野又五郎しかいない。とにもかくにも会ってみようと、又五郎が六尺として働いている人宿八官屋に足を向けた。

「いらっしゃい」

若い衆が迎える。紋蔵はいった。

「又五郎さんを」

「あいにく又さんはまだ帰ってきておりません」

「今日も仕事なのかね？」

「この時期は御大名方の御老中らお偉方への年末の廻勤御礼がびっしり詰まってい て、又さんら背の高い六尺は引っ張りだこなんです」

「そうだった」

賊のことや市川堂のことに頭をとられ、そのことに思いがいたらなかった。

「じゃあ、また」

「親方はおります。親方ア！　藤木様がお見えです」

若い衆が声を張り上げ、捨吉が框《かまち》に顔をだしていう。

「いいところへきてくれた。話があったんだ」

「話が？」

「そうだ。ここじゃあなんだ。そろそろ時分どき。飯でも食いながらということにしよう」

捨吉はそういい、裏付《うらつけ》をつっかける。

「なるべく静かなところにしよう。いいね」

「どこでも」

捨吉は出雲町《いずもちょう》の路地を入っていく。格子戸造りの小料理屋風の店で暖簾はまだかかっていない。

「ご免よ」

捨吉は声をかけて中に入る。女将風の女が迎えていう。

「あら、親方、今日はずいぶんお早いのね」

「二階の座敷を半刻（一時間）ほど借りたい。それで、飯はそのあとという段取りにしたいんだがどうだろう」

「お茶はどうされます」

「茶も後でいい」

捨吉はトントンと二階にあがり、紋蔵は後につづいた。捨吉はすわっていう。

「まあ、すわってくんな」

紋蔵もすわった。

「青野又五郎さんのことだが、安芸広島浅野様の元御家来だという触れ込みだったよねえ」

「そうだよ」

「おまえさんの引き合わせだから否も応もなしに駕籠を担いでもらうことになったのだが、しかしどう考えたっておかしい」

「なにが？」

「女お師匠さんから暇をとってくれといわれたわけでもないのに、自分から手習塾を辞めるといいだして駕籠を担いでいることがだよ。聞けば手習塾では月に二両を貰っていたのだと。駕籠舁きは月におよそ二十日働いて三両以上になるとはいえ、世間体を考えたら十人が十人手習塾の師匠を選ぶ。ましてこの前まで四百五十石をとっていた家の歴としたお侍さんだ。おかしいと思わないかい」

「本人は事情があって追っ手がかかるかもしれない身となったといい、この前、おぬしも聞いていたとおり、もうあっちの世界に戻るつもりはありません、駕籠を担いで金を貯め、何か商売をはじめますといっている。でも」

「なんだ？」

「たしかにおかしい」

「そうだろう」

「うむ」

「この十一月二十一日に浅野のお殿様が亡くなられた。知ってるか？」

「知っている」

「青野さんがおまえさんの引き合わせで八官屋《うち》にきたのは、帳面を見たら十一月の二十三日。突き合わせると、青野さんが駕籠を担ぐようになったのはお殿様が亡くなられたことと関係がある。そう考えられる」

紋蔵もそう考えた。

「下馬評《げばひよう》という言葉があるくらい、おれらは御大名や御役人のことに通じている」

御城の下馬先で、八官屋など人宿で働いている六尺手廻《てまわ》りらがお殿様の帰りを待っている間、御大名の評判やとりわけ御役人の人事についてあれこれ噂をしたところから下馬評という言葉は生まれた。

「人宿で働いている六尺手廻りは、朋輩といってもいい御大名お抱えの六尺手廻りから噂をあれこれ仕入れる。だからいろんなことに通じているんだが、そんなわけで、浅野様お抱えの六尺手廻りに探りを入れた。すると、お殿様の病状が悪化したのは秋口からで、そのころから、国許のお偉方がぞくぞく出府《しゆつぷ》してきたというのだ」

「なぜ？」

「浅野様のお世継ぎ、若君はお殿様の四十半ばのときに生まれたお子だとかでまだ十四歳。その浅野家には知勇を兼ね備えた壮健なお殿様の弟君がおられるのだと」

「いくつになられる？」

「壮年としか聞いていないが四十前後じゃないのか」

「お殿様はいまのおぬしの話によれば六十前後になる。ずいぶんと歳が離れている」

「御大名はあっちこっちに種をつける。離れていても不思議はない」

「それで？」

「弟君はまた貫禄があって押し出しもいいのだと」

「跡継ぎとしては申し分がない？」

「さよう。家中の者は誰もがそう思っている。それに引き換え、若君はお袋様が有栖川宮ナントカ親王のお嬢様だそうで、だからなんだろう、華奢《きやしや》でとても弱々しい。つまり、国許のお偉方がぞくぞくと出府してきたのは、なにがなんでも弟君を跡継ぎに推挙するためで、その動きがお殿様の死後一挙に噴きだし、浅野家はいま御家騒動の真っ只中にあるのだと。青野さんが駕籠を担ぐようになったのはそのことと関係があるのではないのか」

「あるとしたらどう？」

「分からん。しかし、そうとしか考えられない」

「若君派と弟君派とはどちらが優勢なのだ？」

「断然、弟君派らしい」

「実は、青野さんは若君様のお袋様、つまり有栖川宮ナントカ親王のお嬢様と繫がっているようなのだ」

「どうして、そうと？」

「お袋様に従って京からやってきたご家来に引き合わされて、青野さんは市川堂の手習の師匠になられたというのだ」

「じゃあ、青野さんは弟君派から追われている？　もっというなら弟君派から身を隠している？」

「そういうことになるのかもしれぬ」

「青野さんの婚約者だったお嬢さん。なんてったっけ？」

「奥林千賀子さん」

「奥林千賀子さんの親御さんは弟君派ではないのか。だから、青野さんは偶然奥林千賀子さんに会い、びっくりして身を隠した？」

「この前、奥林千賀子さんと会ってあれこれ話をしたかぎりではそのような様子は感じられなかった。だいいち、親御さんが弟君派なら、江戸にでてきて反対派である若君のお袋様、つまり御前様にお仕えしたりしない」

「間諜として送られてきたということは？」

「それは考えすぎだ」

「どっちにしろ、青野さんが駕籠を担いでいる根っこに御家騒動があるというのははっきりした」

「そうだな」

「それで、おまえさんは今日、なにしにやってきた」

「青野さんがいなくなってから市川堂はいまごたごたしていて、市川初江さんから、青野さんに戻ってもらうよう掛け合ってもらえないかと頼まれてやってきたんだ。しかしそういうことだといよいよ戻るなどありえない」

「うむ、まず、無理だな」

やはり、ほかを当たらねばならぬということか。

「そろそろ飯にするか」

といって捨吉はぽんぽんと手を叩いた。

五

暮れも押し詰まった江戸の町は〝播磨屋押込一件〟で持ち切りだった。してやられたのは町方だけではない。御屋敷も町屋もみんなしてやられたのだが、彼らは町方が抜かったからしてやられたと、自分たちのことは棚にあげて町方を無能呼ばわりして非難した。町方はみんな肩をすぼめて歩き、八丁堀は火が消えたように静まり返っている。

「いるかい？」

紋蔵は日が暮れるのを待って金吾の家を訪ねた。事件以来、金吾も自粛して若竹の敷居をまたぐのを遠慮している。

「おります。どうぞ」

連れ合いが迎える。居間に通されて紋蔵は話しかけた。

「どんな塩梅《あんばい》だ？」

「天に昇ったか地に潜ったか、足取りはさっぱり」

「外堀に猪牙舟を待たせていたということだが当たったのか」

「江戸の猪牙舟や茶船《ちゃぶね》の持ち主という持ち主はすべて当たった」

幕府は猪牙舟や茶船から一艘《そう》につきいくらと税を取り立てており、持ち主は全員鑑札が与えられていた。当たるのに手間はかからない。

「それで、日本橋川沿いの船宿の猪牙舟が盗まれていたと分かったんだが、船宿や船頭はまるっきり関係しておらず、翌日、盗まれた猪牙舟は品川の浅瀬で見つかった」

「千両箱は？」

「あるわけがない。おそらくどこかで降ろして、猪牙舟は適当に流したんだろう」

「手掛かりになる物はなにも残されていなかった？」

「もちろん」

「乗り捨てたのはどこだ？」

「播磨屋に近い外堀から日本橋川はすぐで、下るとやがて大川《おおかわ》。大川を渡ると深川《ふかがわ》。上ると両国《りようごく》、浅草《あさくさ》、千住《せんじゆ》。下ると鉄砲洲《てつぽうず》、築地《つきじ》、金杉《かなすぎ》、袖《そで》ケ浦《うら》、品川。どこで乗り捨てたかなど見当もつかない」

「音羽はどうだった？」

「北の連中が隈《くま》なく当たった。音羽屋とか音羽亭とか音羽を屋号にしている店はあっても、屋号を提灯に墨書したという店は一軒もないということだった」

「連中は用意周到だ。混乱させるために、わざと提灯にそう墨書したのかもしれぬなあ」

「賊は十人。十人で一万二千両。均等割りにして一人当たり千二百両。頭《かしら》は手下に、ほとぼりが冷めるまで決して遣うでないと言い聞かせているに違いないが、十人もいればことに暮れから正月にかけてだから、一人や二人は辛抱できずに遣いはじめる。

だから、吉原《よしわら》、深川など岡場所という岡場所、千住、新宿《しんじゅく》、品川など食売女《めしうり》をおく旅籠屋《はたごや》、それらすべてに目を光らせておこうということになり、手先や手先が使っている手下らを蟻の這いでる隙もないほどに配しておこうとさっき配分を決めたばかり。おれら南北の廻り方二十四人も炬燵《こたつ》にあたたまっているわけにもいかず、手分けして配置につくことにしたから、なんとも情けない正月を迎えることになっちまったってえわけです」

「情けない正月を迎えるといえばわたしもそうだ」

「代わりはまだ見つからない？」

「そうなんだ」

「手習の師匠なんて成り手はごろごろいそうなものなのにねえ」

「いることはいるんだがいずれも帯に短し襷《たすき》に長し」

「こんばんは」

「助五郎《すけごろう》だ」

金吾の手先の一人だ。金吾は寄付《よりつき》に向かう。紋蔵も後につづいた。金吾は聞く。

「なにか、分かったのか」

「汐留橋の近くに音無屋宇左衛門《おとなしやうざえもん》という地廻りがおります」

「名前は聞いている。ちいとばかりうるさいやつだとな」

「子分を十人ばかりも抱えていて、一帯を縄張りにしております。今度の事件は去年の夏、男が死んだ女をおぶって、どこに捨てようかと汐留橋の辺りをうろうろしていたと噂が立ち、おなじことがあるかもしれないと辻番が触れまわったことからはじまっております」

「それで？」

「念のためと汐留橋界隈を洗いました。一帯を音無屋宇左衛門という地廻りが縄張りにしているというのはむろん知っており、それとなくやつのことを嗅《か》ぎまわった。汐留橋が架かっている木挽町七丁目の汐留川に面する河岸には十軒ほども船宿が軒《のき》を並べている。猪牙舟も屋形船も繋がれている。宇左衛門はむろん船宿からもショバ代をとっておるのですが、今度の賊は猪牙舟を利用している。猪牙舟を操る者は江戸に大勢おりますが、さりとて誰でもできるというものでもない。限られる。それで、木挽町七丁目の船頭の誰かが漕いだのではないかとまずこう考えました」

「ふむ」

「音無屋宇左衛門の宇ですが、本当は鳥の羽根の羽と書くのだそうです」

「どういうことだ？」

「羽はうとも読むそうで、ちいとばかり顔が利くようになったとき、やつは羽左衛門と名乗りを変えた。だが、みんな、はね左衛門、はね左衛門という。はね左衛門はいかにも語呂が悪い。はじめのころはう左衛門というのだと釈明していたのだがそれも面倒になって、宇左衛門と字を替えたんだそうです」

「それがどうした？」

「お分かりになりませんか？」

紋蔵がいった。

「音無屋羽左衛門。略して音羽。鳶らしい連中が持っていた提灯にあった文字がそうだ」

「ああ、そうか。それで？」

と金吾。

「聞いてまわると、いまは音宇を屋号のようにしているんですが、一昔前は音羽を屋号にしていたんだと」

「提灯もか」

「そんな提灯も作っていたそうです。十人ばかり子分を連れていることといい、猪牙舟を操ることのできる船頭がいる一帯を縄張りにしていることといい、どうにも臭う。泳がしてしばらく様子を見ますか」

「できたら年内に片づけたい。間違ってたっていい。どうせ、叩けば埃のでる身体だ。いまからでかけていって引っ括ろう」

「いまからですか」

「万に一つもやつの仕業だったということになると大手柄だからなあ。みんなに声をかけ、五十人ばかりも集めろ」

金吾は助五郎をはじめ手先を二十人ばかり連れており、手先はまた三、四人の手下を連れている。金吾の息がかかっている者だけで六、七十人はいた。

「集まる場所は？」

「木挽町五丁目の河原崎座の前。おれは六丁目の芝居茶屋瓢箪屋《ひょうたんや》で待っている。揃ったら声をかけろ」

「承知しました」

助五郎がでていき、金吾は紋蔵に聞く。

「どうされます？」

「一昨日、役所でこういわれた。廻り方が事に当たるのだが、他の者もおのれが失態と肝に銘じて廻り方に力を藉すよう。のほほんと過ごしてはならぬ、と。なにかの役に立つかもしれぬ。ついていく」

一時《いっとき》(二時間)ほどで、金吾の指示どおり手先・手下合わせて五十人ばかりが集まった。てんでに鉢巻きをして襷掛けをするという物々しい出立《いでた》ちで提灯と十手《じって》を手にしている。

音無屋宇左衛門は木挽町七丁目の路地を入った一軒屋に住んでいる。およそ五十人は音もなく忍び寄り、助五郎が表から声をかけた。

「音無屋宇左衛門、御用の筋である。戸を開けろ」

中から声が返ってくる。

「心張棒《しんばりぼう》は嚙ましておりません。どうぞ、遠慮なくお入りください」

助五郎は障子戸に手をかけた。するりと開く。助五郎を先頭に金吾、紋蔵と中に入った。寄付に行灯《あんどん》がおかれていて、若い者らしいのが手をついていう。

「お上がりください」

金吾は首をひねる。

「えらく手回しがいい」

「どうぞ」

若い者はすすめて奥に案内する。金吾、紋蔵、助五郎とつづいた。若い者が唐紙の前にすわって声をかける。

「ご案内しました」

「入ってもらえ」

若い者は唐紙を開ける。

百目蠟燭《ひゃくめろうそく》が左右に二本立てられていて、下座にすわっている男がいう。

「お入りください」

座布団がおかれていて、金吾、紋蔵、助五郎と順にすわった。男はいう。

「音無屋宇左衛門です。御用の筋はおっしゃらなくとも分かります。播磨屋押込一件に関してでございましょう」

金吾がいう。

「ずいぶんと勘がいい」

「さきほど、北の廻り方のお役人様が御用聞きの方々大勢を従えてお見えになり、わが家を家捜しされ、そのあと十人いる子分の家一軒一軒を訪ねておなじく家捜しされました。当たり前のことながら不審な物はなにも見つかっておりません。邪魔をしたといって帰っていかれましたが、おなじ御用じゃないかと拝察したのでございます」

「北の廻り方の名は？」

「臨時廻りの神保《じんぼ》辰三郎《たつさぶろう》とおっしゃってました」

「そうか。分かった。邪魔をした」

金吾を先頭に引き揚げ、外へでたところで金吾は助五郎にいった。

「目をつけるところは誰も一緒ということなのだ。腐らずにこの後も頑張ってくれ」

「へえ」

およそ五十人はぞろぞろと木挽町七丁目を後にした。

六

おかしい。路地の奥の家が見えるようになって、紋蔵は首をひねった。稲と娘の千鶴が寝ている座敷に明かりがついているのだ。時刻は四つ（午後十時）を過ぎている。いくら夜が長いからといって、とうに寝ていなければならない。

「ただいま」

声をかけて玄関の板戸を開けた。油皿を横において里が迎える。

「お帰りなさいませ」

どうやらみんな起きているようだ。気配で分かる。

「どうした。なにかあったのか」

「はい。ございました。すすぎの水をそこに用意してございます。どうぞ先に水をお遣いください」

紋蔵は手を洗い、足袋《たび》を脱いで足を洗い、里が差しだす手拭で拭いて家にあがった。座敷には稲、妙、文吉、勘太がほぼ車座になって神妙にすわっている。紋蔵はいった。

「聞かせてもらおう」

里が口を開く。

「外から帰ってきた勘太がなにかをぽとんと落とす。なんだろうとなにげなく見ると、小判です。それも新吹きの」

紋蔵は目を剝いていった。

「新吹きの小判?」

「そうです。それで、どうしたの? と尋ねたところ、友だちからちょっと預かってるんだと。そんな馬鹿な話があるものですかと詰め寄っても、本当に預かってるだけです、明日返すことになっているのですと強情に言い張る。やがて文吉が帰ってきたので文吉に事情を話しました。そうか、そういうことかと、文吉は勘太を問い詰める。文吉、後はあなたがお話しなさい」

「義父上《ちちうえ》、実はいま市川堂でひどいいじめがはじまっております。ご存じですか」

「市川初江さんから聞いた」

「いじめにもいろいろありますが、ひどいのは金を巻き上げるといういじめで、あの店の銭函にある銭をかっぱらってこいなどと、脅してかっぱらってこさせるいじめなどがはじまっているのだそうです」

「それも初江さんから聞いた」

「それがだんだんに質《たち》が悪くなっていって、おまえは一両を、おまえは二両を、おまえは三両をかっぱらってこいなどと額をつりあげていった。小判などやたらに人は持っていない。かっぱらってなんかこられない。みんな頭を抱えていたところ、五両をといわれたガキが耳をそろえて持ってきた」

「五両もか」

「かっぱらわせているのは三平《さんぺい》というガキなのですが、わたしの耳に入ってわたしから文句がでないようにと浅知恵を働かせて勘太を子分に巻き込んだ」

「勘太、本当か」

勘太はしおたれてうなずく。市川初江によると勘太はいじめられていないということだったが、いざというとき、文吉への盾にするため仲間に引きずり込まれていたのだ。

「それで、三平は口封じもあって勘太に小判を一枚摑ませたというのですが、今度の播磨屋の事件、盗まれた一万二千両のうち、半分くらいは播磨屋のすぐ近くの後藤《ごとう》の新吹きだったそうですねえ」

「そのとおり」

播磨屋がある金吹町と小判を吹く後藤の金座は目と鼻の先。それで、播磨屋は正月用に新吹きの小判を大量に用意していたということだった。

「この小判は」

と車座の真ん中の袱紗《ふくさ》の上におかれている小判に文吉は目をやっていう。

「あのとき盗まれた小判の一枚に違いないと思うのです。それで、このあと、どう対処すればいいのか、わたしたちには分からず、義父上のお帰りをお待ちしておりました」

「事情はよく分かった。勘太」

「はい」

「いじめられて小判五両を三平に差しだしたのはどこの誰だ」

「金六町《きんろくちょう》の新助《しんすけ》です」

「金六町といってもあちこちにある」

「三角屋敷に面した金六町です」

「親はなにをしておる？」

「聞いてません」

「里と文吉」

「はい」

「このこと、誰かに話したか」

「いいえ」

「わたしはこれからでかける。万が一誰かが訪ねてくるようなことがあっても、このこと決して話すでないぞ」

「はい」

里と文吉が声をそろえ、紋蔵はふたたび家をでて金吾の家に向かった。

「金六町の新助の親ですか」

といって金吾は首をひねる。

「思い当たりません。しかし、たしかにそいつは一味のようですねえ。今日のうちにひっそり引っ括り、仲間を吐かせて、明日の朝イチに一網打尽といきましょう。紋蔵さんも手伝ってくれますね」

「明日は二十九日。今月は大《だい》の月だから大晦日《おおみそか》は三十日。なんとか正月までに片づけられそうだ。むろん手伝う」

金吾は小者を走らせた。さっき集められた連中が、一日に二度もだから内心は不満たらたらだが、文句をいえるわけもなく集まってきた。場所はごく近く。その中の一人が何者かを突き止めてきた。

名は伊三郎《いさぶろう》。稼業は車力《しやりき》。八丁堀の東、霊岸島《れいがんじま》に軒を並べている下り酒問屋の酒の配達を業としていた。伊三郎の仲間が近くに住んでいて気づき、こっそり他の仲間に知らせて、何人かに逃げられてしまうこともあるというのを考慮に入れて事は慎重に運ばなければならない。御用の筋だといって乗り込むのはまずい。

「伊三郎さん」

と家主に呼びかけさせた。

「なんですか、こんな遅くに」

伊三郎が起きてくる。

「悪いねえ、急に用ができたんだ。車（大八車）を貸してもらえないかね」

「しょうがねえなあ」

とぼやきながら伊三郎は心張棒を外す。助五郎がすかさず飛び込んで当て身を食らわせる。そのあと、細引で高手小手に縛りあげて、金吾が調べはじめた。

むろん最初はとぼけた。だが、家捜ししたら、二百両という大金が床の下に隠されていた。もはや言い逃れはきかない。

頭取《とうどり》（首謀者）は鹿島屋《かしま》の用心棒、中西《なかにし》派一刀流の遣い手速水平八郎《はやみへいはちろう》。鹿島屋は播磨屋と肩を並べる両替屋であり、かつ江戸で有数の酒問屋。仲間は剣術仲間が半数。あとは霊岸島で働く車力や船頭。

千二百両ずつの配分はいかにも目につく。家の者や訪ねてくる者の目に止まることもある。そこで速水平八郎はとりあえず二百両ずつを配分し、あとはこっそり、鹿島屋の蔵の中に目立たぬように隠した。もっともそれをそっくり仲間に配分する気でいたかどうかは疑わしい。上りの船に乗せて、まるごと猫ばばするつもりでいたかもしれないのだが、とにもかくにも翌日二十九日には連中を一網打尽にした。

音羽と墨書した提灯だが、鳶の役を演じた二人はこういった。

「そんな物を持ち歩いてなんかいません。道端で拾った提灯に鳥羽屋とかなんとか書いてあったんでしょうが、羽の字だけが辻番の目に止まったんじゃないんですか」

念のために当たると辻番は鳥目（夜盲症）だということだった。

大晦日直前、ぎりぎりの二十九日に一件は落着した。だが、市川初江の頼みの方はいっこうに進展がなく、このまま年を越してしまいそうだった。

御奉行に発止《はっし》と女が礫《つぶて》を投げた

一

役所（町奉行所）は新年の十六日まで休む。八丁堀の与力同心は誰もがその間のんびり正月休みを楽しむ。だが、紋蔵はそうはいかなかった。市川堂の手習がはじまる七草までに、手習子に甘く見られることのないしっかりしたお師匠さんを探すと市川初江に約束をしたからである。

市川堂ではひどいいじめがはじまっている。に
っ
、と笑った女の生首の噂からはじまった〝播磨屋押込一件〟は、家に帰ってきた勘太がぽとんと落とした小判がきっかけで一味が割れ、一件落着したのだが、勘太が小判を持っていたことにもいじめがからんでいた。手習子のワルがおなじ手習子から金を巻き上げるといういじめをやってい

た。いよいよいじめは放ってはおけない。

正月の三が日は上役や同僚への年始の廻勤御礼にあちこち歩きまわらねばならず、そっちへは手がまわらなかったのだが三が日が過ぎると、四日、五日と当てもないのに紋蔵は外を出歩くようになり、夕刻に重い足を引きずって家に帰った。六日のその日も、誰をと探し当てることができずに家に帰った。

「お帰りなさい」

文吉が迎えていう。

「市川堂の男座のお師《し》匠さんの件ですがしばらくわたしが引き受けさせてもらいます」

紋蔵は首をひねっていった。

「お前が？」

「そうです」

「どうして？」

「ここのところ父上は毎日のように家をでていかれる。どうやら市川堂の男座のお師匠さんを探しに出歩いておられるようで、市川堂に女お師匠さんをお訪ねして事情を伺うと、女お師匠さんは父上に、いっそ文吉さんにしばらく戻っていただくというのはいかがでしょうとおっしゃったとか。父上は断られたそうですが、わたしにとってはお安い御用です。小普請組の頭や支配の屋敷に月に四日顔をださねばなりませんが、それ以外の日は市川堂の男座のお師匠さんの席に着かせていただきます」

「愛宕下の内藤夢之助《ないとうゆめのすけ》さんの御屋敷のほうはどうするのだ?」

文吉は二千石の旗本内藤夢之助と知り合い、仲良くなった。その内藤夢之助がひょんなことから本家の五万七千石越後《えちご》村山《むらやま》内藤家の当主におさまった。ただ、御国家老《おくにがろう》らはぼんやりおっとりしている夢之助が跡を継いだことに腹を立てて、出府してきてなにかと夢之助に嫌がらせをした。紋蔵は夢之助から相談を持ちかけられて知恵を絞った。文吉らを愛宕下にある内藤家の上屋敷に弁当持ちで通わせ、午前は素読、午後は剣術の稽古にと励ませた。

なにやら楽しそうである。屋敷にいる同年齢の者が一人二人と仲間にくわわるようになり、夢之助の後釜にすわらせようと御国家老が国許から連れてきていた内藤喜八郎《きはちろう》までもが仲間にくわわるようになって勝負はあった。御国家老は夢之助引きずり下ろしをあきらめて国に帰っていったのだが、午前は素読、午後は剣術の稽古という日課はその後もつづいていた。文吉は答えていう。

「あちらはしばらく休みにします。なに、剣術の稽古はしばらくお預けということになっても、素読ならぬ黙読はつづけられます」

『論語《ろんご》』などを「子《し》のたまわく」と声をだして読むのが素読で、子供のころにそれを繰り返しやると耳から入るものだからいつしか『論語』くらいは身につく。『論語』は人生訓の宝庫のような書で、武士としてはそれを身につけるだけでひとかどの教養人として振る舞うことができる。ただし、男座の師匠の席で声をあげて読むわけにはいかない。だから黙読をすると文吉はいった。

「そうか、そうしてくれるか。なに、お師匠さん探しを止めるわけではない。市川初江さんも探しておられる。そのうち、きっと見つかる。それまでの間だ。すまぬ」

「なにをおっしゃいます」

そんなことがあって、翌日の七草の日に、文吉は市川堂にでかけていった。

「あれ、どうしたんだ？」

とばかりに手習子は文吉の姿を見て、目引き袖引きする。なかにはぎょっと立ちすくむ者もいる。文吉はとりあえず教場の隅にすわった。

「文吉さん、戻ってきたんですか」

と話しかける者もいる。

「まあ、そんなところだ」

文吉は軽く受け流す。

「あら、文吉さんじゃないの」

女座は二階にあり、二階に上がろうとする女の子も気づいて足を止める。そのうちの一人、文吉とはかつて相思相愛で将来を誓い合ったこともある、八丁堀小町といわれているちよがつかつかと文吉に近づいていう。

「ここは止めたんじゃないの」

「わけあって戻ることにしたんだ」

「ふーん、愛宕下のほうは」

「しばらく休む。それより谷山《やつやま》のほうはどうしたんだ」

ちよは谷山にある料理屋観潮亭の看板娘でもある。

「お正月はあっちでしっかり働いたから疲れちゃった。しばらく八丁堀《こっち》でのんびり暮らすの」

「気分次第で好きなことをやる。結構なことだ」

「久太郎《きゆうたろう》さんも相変わらず愛宕下に通っているの？」

「そうだよ」

十軒店《じっけんだな》に嵐月《らんげつ》という、十万両ほどもしようかという地面を江戸のあちこちに持っている大分限者《だいぶげんしゃ》の人形屋がある。そこの倅が文吉より三つ上の久太郎だ。ちよを挟んで文吉とはあれこれあったのだが、いまでは友だち付き合いをしており、町人というのに武家風に髷《まげ》を結って愛宕下に一緒に通っている。

「久太郎さんのことが気になるんだったら、そうといってやるぞ」

「おあいにく。それより若奥様はお元気？」

「おかげさまで」

紋蔵の娘稲は紋蔵が主人のように接している与力蜂屋鉄五郎の倅鉄三郎に嫁いだ。鉄三郎は御家人剣持家の株を買ってもらって剣持鉄三郎と名乗り、勘定所に勤務して順調に刀筆《とうひつ》の吏《り》の道を進んでいたのだがにわかの病にとりつかれて急死。文吉は蜂屋鉄五郎の勧めで剣持鉄三郎の急養子になり、剣持忠三郎《ちゅうざぶろう》と名乗った。さらに蜂屋鉄五郎の強引な勧めでまだ赤ん坊の、鉄三郎と稲の娘千鶴を嫁に迎えることになった。それで、相思相愛だったちよとの縁もなんとなく切れてしまった。

「若奥様によろしくね」

「ああ」

「じゃあ」

手習は五つ（午前八時）にはじまる。五つの鐘が鳴る前に手習子は机（天神《てんじん》机）の前にすわることになっているのだが、青野又五郎の後釜のお師匠さんの時代はお師匠さんを甘く見てふざけあって、神妙に机の前にすわって五つを待つなどということはなかった。この日は文吉がいる。みんな神妙にかしこまってすわっている。

ゴーンと五つの鐘が鳴る。同時に市川初江が教場に姿をあらわし、男座の師匠の席に立っていう。

「お早うございます」

手習子も声を合わせる。

「お早うございます」

「事情があって男座の先生が止められました。年末から年始にかけて代わりの先生を探しておったのですが、あいにくまだ見つかりません。そこで見つかるまでの間、男座のお師匠さんの席にみなさんご存じの文吉さん、いまは剣持忠三郎さんと名乗っておられます、剣持忠三郎さんにすわっていただきます。手習はこれまでどおりつづけてください。いいですね」

「はあーい」

市川堂の男座には百人近い手習子が通っている。一人ではとても教えきれない。そこで、大きな手習塾はどこもそうしているように、市川堂も十人に一人くらいの割で、出来のいい年長者を当番に指名し、平素の指導は当番が当たっていた。文吉が直接教えることはない。ただ、目を光らせていればいいわけで、その点で文吉は最適任者といえた。

「文吉さん、じゃなかった、剣持忠三郎さん、ご挨拶をなさって」

初江にうながされて文吉は初江に一礼し、手習子に向かっていった。

「女お師匠さんのご紹介どおり、わたし剣持忠三郎は本日より新しいお師匠さんが見えるまでこの席にすわることになった。わたしより年長の者もいようが」

年が明けて文吉は十四歳。男の手習子は奉公するために十から十一、二歳で手習塾を終える。だが、奉公する必要のない跡取り息子などはのんびり十五や六まで通ったりした。年長者も何人かいた。

「わたしを侮《あなど》ることなく、真面目に手習をつづけてもらいたい。以上」

「はあーい」

文吉の怖さは誰もが知っている。ふざけた振る舞いにおよぶ者は一人もいず、誰もが神妙に手習をはじめた。

「じゃあ、よろしく」

と文吉に声をかけて市川初江は二階に上がっていく。そこへ、三つ四つと思える女の子がすうーと教場に入ってくる。何事だろう？　とわけが分からず、みながぼんやり見ていると、たしか金太《きんた》といった七つばかりの男の子に近寄って背後から抱き着き、

「うおーん」

と大声をあげて泣きはじめた。金太は女の子の背中を泣くなとばかりにさする。その目にもみるみる涙があふれ、ぼとぼとと畳に落ちる。文吉は近づいていった。

「どうしたんだ？」

金太もこらえきれずに声をあげる。泣き声で気づいたのだろう。市川初江が二階から下りてきていう。

「わたしの家にいきましょう」

初江は教場の裏にちっちゃな住まいを建てており、両手で金太と女の子の手を引く。

文吉はとっくに男座の師匠の気分でいる。

「わたしもお供します」

といって後につづいた。初江は三人を家にあげ、金太と女の子を落ち着かせると、女の子にやさしく話しかけた。

「お兄ちゃんに会いたくなったの？」

初江はどうやら事情を知っているらしい。女の子はちいさくうなずいてたどたどしく語る。

「あたい、兄《あん》ちゃんがどこに住んでいるのか知らないの。誰も教えてくれないの。それで、ずっと我慢をしていたんだけど、七草からまたここへ通いはじめるのを知っていたものだから、この日を待って駆けつけてきたの。ねえ、兄ちゃん、ついこの前のように一緒に住もうよ。いいでしょう」

「おいらもそうしたいんだけどねえ」

「お早うございます」

女が玄関から呼びかける。

「こちらにおみよはお邪魔しておりませんでしょうか」

女の子はびくっと身体を震わせて金太にしがみつく。初江は寄付に立っていう。

「おみよちゃんというんですか。女の子の名は？　ええ、たしかにきておりますよ」

「ご迷惑をおかけしてすみません。引き取らせてください」

「おびえておりますのでねえ」

「おびえてる？　そんな馬鹿な。かりにもわたしは親ですよ」

「血は繋がっていないんでしょう」

「それでも親は親です」

「しばらくわたしに預からせてくれませんか」

「なにをおっしゃる。すぐに渡してください」

「お断りします」

「でるところへでますよ」

「どうぞ」

ピシリと戸を閉めて女は帰っていく。初江は戻ってきて女の子に話しかける。

「おみよちゃんという名なのね」

「うん」

「しばらく、ここにいなさい」

「女お師匠さん」

金太がすがるようにいう。

「なあに」

「おいらもここにおいてくれませんか」

「あなたも」

「女お師匠さん」

文吉が話しかけた。

「なあに」

「女お師匠さんお一人の手に負える話ではないようです。父上にきてもらいます。いいですね」

「そうしてもらえば助かるわ」

「それじゃあ」

文吉は家に走った。

二

役所はまだ休みで紋蔵は家にいた。文吉から急をつげられて紋蔵は、文吉の後を追うように市川初江の家に向かった。家の前でややこしそうな男一人と女一人が初江と押し問答をしている。紋蔵は割って入っていった。

「わたしは藤木紋蔵という南の物書同心です」

男がいう。

「それがどうしたというんです」

紋蔵はいった。

「どこかでゆっくり話をしましょう」

女が遮《さえぎ》るようにいう。

「その必要はありません。子供を返していただければいいだけのことです。女お師匠さん、返してください。わたしの子供を」

「お子はあなたのことを恐れて脅えております。返すわけにはまいりません」

「そんなことはありません。ほんとによくわたしになついてくれているんです」

「恐れて脅えてるかどうか」

と紋蔵は口を挟んだ。

「本人をここへ連れてくれば分かる。お師匠さん」

「はい」

「ここへ連れてきたらどうです」

「分かりました。そうします」

中で女の子がぐずってる様子が手にとるように分かる。その子を初江はなだめすかして連れてくる。女の子は初江の着物の裾《すそ》をしっかり摑んで尻の後ろに隠れている。

紋蔵はいった。

「ご覧のとおりです」

女が話しかける。

「おみよ、帰ろう。おまえまだ七草粥《がゆ》も食べていないんだろう。家へ帰って食べよう。おまえの大好きなアサリのお汁《つけ》も納豆もメザシもお膳の上に載ってるよ」

みよは顔をあらわさない。紋蔵は女と男にいった。

「わたしはこれでも町方の端くれです。どうするかはわたしに預けてください。とにかくどこぞで話し合いましょう」

そこへまた男二人が駆けつけてきて一人がいう。

「おみよが逃げたんだって」

女が言い返す。

「逃げただなんて人聞きの悪い」

「だから、わたしが金太もみよも引き取るといったのだ」

背後から金太が口をだす。

「おいらもみよもどっちにも引き取られたくなんかねえ。お爺ちゃんがいたときは、お爺ちゃんは一年前に寝込んで動けなくなったけど、おたね婆さんが通ってきてなんでもやってくれた。なに不自由なく暮らしてたんだ。なのに、おいらとみよをむりやり引き剝がしやがって……。あんまりだ」

「金太」

紋蔵は話しかけた。

「おまえはお爺ちゃんたちとどこに住んでたんだ」

「玉円寺《ぎょくえんじ》さんの向かいの家です」

「いまは？」

「妙珠稲荷《みょうじゅいなり》の裏の」

といって髭の濃い男に目をやる。紋蔵は聞いた。

「そのおじさんの家かい？」

「うんだ。むりやり連れていかれたんだ」

髭の濃い男は口を尖らせていう。

「そうしなければ生きていけねえべ」

紋蔵はみんなに話しかけた。

「男衆《おとこしゅう》が三人いなさるが、なかに、金太の玉円寺さんの向かいの家の家主さんはおられますか」

「おりません」

「まず、家主さんから話を聞くのが筋のようです」

家主はナントカ店《だな》といわれている店の賃貸管理人でかつ町役人である。大家《おおや》とも家《や》守《もり》ともいわれている。

「みなさんはついてきなさるもよし、お帰りになるのもよし。ただし、今日のところ、お子はお渡しししません」

男三人に女一人は声をそろえる。

「そんな馬鹿な」

「文吉」

「はい」

「刀にかけても引き渡すんじゃないぞ」

「承知しました」

といって文吉は刀に手をやって男三人女一人を睨みつける。

「そんなわけです。女お師匠さん、これから家主さんを訪ねて事情を伺います」

そのあと、紋蔵は家主をはじめ界隈の者に順に聞いてまわった。戻って初江、金太、みよからも聞いた。それぞれが欲の皮を突っ張らせたひどい話だった。

錺職人《かざり》だった金太の爺さん甚兵衛《じんべえ》は真面目一方の堅物で、こつこつ金を溜めて家作《かさく》、といっても八丁堀のあちこちにある長屋だが、長屋を少しずつ買い増していった。八丁堀の長屋の地主は与力や同心で、むろん地代を払わなければならないのだが、それを差し引いても店賃のあがりは月に十両ほどにもなった。四部屋ある玉円寺さんの向かいの自宅も地主は与力だが自前で建てたものだった。

伜夫婦（金太やみよにとっては父母）はすでに亡くなっていて、孫の金太とみよを育てていた甚兵衛が病の床《とこ》に伏すようになったのは金太が市川堂に通うようになった一年前の六歳のとき。甚兵衛はすぐにおたねという通いの婆さんをお手伝いに頼んだ。一家はなに不自由なく暮らしていた。そこへ甚兵衛が死に、さあ、どうするかとなった。辰五郎《たつごろう》とはまがすっ飛んできた。

辰五郎は金太・みよ兄妹の父親の妹の亭主。妹はすでに死んでおり、辰五郎は後妻を迎えていたから身寄りだなどと大きな声ではいえないのだがやってきて親戚だと言い張った。

はまは金太・みよ兄妹の父親の弟の女房。つまりはまの夫（父親の弟）は甚兵衛の子。だから後見人の資格は十分にあるとこれまた言い張る。ちなみに夫は病床に伏していて、かわりにはまが動いたということだった。

そして双方ともに金太とみよの兄妹を住んでいる家もろともに引き取るという。どちらも月におよそ十両が入ってくる店賃と家が目当てだったのはいうまでもない。

金太・みよ兄妹にはほかにこれといった後見人はいない。ただし、辰五郎とはまは形の上では兄妹とつながっているが、血はつながっていない。はまの夫は血がつながっている。いずれにしろ、こういうとき間に入って問題を処理する家主はよほど慎重に扱わなければならないのだが、勘兵衛《かんべえ》という家主はなにかと揉め事を起こす小煩《こうるさ》い男で、こいつがまた欲の皮を突っ張らせた。辰五郎とはまにこう提案した。

辰五郎とはまは金太とみよのどちらかを引き取る。店賃の十両はそれぞれが四両ずつ受け取る。残りの二両は家主勘兵衛が受け取る。貸せばそれなりに店賃が入る家は勘兵衛が預かる。三方一両損ならぬ三方ン両得で決着をつけ、あわれにも金太は辰五郎の家に、みよははまの家に引き取られていった。暮れも押し詰まってのことだった。

はまの家は楓川《もみじがわ》を渡っていった先の南鞘町にあった。三歳のみよにすれば見知らぬ土地だ。それでそこへ越していったはいいが、亭主は病床に伏していて稼ぎはなく、はまは蕎麦屋の下働きにでていたうえに子だくさんときていたから、みよのことなどかまっていられない。放ったらかしで、下手をすると三度三度の食事の世話もしない。

おやつも自分の子にはやってもみよにはやらない。

南鞘町から見ると楓川の向こうにそそり立っている松平越中守《まつだいらえっちゅうのかみ》の白壁の屋敷はみよに見覚えがある。その先に実家があるはずと、三が日にみよは実家を訪ねた。金太の消息を知るためだ。だが、そこには見知らぬ家族が住んでいて、金太のことなど知らないという。隣近所の顔見知りにも聞いたが、小煩い勘兵衛との関わりを恐れてか、知らないという。実際、彼らは金太やみよがどこにいったか知らされていなかった。みよはすごすごと家に帰った。

みよは金太が通っていた市川堂がどこにあるかも知っていた。年末年始はずっとはまの家で我慢をして、手習塾はどこも七草からはじまるのを知っていたから、その日を待って市川堂に駆けつけたという次第だった。

むろん、辰五郎、はま、勘兵衛がそうと打ち明けたわけではない。界隈を聞きまわり、長屋の権利関係を調べ、初江や金太やみよからも話を聞いて、どういうことがおこなわれたかの背景を摑んだ。

なにより、金太やみよの意向が無視されている。しかるべき後見人をつけて、これまでどおりおたね婆さんとかにお手伝いをさせれば兄妹仲良く暮らしていける。なのに、やっていることはまるで追い剝ぎだ。

紋蔵は勘兵衛の家に辰五郎とはまを呼んでいった。

「休みが明けたらおまえたちを役所に呼びつけ、なんらかの沙汰をする。今月分の店賃だが、徴収してはならぬ。役所が預かる。金太・みよの兄妹の家に住んでいる者はただちに追いだし、空き家にしておけ」

ははあと恐れ入るかと思ったら、家主勘兵衛はすましていった。

「辰五郎さんもおはまさんもしっかりした後見人です。後見人が金太とみよの兄妹の面倒を見るのになんのやましいことがあるというんです。ただいまのことはお聞きいたしかねます。また、金太とみよの兄妹ですが、かどわかし同然にそちらに引き留めておられるとか。辰五郎さんもおはまさんもいたく心配しております。早々に返してやってください」

紋蔵はその足で蜂屋鉄五郎を訪ね、事情を打ち明けていった。

「なんだったらわたしが後見人になってもいいと思っております。金太とみよの兄妹を自分たちの家で元どおり一緒に暮らせるようにしてやりたいのです。休みが明けたら辰五郎とはまと家主勘兵衛を役所に呼びつけ、以後兄妹に一切手をだしてはならぬと申しつけます。よろしゅうございますね」

「一方的に呼びつけてというのはいかがなものだろう。十七日に役所が開かれると、すぐにもやつらは恐れながら兄妹を返すようご命じくださいと訴えてくるはず。それを待って始末をつけるほうが穏やかだと思う。それで、一件はわたしが扱う。悪いようにはしない」

蜂屋鉄五郎は南の御番所のプロパー（生え抜き）ではナンバー・スリー。予審の判事ともいうべき吟味方与力の筆頭でもある。

「分かりました。よろしくお願いいたします」

「兄妹を連れ戻されると厄介だ。くれぐれもしっかり見張りをつけておけ」

「そうします」

文吉が張り切って見張りをつづけていたのはいうまでもない。

三

安芸広島浅野家には幕府でいう老中《ろうじゅう》に当たる年寄《としより》という役があった。御定人数《おさだめにんじゅ》（定員）は七人。筆頭は年寄上座《かみざ》で、年寄上座がいわば総理だった。そのつぎが御定人数が十一人の番頭《ばんがしら》という役。番頭は年寄に対して向座《むこうざ》ともいわれ、形式的な席次では年寄と同等とされていた。

年寄上座、年寄、番頭のほとんどはふだん広島にいた。だが昨年の秋、「お殿様の病状が悪化したらしい」という報に接して、年寄上座の関蔵人《せきくらんど》をはじめ年寄、番頭のほとんどが江戸へ江戸へと向かった。

お殿様の故浅野斉賢はいまわの際に年寄上座の関蔵人を枕許に呼んでいった。

「家中には弟の右京《うきょう》を推す者もいるやに聞いている。だが、後嗣《こうし》には歴とした倅がいる。必ずや倅を予《よ》の跡に立ててくれ」

傍らにいる有栖川宮家から嫁いできた姫、御前様も口添えする。

「よろしく頼みまする」

関蔵人は手をつき、深々と頭をさげていった。

「ご安心くださりませ。仰せのとおりに取り計らいます。誰にもおかしな真似はさせません」

そうはいったが実のところ番頭十一人は全員が右京派で、関蔵人以外の年寄は日和《ひより》見《み》を決め込んでいた。それほど右京は出来がよく、家中で信頼があった。それに斉賢は致命的な失敗をおかしていた。

かれこれ三年前、後嗣の勝吉《かつよし》が十二歳のときのことだった。有栖川宮家から嫁いできた姫、御前様があまりの右京の人気に、勝吉の将来を心配して夫の斉賢にいった。

「このままでは先行きが心配です。右京殿があなたの跡を継ぐことができないように手を打っていただけませんか」

「といわれてものオ」

斉賢はこれという手を思いつかなかったのだが、毎日のように姫から責め立てられ、年寄某《なにがし》を江戸に呼んでいった。

「右京擁立をたくらんでいる者がいるやに聞いておる。首謀者は誰だ」

誰とは分かっていたが斉賢はあえて聞いた。

「一門の浅野将監《しょうげん》様です」

これまた骨があるということで知られており、一門が年寄上座になることはなかったのだが、右京が跡継ぎになったら年寄上座にすわって威権を振るうのではないかともいわれていた。斉賢はいった。

「将監を殺せ」

年寄某は首をかしげて聞いた。

「なんとおっしゃいました？」

「将監を殺せといったのだ」

「そんな無茶な」

「将監を殺さねば予の亡き後、将監は必ずや倅を外して右京を立てる」

「しかし」

「できぬと申すのか」

「いくらなんでも」

「予のいうことが聞けぬと申すのだな」

「そういうわけでは……」

「予の苦衷も察してくれ」

「うーん」

「頼む。このとおりだ」

斉賢は頭をさげる。

「わ、分かりました」

殿に頭をさげられては断るわけにはいかない。年寄某は腹を括った。

「仰せのとおり、将監様を仕留めてご覧にいれます。ただし、わたしがというわけにはまいりません。刺客《しかく》を立てます。誰を刺客に立てるかはわたしにお任せいただけますね」

「任せる」

「また、どんなに秘密裏に事を運んでもやがては洩《も》れます。誰がやったかがひそひそ語られます。ですからそやつは旅先ででも死んだことにして、できたらこの江戸に逃がしてやろうと思います。それでそのあと、なんとか江戸で暮らしが立つようにしてやりたいのですが、世話を焼いていただけますね」

「江戸で暮らしが立つようにか。いいだろう。お袋様の実家は尾張名古屋《おわりなごや》だ」

斉賢の母親は尾張徳川家から嫁いできていた。

「お袋様に頼み、名前を変えさせ、尾張徳川家で五、六百石くらいで抱えてもらえるように取り計らおう」

「そうしてもらえばなによりです。では」

とそんな遣り取りがあって、年寄某が白羽の矢を立てたのが家中で腕が立つことで知られていた青野又五郎こと神崎清五郎だった。年寄某はこっそり神崎清五郎の父を訪ねていった。

「しかじかだ。頼む。倅にうんといわせてくれ」

父はいった。

「お聞きできることとお聞きできないことがあります。無理です」

年寄某はいう。

「君命《くんめい》である。打ち明けた以上、聞けませぬではすまぬ。分かってくれ」

父は断りきれずに承諾し、神崎清五郎もまた断りきれずに承諾した。というよりさせられた。

問題はどう殺すかだ。物盗《ものと》りに見せかけて殺すか。闇討ちにするか。正面から堂々と名乗って殺すか。ずいぶんと考えたが、君命は密命である以上、正面から堂々と名乗ってというのは許されない。闇討ちにするしかない。そのころ神崎清五郎は奥林千賀子との縁談がまとまり挙式寸前までいっていたのだが、それどころではなくなり、挙式をのらりくらりと引き延ばして闇討ちにする機会を窺った。

浅野将監には小体《こてい》な屋敷を構えさせている愛妾《あいしょう》がいて、月に何日か通っていた。そうと探り、ある晩、愛妾宅に忍び込み、物盗りに見せかけて愛妾と重なりあっていた将監を仕留めた。

そのあと清五郎はすぐに広島から姿をくらまし、年寄某は清五郎の父と打ち合わせてこう処理した。

清五郎は所用があって船で上方にでかけた。途中、船が難破して死去した。

清五郎は年寄某の指示どおり江戸に向かい、有栖川宮家から嫁いできた姫、御前様に付き添ってきた家来小林隼人の引き合わせで、青野又五郎と名乗りを変え、とりあえず市川堂の男座の師匠におさまった。むろん、五、六百石で尾張家に抱えてもらうという約束が果たされるのを今日か明日かと待っていたのだが、約束を果たしてもらえないまま、殿斉賢はあの世に逝った。

広島では——、浅野将監は妾宅で変死した。表沙汰にすると浅野将監家の名誉にかかわる。表向きはにわかに病死したということにとりつくろった。

だがその後、年寄某は、君命とはいいながら将監の命を奪ってしまったことを苦にし、良心の痛みにたえかねてみずから命を断った。浅野将監の変死。神崎清五郎の旅先での事故死。年寄某の自決。これらの糸を結び合わせると嫌でも、年寄某が神崎清五郎を操って浅野将監を殺させたというのが分かる。背後に殿（斉賢）がいるというのも。

家中の者の心は右京になびきかけていた。そこへ殿斉賢の卑劣な振る舞いがあり、一挙に風向きが右京に傾いた。年寄は日和見を決め込んでいるが、若手といっていい番頭は全員が公然と右京を支持するようになった。そしておよそ二年と数ヵ月後に「殿（斉賢）は重病であらせられる」と江戸から知らせがあった。

捨て置けない。示し合わせてわれもわれもと江戸に出向き、跡継ぎには右京様をと声高に叫んだ。

年寄上座の関蔵人もむろん他の年寄とおなじように日和見を決め込んでいた。だが、病床の殿や御前様から、なんとか倅をと頭を下げられると二人がなんとも哀れに思えてきた。ここは一肌脱がねばならぬと思った。実際、十四の嫡男《ちゃくなん》を差し置いて、いくら出来がいいからといって弟をというのは筋がとおらない。その日から孤軍奮闘、関蔵人は右京派の切り崩しにとりかかった。

番頭の中心人物は日比内記《ひびないき》、沢左仲《さわさちゅう》、浅野左門《さもん》らだが、とりわけ幅を利かせていたのが沢左仲。関蔵人は御用部屋に沢左仲を呼んでいった。

「殿が亡くなられ、御用繁多ゆえ、そこもとに手助けしてもらいたい」

沢左仲は首をひねっていった。

「手助けとおっしゃいますと？」

「年寄の座に就いてもらいたいのだ」

「わたしがですか？」

「さよう」

幕府の老中を補佐するのは若年寄《わかどしより》だが、若年寄にはほとんど権限がなかった。老中の屋敷には訪問客がたえないのだが、若年寄の屋敷の門前は閑古鳥《かんこどり》が鳴いていた。つまりそれだけ役得が少なかった。浅野家の年寄と番頭もおなじような関係にあった。番頭は名ばかりで権限らしい権限がなかった。年寄の座にといわれて沢左仲の気持ちはぐらりと揺らいだ。しかし、これまでともに手を取り合ってきた仲間、同志がいる。同志を裏切ることになる。だが、それでも、年寄の魅力には勝てない。左仲はいった。

「有り難くお受けします」

勝負はあった。一月半ばのことで、関蔵人は大広間に江戸詰の知行取《ちぎょうと》り全員を集めていった。

「二十日に勝吉（斉賢の嫡男）様の襲封披露をおこない、かつ公儀《こうぎ》にその旨を届け出る」

四

江戸の者は何事であれ御番所（町奉行所）に届けなければならなかった。たとえば勘当をするとする。南北の両御番所におかれている言上《ごんじょう》帳《ちょう》と勘当帳とに、いついつ誰にどんな理由で勘当を申し渡しましたと帳付けしてもらった。でなければ効力を発しなかった。

御用納めは十二月二十五日。御用始めは一月十七日。その間二十二日もあり、町ではいろんな事があった。したがって初日といっていい新年一月十七日の朝、当番（月番）の南の御番所の門前には夜明け前から大勢の人が諸願・諸届に押しかけた。そのなかにむろん、辰五郎、はま、それぞれの家主、また玉円寺門前の家主勘兵衛もいた。

御番所には門を入ると右手すぐに当番所があり、諸願・諸届は当番所が受けつけた。

役所の与力・同心は五組に分かれていて、五組は六日ずつ当番所に詰めた。紋蔵は三番組で、新年早々の当番は三番組ではなかったのだが事情《わけ》をいい、とくに願って三番組の当番ということにしてもらった。辰五郎、はま、勘兵衛らがどんなふうに訴えるのか、訴状をじかにその目で見るためである。

辰五郎らは明け六つ（午前六時）に御番所の門前で落ち合おうと約束し、そのとおりにやってきたのだが、そのときすでに五、六組が門前で並んでいた。それでも五つの開門からさほど時間がかかることなく順番がきて、当番所前のタタキにひざまずき、辰五郎が代表していった。

「八丁堀は妙珠稲荷の近く、亀島町《かめじまちょう》仙右衛門店《せんえもんだな》の辰五郎と申します。稼業は煮売り屋です。お願いの儀があってまいりました」

紋蔵は聞き耳を立てながら筆を走らせている。ちなみに亀島町はあちらこちらにあり、妙珠稲荷の近くとかなんとか断らねばどこと分かりかねた。当番与力の助川作太郎が応じていう。

「申せ」

「ここにおります女儀《にょぎ》は」

とはまに目をやってつづける。

「南鞘町長兵衛《ちょうべえ》店、次右衛門《じえもん》の連れ合いではまと申します」

はまは頭をさげていう。

「はまでございます」

「八丁堀は玉円寺前岡崎《おかざき》町の六兵衛《ろくべえ》店に甚兵衛という爺さんがいたのですが、昨年の暮れに亡くなりました」

ふむふむと助川作太郎はうなずきながら聞いている。

「甚兵衛さんには金太という七つになる孫とみよという四つになる孫娘がいて、みなし子になったものですから親戚のわたし辰五郎が金太を、はまがみよを引き取ることにしました。ところが、今年に入ってからです。こちら町方の藤木紋蔵さんというお方が悶着《もんちゃく》をつけられて金太とみよを攫《さら》っていかれました」

「な、なんだとオ！」

といって助川作太郎は振り返る。

「藤木、本当か？」

辰五郎やはまはそのときはじめて紋蔵が背後にいることに気づき、いささか驚いたようだが臆することなく、紋蔵にかわっていった。

「本当でございます」

「どうなんだ？　藤木」

「口上をつづけさせてやってください」

助川作太郎は辰五郎にいう。

「つづけろ」

「そんなわけで金太とみよを親戚のわたしどもに返すよう、藤木様にご命じいただきたくかように参上いたした次第でございます。これが訴状でございます。お受け取りくださいませ」

「相分かった。追って沙汰する。今日のところは引き取れ」

「よろしくお願いいたします」

「つぎ、といわねばならぬところだが、藤木、どうする？」

「このことあるはかねて分かっておりまして、蜂屋様に前以て相談しております。とりあえず下がって訴状に目をとおし、蜂屋様に報告して対処していただこうと思うのです。よろしゅうございましょうか」

「おぬしの代わりはいることだし、うむ、そうするがいい」

紋蔵は辰五郎が提出した訴状を手に自分が詰めている例繰方の部屋に戻り、訴状を開いた。

玉円寺前岡崎町六兵衛店の家主勘兵衛が代筆したようで、勘兵衛はひょっとしたら公事師《くじし》のようなこともやっているのではないかと思われるほど話の筋はよく通っていた。おおむねこう述べていた。

「玉円寺前の岡崎町六兵衛店に住んでいた甚兵衛という老人が昨年の暮れに亡くなりました。甚兵衛には今年七つになる金太という孫と四つになるみよという孫娘とがおり、二人は天涯孤独の身になりました」

「わたし辰五郎は甚兵衛の娘の婿ですから、金太とみよにとってはおじということになります。はまの亭主次右衛門は甚兵衛の倅ですから、おなじく次右衛門はおじということになります。なお次右衛門はいま病の床についております」

「それで、わたし辰五郎かはまが金太とみよの二人を引き取ることができれば兄妹離れ離れにならなくてすむのですが、あいにくわたしはしがない煮売り稼業。はまは蕎麦屋の下働き。二人とも食っていくのに精一杯なものですから、二人を一緒に引き取ることはできません。そこで痛みを分け合おうと、わたしが兄の金太をはまが妹のみよを引き取ることにしました。昨年の暮れのことでございます」

「ところが今年に入って、南の物書同心藤木紋蔵というお方がしゃしゃりでてこられて、強引に金太とみよを攫っていかれました」

「思うに老人甚兵衛は家作を持っていて、月に十両ばかりの店賃が入るそうで、藤木様はどうやらわたしたちがそれを山分けするつもりではないかと邪推されてのことのようでございます。むろんわたしたちにそんなつもりは毛頭ありません。心外です。昨年十二月に入った店賃十両はとりあえず六兵衛店の家主勘兵衛さんに預かってもらっております。勘兵衛さんは金太とみよ、二人の名義で両替店に預けるとおっしゃってました。そのこと、どうか勘兵衛さんにお確かめください」

なるほど、勘兵衛は考えおった。

「そんな次第でございます。どうか、金太とみよはわたしどもでつつがなく育《はぐく》みますので、二人をわたしどもにお返しいただくよう、藤木様にお命じくださいませ」

読み終わって、紋蔵は吟味方与力の部屋を訪ねた。いない。新年早々、さっそく吟味中だということで昼休みまで待った。昼九つ（午後十二時）の鐘が鳴って休みになり、吟味方与力の部屋で弁当を遣っている蜂屋鉄五郎を訪ね、次第を語って訴状を渡した。

五

「集まってもらったのはほかでもない」

御奉行伊賀守《いがのかみ》は蜂屋鉄五郎ら八人の吟味方与力を前に切りだす。脇には年番与力で筆頭の安藤覚左衛門と次席の沢田六平が控えている。

「本日、当番の御老中から桜が満開のころ、吹上上聴《ふきあげじょうちょう》がおこなわれると内示があった」

江戸城の西北部にあったおよそ十三万坪の庭を吹上御庭といい、そこの物見所に臨時の御白洲を設け、将軍が臨席して寺社、町、勘定の三奉行の公事裁許を見分するのを吹上上聴、もしくは公事上聴といった。それが桜が満開のころおこなわれる。そう内示があったと御奉行はいう。御奉行はふだん午前に登城し、午後は下城して執務に当たっている。

「寺社奉行が四人、町奉行が二人、公事方勘定奉行が二人。八人がそれぞれ案件を御白洲に持ちだし、内情をいうと腕を競うのだが、小難しいのよりほろりとさせる人情物がいい。どうだろう、これといった案件を思いつかぬか」

「さあー」

誰もが顔を見合わせて首を左右に振る。大岡裁きにぴったりな案件などそうそうあるものではない。

「ならばこうしよう。それぞれ持ち越している出入物《でいりもの》（民事事件）を何件か抱えているはず。それの訴状や経過を洩れなく差しだせ。なににするかはこちらで考える」

「洩れなくですか」

蜂屋鉄五郎が念のために聞く。

「そのほうらにとってはつまらぬ案件かもしれぬが、その中に意外や意外、これはというのがあるかもしれぬ」

「しかし、かなりの数になります」

「単純な金の貸し借りなどというのは省いてよろしい。ただし金公事のなかにも人情に関わるものはあるはずで、それは欠かさないでもらいたい」

「承知しました」

全員が下がって御用状箱をひっくり返し、その日のうちに合計で百件ほども上げた。

翌日だった。蜂屋鉄五郎は御奉行に呼ばれていわれた。

「昨日、そこもとが差しだした八丁堀は妙珠稲荷の近く、亀島町仙右衛門店辰五郎の訴状についてだがのオ。訴状には『今年に入って、南の物書同心藤木紋蔵というお方がしゃしゃりでてこられて、強引に金太とみよを攫っていかれました』とあった。どういうことか、藤木紋蔵に直接聞いてみたい。呼んでくれ。ついてはおぬしも同席してくれ」

「承知しました」

紋蔵は当番所にいた。若同心に呼ばれて吟味方与力の部屋に出向いた。蜂屋鉄五郎は手短に事情を説明していう。

「そんなわけで、御奉行がおぬしに直接聞きたいそうだ」

紋蔵はいった。

「吹上上聴で裁くような案件ではないのですがねえ」

「訴状になにか感ぜられるところがあったのだろう。とにかく聞かれたことに素直に答えればいい」

「承知しました」

二人は御奉行のいる内座《ないざ》之《の》間《ま》に向かった。

「蜂屋です」

蜂屋鉄五郎は部屋の外から声をかけた。

「入れ」

声が返ってきて蜂屋鉄五郎は部屋に入り、紋蔵も後につづいた。紋蔵はかれこれ四十年近く例繰方に勤務している。例繰方の生き字引みたいな男である。御奉行も紋蔵のことはよく知っている。

「辰五郎の訴状だがのオ」

と切りだす。

「『今年に入って、南の物書同心藤木紋蔵というお方がしゃしゃりでてこられて、強引に金太とみよを攫っていかれました』とある。どういうことか説明してもらおう」

「手習塾市川堂の手習がはじまる七草の日に、訴状にある妹のみよが駆けつけてきて兄の金太にとりすがり……」

と、とっかかりから語って、辰五郎とはまと勘兵衛の銭目当てから金太という兄とみよという妹が引き裂かれまして……と経緯を説明していった。

「そんなわけで、市川堂の女師匠市川初江殿の家に以来ずっと金太とみよを預かってもらっており、彼らが訴訟におよぶのは分かりきっていることでもありますので、そのときに白黒をはっきりさせ、わたしが後見人になるなりして、以前どおりおたね婆さんというお手伝いさんに世話をさせて二人を元の家に住まわせてやろうと思っておったのでございます」

「しかし、訴状にはこうもある。『思うに老人甚兵衛は家作を持っていて、月に十両ばかりの店賃が入るそうで、藤木様はどうやらわたしたちがそれを山分けするつもりではないかと邪推されてのことのようでございます。むろんわたしたちにそんなつもりは毛頭ありません。心外です。昨年十二月に入った店賃十両はとりあえず六兵衛店の家主勘兵衛さんに預かってもらっております。勘兵衛さんは金太とみよ、二人の名義で両替店に預けるとおっしゃってました。そのこと、どうか勘兵衛さんにお確かめください』。つまり金目当てではないと。親戚とはいえ貧乏だから、二人は引き取れない。一人ずつ引き取っているのだとも申しておる。これについてはどう思う」

「わたしが間に入ったのでそう取り繕《つくろ》ったのだろうと思います」

「かもしれぬが、素直にそのとおりと受け取れぬこともない」

「そう思われるのは御奉行の勝手」

「なんだとオ」

「素直に云々とおっしゃいました。わたしも素直に気持ちを申したまでです」

「分かった。この一件はわたしが扱う」

御奉行が事件や案件を直接扱うことはまずなかった。予審の判事ともいうべき吟味方与力が扱い、判決の案文まで書いて御奉行に提出し、それに従って御奉行が判決を申し渡すというのが慣例になっていた。直接扱うというのは異例である。

「藤木」

「はい」

「わたしがどう裁くか、おぬしも後ろで見ているがいい」

「そうさせていただきます」

話はおかしな方向へ流れた。

六

御白洲でお裁きを受ける者はいついつの五つにこいと御差紙（召喚状）を突き付けられ、当日五つに、当番所にやってまいりましたと届ける。だがそのあとは御役人次第。すぐに呼ばれることはめったになく、下手をすると午後のそれも日が傾いてからようやくなどということもある。また、呼び出しがなくて、明日こいといわれることもある。

御奉行は午前中は御城に登る。住まいでもある役所に帰ってくるのは午後。だが、この日は御城に登ることなく、朝一番に「亀島町仙右衛門店辰五郎申し立て一件の者ども」を御白洲に呼んだ。

連中はぞろぞろと入ってくる。金太とみよもだ。同行してきた市川初江は手習塾の師匠だから御白洲にすわらせるわけにいかない。「御目見以下の御家人陪臣出家山伏《ばいしんしゅっけやまぶし》……」などに準じて「縁頬《えんがわ》」に席を与えられた。御奉行は口を開く。

「これから詮議をいたす。まず金太とみよに聞く。そのほうらは以前どおりに一緒に住みたいのだな」

金太がおそるおそる答える。

「さようでございます。それも二人きりでです」

「とはいうが、やはり後見してくれる者と一緒が望ましいし、後見してくれる者となると親戚の者が一番ということになる」

金太は顔をこわばらせるが、恐ろしいのだろう言葉を返せずにいる。

「辰五郎」

「はい」

「おぬしは甚兵衛の娘の亭主という親戚だな」

「さようでございます」

「女房は生きておるのか」

「亡くなりました」

「何年前だ」

「十五年くらい前です」

「二人の間に子供はいたのか」

「いいえ」

「後添えは貰ったのか」

「はい」

「後添えとの間に子供は？」

「三人おります」

「それじゃあ、とてもじゃないが親戚とはいえぬ。そもそも女は家をでたら縁が切れるものであるし、なにゆえ、しゃしゃりでて親戚などといって金太を引き取った」

「金太やみよがみなし子になったのを見るに見かねたからです」

「はま」

「はい」

「おぬしの亭主は甚兵衛の倅だな」

「さようでございます」

「生きておるのだな」

「長患《ながわずら》いで寝込んでおりますがたしかに生きております」

「だったらりっぱな親戚だ。なのに辰五郎がしゃしゃりでたから、金太とみよは生木を割《さ》かれるように離れ離れにさせられた。辰五郎、なんでそんなおかしなことをやった？」

「いまも申したとおりみなし子になった金太やみよを見るに見かねたからです」

「嘘をつけ。甚兵衛は家作を持っていて月に十両ばかりも店賃が入るらしいが、いくらかでもそれをふんだくろうという魂胆があったからであろう。いくらふんだくろうとしたのだ」

「そんなつもりは毛頭ありません。訴状にも書いておりますとおり、店賃は勘兵衛さんに預けております」

「こういうことになったので、とりあえずそう取り繕ったに違いない。不届き者め。いいか、金太を引き取ることは相ならぬ。またこのことに一切手をだしてはならぬ。ここできつく申し渡しておく」

「金太の世話は焼かなくていいとおっしゃるのですね」

「そうだ」

「お上がそうおっしゃるのなら、はい、わたしは手を引かせていただきます」

「今日はかりのお裁きで、いずれ御城の吹上の御白洲できちんと申し渡す。そう心得ていよ」

「御城の吹上の御白洲？　なんのことです」

「詳しくはあとで掛役人から申し渡す。はい、はま」

「はい」

「そんなわけだ。親戚はおまえたち夫婦だけなんだから、堂々と後見人になり、金太とみよを引き取り、また店賃も受け取るがいい」

「あのオ」

金太が口をだす。御奉行が聞く。

「おまえたちも長い目でみたらそうしてもらうのがいいのだ。なにしろはまの亭主は血の繋がったおまえたちのおじさんだからなあ」

「これはいっていいことなのか、よくないことなのか分からず、またそこの」

とはまに目をやり、

「おばさんにいうと頭ごなしに怒鳴られそうだったので黙っていたのですが、死んだお爺さんがそこのおばさんとこのおじさんは勘当したと」

「なんだとオ？」

「一緒になってはならぬというのに耳を貸さないでややこしい女とくっついたから勘当したと」

はまが目を吊り上げていう。

「ややこしい女というのはわたしのことなのか」

金太は無視してつづける。

「だからおれが死んでもあそこの家とは親戚付き合いなんかするんじゃないぞと」

「そんな馬鹿な！」

「藤木」

御奉行が振り返っていう。

「勘当帳を調べてみろ」

紋蔵は文庫にもぐって《ふみぐら》勘当帳を繰った。およそ十数年前に、たしかにはまの亭主次右衛門は勘当されていた。戻って御奉行に見せた。

「うーん」

うなって御奉行はいう。

「はま、そのほうに親戚になる資格はない」

「じゃあ、あっしのほうに」

と辰五郎。

「そのほうにもない」

「御奉行様」

とはま。

「なんだ」

「それはなにかの間違いでございます。わたしはそんなこと聞いておりません。どうかわたしに後見人を仰せつけくださいませ」

「ならぬ」

「なにオ、この鬼！」

というが早く、はまは御白洲に転がっている礫《つぶて》を掴むと発止《はっし》と御奉行に投げつけた。御奉行はよけそこなってまともに額《ひたい》に受け、額は真っ赤に血に染まった。

「むむ！」

御奉行は身体を震わせていう。

「そやつをすぐさま牢に叩き込め」

はまは引き立てられる。

「蜂屋」

背後にいた蜂屋鉄五郎にいう。

「この件はおぬしが扱え」

「仰せのとおりに」

「藤木」

「はい」

「御白洲から礫を投げたことについてだが、即刻先例を調べろ。厳罰に処してくれん」

「ははあ」

話はまたまたおかしなふうに流れて紋蔵は先例を調べさせられることになった。どだい、御白洲から女が礫を御奉行にぶつけるなどという先例などあるはずがない。しかしそれでも探す振りはしなければとまたまた文庫にもぐったら、これがあった。

寛保《かんぽう》三年というからおよそ九十年前、上野大門町《うえのだいもんちょう》の市《いち》右《え》衛門《もん》の養女もんが勝手に家を飛びだし、四《よ》ツ谷《や》伝馬町《てんまちょう》の十五郎《じゅうごろう》の家に転がり込んだ。それを養父の市右衛門が見つけて、取り戻してくださいと訴訟におよんだ。

紋蔵の時代ではそこまでお上が干渉することなどありえないのだが、そのときのお上は訴訟を受けつけた。それでまた、どういうわけか町奉行所ではなく寺社奉行四人、町奉行二人、公事方勘定奉行二人、合計八人が一座を構成する評定所が事件を扱った。それで、相手の男十五郎には手鎖を申しつけ、もんには実家に帰るようにと申し渡した。

これはどう考えても理不尽、もんにはそう思えたのだろう。じっとうつむいていたのだが、やにわに御白洲の礫を掴み、顔をあげるやいなや一座に投げつけた。

となって、しかし先例はなし、『御定書』にそんな規定はなし、やれ遠島にするか永牢にするかと揉めたのだがどっちも重すぎる。そこで遠島か永牢を申しつけて「御《ご》法事《ほうじ》」の節「赦《しゃ》」にするのがよろしかろうということになった。

紋蔵は先例を書き写し、

「ほかにもお耳に入れておきたいことがあります。拝謁《はいえつ》を願います」

と申しでた。紋蔵は内座之間に呼ばれた。御奉行は写しを見ていう。

「先例については承知した。それがしも先人《せんじん》に従うことにする。それで耳に入れたいこととは？」

「念のため北の勘当帳を調べてもらいました。すると向こうのは八年前に帳消しになっておりました」

「南では十数年前に帳付けされていて北では八年前に帳消しになっていたと申すのか」

「そうです」

「じゃあ、北が正しいということに？」

「おそらく甚兵衛という爺さんは北に帳消しを願ったが、南に帳消しを願うのを忘れておったのでしょう。また北に帳消しを願ったのも忘れて、金太には次右衛門は勘当しておるといったのではありませんか」

「はまがそれがしに礫を投げるような馬鹿をしなければ……」

「でも、蜂屋様がいろいろと考えてくださっているようなのです」

「どう？」

「南鞘町の家は働き手のはまがいなくなると病床の亭主や子供たちはこれから路頭に迷う。それで、金太やみよと話し合い、亭主も子供も玉円寺前の家に引き取って一緒に暮らすと。もちろんお手伝いのおたね婆さんには通ってもらう。およそ十両の店賃はしかるべき両替店が集金して、金太が必要な額をそのつど引き落とすと」

「うーむ、よくできている。やはり吹上上聴はその件にするか。しかし礫を投げさせるわけにはいかぬし、そこのところはなんとか工夫をせねばならぬな」

「わたしはこれで」

「ご苦労だった」

役所が引けて表にでた。門前で捨吉が待っている。紋蔵は聞いた。

「なにかあったのか」

「うむ。又さんが突然暇をもらいたいといってでていってしまった」

「どうして？」

又さんとは青野又五郎のこと。

「詳しくは門前の茶屋で」

数寄屋橋の門前には訴訟にやってくる者が立ち寄る料理茶屋が何軒かある。

「ご免よ」

と料理茶屋の暖簾をくぐり、酒とお菜《かず》を適当に頼んで捨吉は切りだす。

「浅野の御家騒動だが決着がついた。聞いてるかい？」

「いや」

昨日も市川初江に会ったが初江もそのようなことはいっていなかった。

「いつのことだ」

「今日、二十日のことだ」

「どっちに決まった」

「跡取り息子のほうにだ」

「出来のいい弟さんは敗れたのだな」

「そういうことになる」

「青野さんは有栖川宮家からまいられた御前様とつうじている。跡取り息子は御前様の腹。ということは青野さんは勝った側のはず。ということはお取り立てになって、駕籠を担ぐのを止めたということではないのか」

「おれもそう思ったのだが様子が違う。なにやらえらく深刻な顔をしておられた。それでこのあと、どこへいかれるのかと聞いたんだが、自分でも分からぬと。とにかくしばらく身を隠していたいんだと。身を隠すのならわたしんとこが一番といったら、そうではなくなったんですよとも。おれんとこにいるのがどうやら追っ手にばれたようなのだ」

「追っ手と跡継ぎの問題は別だったのか」

「さあ」

「問題を一人で抱え込まずに相談してくれればいいのに」

「おれもそういったんだがなあ。相談してすむ問題ではありませんと」

「この冬空に塒《ねぐら》を探すだけでも容易じゃないのに」

「まったくだ」

湿っぽい酒がつづいた。

牢で生まれ牢で育った七つの娘

一

敲刑《たたきけい》は見懲《みご》りのため、牢屋敷の門前で人目にさらして行われる。打ち役が箒《ほうき》といわれている青竹二本を麻苧《あさお》でぐるぐる巻きにした笞《むち》で叩き、数え役が「一つ、二つ、三つ……」と数え、それを囚獄《しゅうごく》（俗に牢屋奉行）といわれた石出帯刀《いしでたてわき》と月番御番所の検使《けんし》与力である牢屋見廻り与力が検分役として見守る。

他に非番御番所の牢屋見廻り与力が同席し、御徒目付《おかちめつけ》、御小人目付《おこびと》が監察として立ち会い、医師が待機する。

その日は何人かが「敲」もしくは「入墨之上敲《いれずみのうえたたき》」のお仕置を受ける日で、三人目の神田《かんだ》無宿源七《むしゅくげんしち》が下帯一つにさせられ、打ち役にいわれた。

「筵の上にうつ伏せに寝ろ」

「へい」

と答えて源七はいう。

「その前に一つ伺わせていただきたいことがございます」

打ち役が応じる。

「申してみよ」

「さっき牢をだされるとき女牢の前を通りかかったのですが、女牢に六つ七つの女の子がいるのを見かけました。全体、六つ七つの女の子を牢に入れるなどということがあるのでしょうか。あるとして、一体どんな罪を犯して入れられているのでございましょう？　後学のために聞かせていただけませんか」

御番所月番は南で、南の検使与力である牢屋見廻り与力遠沢竹之助《とおさわたけのすけ》が身を乗りだしていう。

「六つ七つの女の子が女牢にいるのを見たと申すのだな」

「さようでございます」

「石出殿」

遠沢竹之助は石出帯刀に話しかける。

「ありえないことと思うのですが、これから百も叩かれようという者がでたらめをいってもなんの得にもなりません。どういうことなのでしょうか？」

「神田無宿源七」

石出帯刀は源七に話しかけ、源七は答える。

「へい」

「間違いないか」

「たしかに見たのですが、しかしそんなはずがあるわけがないから、あるいは亡霊でも見たのかもしれません。間違ってたら勘弁してください」

「どっちにしろ確かめておいたほうがよさそうですねえ」

と遠沢竹之助がいい、石出帯刀は打ち役にいった。

「叩くのは後まわしにして、源七をしばらく預かる」

小伝馬町《こでんまちょう》の牢は御目見《おめみえ》以上の直参《じきさん》が収容される揚座敷《あがり》が四部屋、御目見以下の直参や陪臣《またもの》が収容される揚屋が五部屋、それに町人・百姓・無宿が収容される大牢が東西二部屋、二間牢が東西二部屋、百姓牢が一部屋と合計十四部屋あった。

町人・百姓・無宿に限っていうなら大牢が東西二部屋各三十畳敷、二間牢が東西各二十四畳敷、百姓牢が一部屋二十八畳敷、合計五部屋百三十六畳敷の器に常時二百人から四百人が収容された。平均三百人として、起きて半畳寝て一畳というが、一人当たり半畳にもならない。囚人はぎゅうぎゅうに詰め込まれ、夜は折り重なるようにして寝た。

罪を犯すのは男に限らない。女も犯す。もっとも男ほど多くはなく、また男と一緒に詰め込むわけにはいかないから、女には奥揚屋が宛てがわれた。女牢といわれていたのだが、広さは十八畳。収容されているのは四、五十人。したがって女牢の詰め込み度合も男の大牢・二間牢・百姓牢と変わりなかった。

石出帯刀と遠沢竹之助は牢屋同心に源七を従えて牢に入り、女牢の前に立って牢屋同心にいった。

「調べろ」

女牢に収容されていた女はこの日およそ五十人。石出帯刀らのにわかの入来に何事？　とがやがやうるさく騒ぎ立てる女囚人に、

「黙れ！」

と一喝して牢屋同心はいった。

「これから一人ずつ名を呼ぶ。呼ばれた者は返事をして、いったん外にでろ。かね、あさ、きよ、いい、ため……」

牢屋同心は帳面を手に順に読み上げる。

「へい」

「はい」

「あいよ」

てんでに返事をして女がでてきて、中にいる者がだんだんに少なくなると……、隅にちょこなんとすわってほほ笑んでいる女の子の姿がはっきり認められるようになった。石出帯刀は目を丸くしていう。

「源七のいうとおりだ。やはりいた。山田《やまだ》」

と牢屋同心の名を呼んで詰問する。

「これは一体、どういうことだ？」

「といわれましても」

と山田某《ぼう》は頭を掻きながら弁解ともつかないことをいう。

「わたしらはなるべく女牢には近づかないようにしていることでもありますし……」

なかには色仕掛けで牢屋同心をたぶらかす女がいる。牢屋同心もほとんどが株で、色仕掛けに引っ掛かるとせっかくの株を失い、失職する。愚の骨頂、というわけで、牢屋同心はできるだけ女牢に近づかないようにしていた。

そんなこともあって見逃してしまったのかもしれないが、しかし、それにしても六つ七つの女の子がなぜ？　どうやってここへ潜り込んだのか？　石出帯刀は牢屋同心にいった。

「ただちに調べろ」

「ははあ」

〝島帰りの花蝶《かちょう》〟といわれた伝説の女がいた。もとは橘町《たちばなちょう》の江戸芸者。一昔も二昔も前の富本豊雛《とみもととよひな》や高島《たかしま》ひさに引けをとらない柳腰の美人のうえに、気《き》っ風《ぷ》がよくて啖《たん》呵《か》が切れてと三拍子も四拍子もそろっていたから人気が人気を呼んで、のべつお座敷がかかった。言い寄る男も数知れずいた。そんな一人、江戸で十本の指に入る両替屋の惣領《そうりょう》息子清次郎《せいじろう》が花蝶にちょっかいをだした。

「どうだ。おれの世話にならないか。悪いようにはしない」

清次郎はそうやって何人かの女をくどき落としたのだが、落としてしまえばこっちのものと手のひらを返し、それまでにずいぶんと女を泣かせた。花蝶もむろんそれを知っていた。相手にせずに適当にあしらった。

おかしい。おれになびかない女がいるはずがないとばかりに清次郎はなおも迫るが花蝶にはうっとうしいだけ。あしらうのを止めて避けるようになった。清次郎の座敷と分かると断るようになった。

清次郎は熱くなった。なんとしてでも落としてみせる。落とさずにおくものかとりきみ、偽名を使って座敷に呼んだ。そうとは知らずに花蝶は顔をだした。清次郎が床を背にすわっている。ぷいと顔をそむけて花蝶は踵を返した。

「待て！」

清次郎の頭に血がのぼった。清次郎はかねて腕っ節が強いというのを自慢の種にしていた。なに、最後はこれをちらつかせればたいがいの者は恐れ入ると、懐の匕首《どす》をちらつかせることもあった。清次郎はその匕首の鞘《さや》を払って花蝶を追い、追いついて背中をぶすりとやった。

花蝶は背中に痛みを感じた瞬間、頭に挿していた簪《かんざし》を抜き、腰をひねって逆手で突いた。簪は清次郎の喉笛《のどぶえ》を見事に刺し貫いていた。花蝶も五針ほど縫ったが清次郎は即死だった。

人を殺した者は「下手人《げしゆにん》（死刑）」である。ただし、これには例外条項があった。

「相手より不法の儀を仕掛け、是非なく刃傷《にんじよう》におよび、人を殺し候《そうろう》もの　遠島　」

正当防衛は遠島だと。この事件は「女に振られてかっとなった男が匕首を手に女を殺そうとしたところ、女が頭に挿している簪を抜き、振り返りざま一突きで仕留めた」という物珍しい事件で、「女は一昔も二昔も前の富本豊雛や高島ひさに引けをとらない柳腰の美人」なものだから瓦版《かわらばん》が放っておかない。

清次郎を敵役《かたきやく》に仕立てて面白おかしく書き立てた。事件は江戸中の評判をとった。花蝶は一躍人気者になった。しかしそれでも罪は免れない。遠島を申し渡された。

永代橋《えいたいばし》の橋詰に御《お》船手《ふなで》組屋敷があり、船改《ふねあらため》番所がおかれている。遠島者は春と秋の二度、そこから檻《おり》を設けた小船に乗せられて品川まで送られ、品川で「るにんせん」もしくは「流人船」と幟《のぼり》を掲げた御用船に乗り移らされて、新島《にいじま》、三宅島《みやけじま》、八丈島《はちじょうじま》の三島のどこかに送られる。

花蝶もやがて迎えた春に「るにんせん」に乗せられて三宅島に送られた。島での暮らしは悲惨である。自給自足だが、耕す土地がない。漁にでるにしても船もなければ網もない。島民の情けにすがって命を繋ぐのが精一杯という暮らしを余儀なくされ、やがては痩《や》せ衰え、風邪などちょっとした病に負けて死んでいく。

とはいえ、女にはことに花蝶のような美人には肉体という武器がある。武器を使って生き延びる者もいる。だが、そんな生き方は花蝶の自尊心が許さない。言い寄ってくる島の男たちことごとくにけんつくを食らわせた。しかし、ということはなおいっそう暮らしが立たなくなるということで、道端に生えている草とか浜辺に流れ着く海草とかをあさるなどしてようように命を繋いだ。

「島抜け」は遠島者なら誰もが考える。花蝶も考えた。朝から晩まで、考えないことがないといっていいほど考えた。幸い、そこは三宅島。八丈島だとおうおうにして黒潮を乗り切り損なうが、三宅島だと運がよければ黒潮を乗り切り、房総《ぼうそう》の浜辺辺《あた》りに辿り着くことができた。

いつしか仲間ができ、男三人に花蝶の四人はかすかに月明かりのある夜、漁船を盗み、櫂《かい》を必死に漕いで本土をめざした。

三日三晩を大海原《おおうなばら》で過ごし、四日目の早朝、四人は安房勝浦《あわかつうら》の近くの浜辺に辿り着いた。漂着したといったほうがいい。

四人一緒だと目につく。かねての手筈どおり四人はばらばらに逃げた。花蝶も逃げた。というより江戸をめざした。

江戸に入ると、何度も座敷に呼んでくれた両国広小路《りょうごくひろこうじ》の顔役を頼った。顔役はなに食わぬ顔をして匿《かくま》ってくれ、甲府《こうふ》の顔役のところに逃げるようにとすすめた。甲府は三都とおなじ。幕領で大きな町だから潜みやすい。花蝶は旅支度をして朝早くに江戸を発った。

とうに三宅島から四人の「島抜け」は江戸に知らされている。岡っ引はことに四宿《ししゅく》といわれた品川、板橋《いたばし》、千住《せんじゅ》、内藤新宿の宿場に目を光らせた。花蝶は内藤新宿の大木戸にさしかかったところで御用となった。

二

『御定書』にこうある。

「島を逃げ候もの　　　その島に於いて　死罪」

島を逃げた者は島に返してそこで首を刎《は》ねる。

もっともこれは島に返すというよけいな手間がかかる。首を刎ねるのは江戸にして、逃げた島に「科《とが》の次第を認《したた》めた札を立てさせる」というようにあらためられた。それで、「島抜け」は疑いのない事実だから、花蝶は即刻首を刎ねられなければならなかったのだが、掛《かかり》の吟味方与力は一件の処理を先延ばしにした。

もともと花蝶を遠島に処したことに評定所一座の一部は批判的だった。男がふられた腹いせに匕首を抜いて背後から刺したという事件で、花蝶は降りかかった火の粉を払ったにすぎない。それでたまたま相手を殺したからといって遠島はあんまり。罪一等を減じて追放刑くらいに減ずべきではないのかというわけだ。

だから、そもそも島送りにしたのが間違っていて、それがあらたに「島抜け」という罪を生んだ。「島抜け」で命を奪ってしまうのはこれまたあんまりではないかという声があらたに評定所一座の一部であがった。

かてくわえて花蝶の「島抜け」はまたたく間に世間の知るところとなり、「蝶渡春海原《ちようがわたるはるのうなばら》」という外題《げだい》で市村座《いちむらざ》にかかり、江戸中が花蝶の肩を持つようになってしまった。

ここで花蝶を即決で処刑してしまうと、それこそ御番所までもが敵役になってしまう。

それやこれやとあって、人の噂も七十五日、評定所一座の一部や世間の騒ぎが素通りするのをしばらく待つのがよかろうと掛の吟味方与力は即決の処理を先送りにした。

女牢にもむろん牢名主《ろうなぬし》はいる。添役《そえやく》もいれば角役《すみやく》もいて、二番役、三番役……と男の大牢・二間牢・百姓牢とおなじように、自分たちが勝手に決めた役付きがいる。

女牢に入れられた花蝶は「殺し」「島抜け」という犯した罪の重さ、さらに貫禄からすぐに牢名主の座を譲られた。それから間もなくだった。腹に子を宿した女が牢に入ってきた。

懐胎《かいたい》した女が死罪以上の刑に処せられるとき、かつてはこうすることになっていた。

「火罪《かざい》、獄門《ごくもん》、死罪は懐胎を斟酌《しんしゃく》することなくおこなってよい。磔《はりつけ》はかわりに獄門とする」

その後、生まれてくる子に罪はない。胎児《たいじ》もともに処刑するのは酷だという意見がだされて、寛政《かんせい》の御改革時にこうあらためられた。

「出産の後死罪に申しつけらるべく候」

出産の場所は江戸では牢内。死刑執行の目安は出産後五十日。もちろん生まれた子は罪を問われない。

腹に子を宿した女は度重なる夫の暴力と浮気に怒りを爆発させ、包丁で夫を刺し殺してお縄になった。だからむろん死罪。ただしお腹に子を宿していたから処刑は先延ばしされ、入牢三月後に臨月を迎えて女児を出産した。それで、では、その女児をどう扱ったらいいのかという問題が生じた。

女に身寄りはいなかった。女が殺した相手、夫に身寄りはいたが、殺した女の女児を引き取るなど冗談ではないといって拒む。またいきなり外にだすと、誰が乳を飲ませるのかという問題もあった。死刑執行の目安は出産後五十日だから、五十日は女児を牢に止めて生んだ女が乳を飲ませるがいいということになった。やがて五十日を迎えた。

牢名主の花蝶は女が牢に入ってきたとき、お腹がせりだしているのに気づいて、女を丁重に扱った。女が出産するときもだ。いよいよ明日、土壇《どたん》の場で首を刎ねられると決まったとき、女は額を床にこすりつけて花蝶にいった。

「はなのことが気掛かりです」

女が名付け親になってくださいと花蝶に願うので、花蝶は自分の名から一字をとって赤ん坊をはなと名づけた。

「はなの身が立つようよろしく願い上げます」

花蝶は胸を叩いていった。

「任せておきなさい。はなはきちんとわたしが面倒をみます。わたしもいずれはあなたとおなじように首を刎ねられるが、死後のことも十分に考えておきます」

「有り難うございます」

花蝶に差し入れはたえなかった。花蝶を贔屓《ひいき》にしていた旦那衆から三十両、五十両と差し入れがあった。花蝶が頼った両国広小路の親分からからも、市村座からもそれぞれ三十両があった。合計すると三百両にもなり、月に一度は牢屋同心に頼んですしなどを差し入れてもらって同囚に振る舞っていたのだが、はなのことを女に頼まれて花蝶は決心した。

はなは娑婆に居所がない。だったら、牢屋で育てようではないかと。

はなを生んだ女が処刑されてすぐ、花蝶は牢屋同心を三十両で抱き込み、はなを死んだことにしてもらった。そして、しばらくは重湯《おもゆ》などをも差し入れさせた。

六ヵ月届けという決まりがあった。六ヵ月を経過しても審理が滞っている案件は書き上げて将軍の閲覧に供するという、現場の怠慢を戒めた決まりだ。ために現場の者は、ややもすると形式的に、悪くいえばいいかげんに審理を進めることが少なくなかったのだが、それでも審理は滞った。だから、花蝶の「島抜け」を扱っていた吟味方与力が処理を先送りしてもとくに目につくということはなかったのだが、しかし事は「島抜け」という単純な事件だ。いつまでも先送りしているわけにはいかない。一年が過ぎたころ、

「そろそろ」

と吟味方与力は一件を御奉行に上げ、御奉行は花蝶を御白洲に呼んでいった。

「島抜けは死罪だ。死罪を申し渡す。処刑は明日おこなう。神妙に念仏《ねんぶつ》なりと御題目《おだいもく》なりと唱えるがよい」

牢に戻った花蝶は添役にいった。

「明日、首を刎ねられることになった。おまえさんに牢名主の座を譲ることになるわけだが、ここに二百両ばかりある」

と腹に括りつけている胴巻をとりだした。

「そっくり譲る。遠慮なく使ってくれ。ただし、一つ条件がある。はなはわたしの生まれ変わりだ。はなの面倒をわたしに代わって見てくれろ。よいな」

「承知いたしました」

花蝶のあとの牢名主たみは主殺《しゅごろし》の疑いで御用となり、詮議《せんぎ》中だった。主殺は「二日晒《さらし》　一日引廻《ひきまわし》　鋸挽《のこぎりびき》之上　磔」。刑としてこれ以上の刑はないという重罪だった。

むろんたみは「そんな恐ろしいことをするわけがありません」と否認した。だが、状況からいって、たみ以外の者が主人を殺したとは考えられない。それに、たみの柳《やなぎ》行李《ごうり》の中に、主人の手文庫から消えていた三十両があった。たみは、知りません、そんなはずはありませんといったが、それが動かぬ証拠とされた。

ただ、たみがあまりにも「わたしではありません」と言い張るものだから、いましばらく様子を見ようということになった。実際、冤罪《えんざい》の疑いが晴れぬまま死に追い込むことがたまにあり、そんなときは、掛の吟味方与力だけでなく、役所全体が暗く沈んでしまうからだ。

新牢名主になったたみもまたまだ満で一つにならないはなをかわいがった。花蝶がそうしたようにおしめも自身で取り替えたし、夜泣きをすると自分のおっぱいをしゃぶらせた。はなはすくすく育った。満で二つの三歳になったときだった。

主殺の真犯人が判明した。十年ほども前に奉公していた、たみの元同僚で、後添えに迎えるという約束で主人のなぐさみ者にされてしまい、ついには捨てられたという女の仕業《しわざ》だった。勝手知ったる家に忍び込み、憎っくき主人を殺して、後輩のたみの仕業と見せかけたのだ。

たみはお縄を解かれることになり、おなじく添役だった女ひでをつぎの牢名主に指名していった。

「はなを頼むよ」

ひでも応えていった。

「承知しました」

たみはつづける。

「わたしは冤罪が晴れた。ひょっとしたらはなが冤罪を晴らしてくれたのかもしれない。この娘はなにか福を持って生まれてきているような気がする」

「わたしもそんな気がします」

あらたな牢名主ひでは女だてらに窩主買《けいずかい》をやっていた。盗品と知りながら売り買いをするという商売だ。家業は質屋だったのだが、主人だった兄が道楽者で家を傾かせたから、食うに困って仕方なくひでは窩主買をはじめた。むろん、窩主買だから陰でこそこそやっていたのだが、ある盗品の糸を手繰《たぐ》られてお縄になった。『御定書』にこうある。

「盗物《とうぶつ》と存じながら世話いたし、配分または礼銭を貰い候もの　重敲」

ひでは重敲ということになった。ただし、敲は女に科せられない。女を腰巻一つにして、五十叩いたり百叩いたりというのは残酷すぎる。見懲りにならない。そこで女の場合、五十敲なら五十日の過怠牢、百敲なら百日の過怠牢とされた。五十日か百日を牢で過ごせばお縄を解かれるという罰だ。

ひでは重敲だから、百日の過怠牢ということで牢に放り込まれていた。牢に放り込まれている者はコソ泥の類が多い。罰は過料とかせいぜい所払。だから、罪が重ければいいというものではないが「百日の過怠牢」はそこそこ威張れる罰で、ひではあらたに牢名主となったのだが、お勤めはまだあと五十日ばかり残っていた。

先《せん》の牢名主たみはこういった。

「ひょっとしたらはなが冤罪を晴らしてくれたのかもしれない。この娘はなにか福を持って生まれてきているような気がする」

それにひでではこういった。

「わたしもそんな気がします」

さすがに本気にはしなかったが、はなを大事に育てればひょっとしたらなにか御利益があるかもしれないというかすかな期待はあり、はなをかわいがった。はなはまた愛くるしい娘に育っていた。牢内の女はひでだけではない、誰もがはなをかわいがった。

やがて満期の百日を迎えようとするころ、牢屋同心がひでにこっそり文をよこす。それにはこうあった。

「惣右衛門《そうえもん》さんが亡くなられ、遺言により、おまえさんが相続人ということになった。詳しくは出所後に。檜物町《ひものちょう》名主作左衛門《さくざえもん》」

惣右衛門というのはひでの生家の本家で、江戸でも指折りの質屋だった。相続人は何人もおり、ひでが相続人になる目はまるでなかったのだが、該当者がばたばたと死に、ひでにお鉢がまわってきたというわけだった。これにはさすがにひでは目を剝き、畳を何枚も重ねた牢名主の席にはなをすわらせ、深々と頭をさげていった。

「あなた様は生き神様です。お有り難うございました」

生まれながらに威厳と風格がそなわっているのか、はなはにっこりほほ笑んで会釈を返した。

その後も、おなじようなことがつづき、歴代の牢名主は誰もがはなのことを崇《あが》めるようにして育てた。

牢屋同心もむろんはなのことは知っていた。神田無宿の源七さえちらっと見かけたほどだ。知らないわけがない。だが、彼らもまたはなの生まれながらに持っている威厳と風格に魅せられて、はなが牢にいることを見逃した。

囚獄石出帯刀から「これは一体、どういうことだ？」といわれて牢屋同心山田某は「といわれましても、わたしらはなるべく女牢には近づかないようにしていることでもありますし……」と弁解にならぬ弁解をしたが、むろん山田某もはなのことは百も承知だった。

三

「お呼びですか」

紋蔵は唐紙越しにいった。

「入れ」

年番与力で筆頭与力の安藤覚左衛門が正面にすわり、おなじく年番与力で次席与力の沢田六平が脇にひかえている。安藤覚左衛門が切りだす。

「小伝馬町の牢に七つの女の子がいた。耳にしておるか」

「はい」

話はたちまち千波万波の早さで広まった。

「いつぞやおぬしに、何者と知れぬ男が牢にいたことについて、何者なのかを調べてもらいたいと頼んだことがある。覚えておるな」

「覚えております」

目に余るほど在牢者が増え、南が月番のとき、老中から特別に、在牢者の数と吟味の遅速について調べるようにと指示がくだされた。南は指示どおりに調べた。それはまあどうということはなかったのだが、何者とも知れぬ男が一人牢にいた。

牢には入牢証文《じゆろうしようもん》がなければ入れられないのだが、男には入牢証文がなかった。仮口《かりくち》書《がき》（仮の自白書）も、吟味《ぎんみ》詰《つま》りの口書（正式の自白書）も、落着の申し渡し書もなかった。だから、なにゆえ男が牢に入っているのかが分からない。そのうえ男は記憶を失っており、名前も覚えていない。牢では名無しの権兵衛《ごんべえ》ならぬ権兵衛と呼ばれていたのだが、権兵衛は牢での暮らしが当たり前と考えているようなふしがあって、〝お調べを〟などと騒ぎ立てなかったものだから、いつまでも牢におかれていた。一体、男は何者なのか、どうやって牢に入ったのかを調べろといわれて、紋蔵は江戸中を走りまわらされたことがある。正体はなんとか突き止めたが、どうやって牢に入ったのかは分からずじまいだった（『隼小僧異聞』「紋蔵の初手柄」）。紋蔵は聞いた。

「すると、なんですか。その七つの女の子の身許を調べろとでもおっしゃるのですか」

「先まわりして物を申すな。身許は分かっておる」

「では、なんの御用です？」

「いずれにしろ、その子をひきつづき牢においておくわけにはいかぬ。だが、母親は首を刎ねられており、母親に身寄りはいない。父親は母親に殺されており、父親に身寄りはいるが、父親を殺した母親の子で、しかも牢で生まれて育ったという曰《いわ》く因縁つきの娘だ。とてもそんな娘は引き取れませぬと申す」

「曰く因縁があるということでは勘太とおなじか」

「勘太？　誰のことだ」

「これは失礼しました」

「ああ、おぬしが育てているあの子だな」

実の父親が育ての父親を殺すという因果な星の下に生まれ、みなし子になって途方に暮れていたのを紋蔵が引き取って育てていた。

「ひょっとして、わたしに引き取れとおっしゃるのですか」

「そうもいっておらぬ。おぬしは文吉と勘太と二人までも他人の子を引き取って育てておる。そのうえにとはさすがにいえぬ。そのこととは別に、南に人多しといえどもおぬしほど下世話に通じている者はおらぬ」

「下世話に……ですか」

「そうだ」

「褒められているのかけなされているのか」

「またそういう言い方をする。褒めておるに決まっている。ほんとうにおぬしはおれらが相手だとへらず口ばかり叩く」

「そんなつもりはないのですがねえ」

難題ばかり申しつけられるからついついよけいな口を叩いてしまう。

「それで、わたしが下世話に通じているとしてどうだとおっしゃるのですか？」

「はなという娘を誰ぞに引き取ってもらいたいのだが、おぬしなら心当たりがあるだろう」

「牢で生まれて牢で育った娘ですよねえ」

「そうなのだが、聞くところによるとたいした福を持っておるそうで、はなをかわいがった者はみんなそれなりに報いてもらったのだという」

「たまたまでしょう」

「いいや。そうはいいきれぬ。また持って生まれた威厳と風格もそなわっているのだと。娘を迎えると運がつくとそれがしは思う」

「だったら、安藤様が迎えられればいい」

「わたしは十分に報われておる。そんなことより、どうだ、思い当たる者はいないか」

「急がれますか」

「七つの娘が罪なくして牢にいると分かった以上、一刻も早くだしてやらねばならぬ」

「分かりました。一両日、時間をください。きっと探してみせます」

「すまぬ」

一両日といったが当てはあった。

「失礼します」

江戸でぶらぶらしている在《ざい》の大金持ち。谷山《やつやま》の料理茶屋観潮亭の金主でもある金右衛門をとっさに預かり先として考えたのだ。金右衛門はふとしたことからちよという赤ん坊を預かり、ちよが十五になるいまにいたるも育てている。もっとも育てるというより、好きにさせているといったほうがいいかもしれないのだが、それだけにちよはのびのびはつらつと育った。金右衛門に預ければ、ちよがきっと実の姉さんのようにはなの面倒も見て世話を焼くに違いない。金右衛門こそまさにぴったり。

紋蔵は金右衛門が観潮亭から帰ってきているのを知っていた。その日、家に帰ると着替えもそこそこに、「でかける」といって家をでて若竹を覗いた。金右衛門はいた。若竹は大竹金吾が贔屓にしている小料理屋だが、観潮亭から戻ると金右衛門は主《ぬし》のように毎晩若竹に顔をだしていた。

「こんばんは」

紋蔵は声をかけて金右衛門の向かいにすわった。

「まあ、おひとつ」

金右衛門は銚子を持つ。紋蔵は小女から受け取った猪口で受けていった。

「お願いがあるんですがねえ」

「藤木さんにお願いだなんて珍しい。また、なんです?」

「七つの女の子を預かってもらいたいのです」

「藪《やぶ》から棒になんです」

「小伝馬町の牢に、牢で生まれて牢で育った七つの娘がいたといま世間が騒いでおります。ご存じでしょう?」

「ええ、今日、ちよから聞きました。市川堂でもその話で持ちきりだそうです」

「ちよちゃんは市川堂に」

「観潮亭と市川堂をいったりきたりだったのですが、文吉さんが市川堂の男座の師匠の席にすわるようになってからというもの、観潮亭には見向きもせず、せっせと市川堂に通っております。やはりまだ気があるんですねえ」

「なんといっていいか。文吉にもちよちゃんにも気の毒をしました」

文吉は蜂屋鉄五郎の言い付けを守り、今年、数えで三つの千鶴と添い遂げるつもりでいるがちよのことは忘れてはいないだろうし、ちよもまた文吉のことを忘れられずにいるのだろう。

「それで、牢で生まれて牢で育った七つの娘をわたしに預かれとおっしゃるのですね？」

「そうなのです」

「いいですよ」

金右衛門はいともあっさりいってつづける。

「ただし、ちよとおなじです。あれこれ世話は焼きません。好きにさせます。それでいいですね」

「結構です。では、明日の午後イチに役所にきていただけませんか」

「役所にですか」

金右衛門は数年前、役所でお構い（追放）を申し渡されたことがある。

「役所はねえ」

「牢で受け取ってもらってもいいのですが、できたら役所でお引き渡ししたいのです」

「分かりました。伺いましょう」

翌日、午後イチに門前で待っていると、金右衛門はちよを伴ってやってきていう。

「一刻も早く、その子の顔を見たいとちよがいうものですから連れてきました」

「とにもかくにも上がっていただけませんか。年番与力で筆頭与力の安藤覚左衛門様と年番与力で次席与力の沢田六平様が直接引き渡したいと申しておられますので」

「ちよ」

と金右衛門は呼びかけていう。

「ここで待ってなさい」

「いえ」

と紋蔵。

「一緒がいいです。新しい姉さんだよといって引き合わせます」

美貌の娘ちよを引き合わせて、安藤覚左衛門らをちょっぴり驚かせてやろうという気がしないでもなかった。

「それじゃあ」

内玄関から上がり、二人を用部屋で待たせ、年番部屋に出向いて安藤覚左衛門と沢田六平にいった。

「お預かりいただける金右衛門さんに用部屋で待ってもらっております」

「分かった。すぐにまいる」

三人で待っていると、安藤覚左衛門と沢田六平が七つの娘はなを連れてきて上座にすわる。

「それがしは年番与力の安藤覚左衛門でござる」

「それがしもおなじく年番与力の沢田六平でござる」

と順に名乗り、金右衛門も名乗る。

「わたしは武州《ぶしゅう》の在の者ですが、八丁堀でぼやぼや暮らしております。金右衛門と申します。こちらの藤木紋蔵様と大竹金吾様にはことに昵懇《じっこん》にさせていただいております。お見知りおきください」

安藤覚左衛門がいう。

「藤木から聞いていることとは存ずるが、ここにいる七つの娘はなは奇妙な星の下に小伝馬町の牢で生まれて牢で育った娘でござる。それを承知のうえで、お引き取りくださるとのこと。役所としても、かほどの慶事《よろこびごと》はござらぬ。なにぶん、よろしくお頼み申す」

「わたしはどちらかというとざっかけない田舎《いなか》者ですが、幸い連れて参りました娘のちよがしっかり者に育ちましたから、これからのことはちよが姉がわりになって面倒を見てくれると思います。ちよも任せてくださいと申しております。そうだな、ちよ」

「ええ」

ちよは襟《えり》をぐいと後ろにそらせていう。

「大船に乗った気でいらして結構です」

「ほおー」

と安藤覚左衛門と沢田六平は声を揃えて、沢田六平がいう。

「ひょっとしてこの子が八丁堀小町といわれている評判の娘か？」

紋蔵がかわっていった。

「そうです」

安藤覚左衛門がいう。

「文吉となにかとあった？」

文吉とのことは安藤覚左衛門の耳にも届いていた。ちよがきっぱりいう。

「文吉さんとはなにもありません」

「いや、これはつまらぬことを申してしまった」

沢田六平がしげしげと見つめていう。

「お大名もその美しさにのけぞるといわれている観潮亭の看板娘でござるな」

「ほほ」

とちよはほほ笑んでいう。

「それより、おはなちゃん。あなた、今日からわたしの妹になるのよ。いいね。不服はないね」

はなは三つ指をついていう。

「どうか、よろしくお願いします」

牢育ちとは思えぬ堂々とした応対ぶりにその座にいた者はみんな舌を巻いた。

四

ちよは早くも翌日にはなを市川堂に連れていき、市川初江に挨拶をさせて束脩《そくしゅう》を納めた。はなも市川堂の手習子になった。

はなのことは当然市川堂の手習子の誰もが知っている。興味津々ではなのことを遠巻きに見ていたが、なかにちょっかいをだす娘がいた。

はなはちよの妹分ということになっている。ちよは文吉とわけがある。文吉は泣く子も黙ると恐れられていて、いまは男座の師匠の席にすわっている。だから、はなにちょっかいはだせないはず。またはなにはちょっかいを受けつけない威厳と風格がそなわっているのだが、それでも隙を見てはなに近寄り、口汚く罵る娘がいた。

「あんた、牢で生まれて牢で育ったんだってねえ。見るからにばばっちい。ここであたいたちと机を並べるなんて十年早い。自分の立場というものを考えてとっととお帰り」

はなはなにもいわずにじっと相手を見つめ返した。そのとき瞳孔から異様な光が放たれたのか、見つめ返された娘はふらふらっとよろけて倒れた。周りにいた娘たちが抱き起こして市川初江に知らせる。初江はいう。

「みんなで家に連れ帰って休ませなさい」

娘はその日から三日三晩高熱をだしてうなされた。

いきなりそんなことがあって、はなにちょっかいをだす者はいなくなった。というよりそれからというもの、はなはむしろ畏敬の念をもって仰ぎ見られるようになったのだが、その直後に驚天動地のことが起きた。

はなは牢の中のことしか知らない。代々の牢名主ははなに読み書き十露盤《そろばん》を教えたから、それらは同年の子以上にできたのだが、世間をまるで知らない。金右衛門はちよがはなの手を引いて帰ってくると、縁日があれば縁日に、寄席《よせ》があれば寄席にとあちらこちらに連れ歩いた。そしてある日ちよとはなにいった。

「明後日、面白いところに連れていってあげる。明日、女お師匠《し》さんに、明日は休ませてくださいと断ってきなさい」

「はい」

とちよとはながが声を揃える。ちよがいう。

「どこへいくの？」

「それはその日のお楽しみ」

ちよは観潮亭へ何度もいったことがあるから足は達者だ。はなはなにしろ牢育ち。足が弱い。金右衛門が背中におぶったり歩かせたりしながら、江戸の町を北へ北へと進み、昌平橋《しょうへいばし》を渡った。

「時分どきだ。休みがてら飯でも食おう」

明神下《みょうじんした》に洒落た飯屋があるのを金右衛門は知っていた。そこで半刻《はんとき》（一時間）はたっぷりかけて昼食をとった。

「さあ、ではでかけよう」

金右衛門が箸をおいていう。ちよが聞く。

「ねえ、本当にどこへいくの。まさか明神様にお参りにというんじゃないでしょうねえ。だったらきたことがあるし、つまんない」

明神様とは神田明神のこと。

「似たようなものかな」

「あたい、足が棒になっちゃった。帰りは駕籠にしてね」

「いいとも。はなも駕籠には乗ったことがないだろうし、帰りは三人とも駕籠にしよう」

「よかった」

「そろそろ」

腰をあげた。

「そういえば、なんだか人が先を争うようにおなじ方角に向かってる。みんなどこへいくのかしら」

「わたしたちもそこへいくのさ」

「石段を上っている。行き先はお宮さんかお寺さんなのね。今日はなに？　そこのお祭りなの。それとも縁日」

「行き先は湯島天神《ゆしまてんじん》。あの石段は緩やかだから女坂といわれていて、もう一つ、きつい坂があってそれは男坂といわれている」

「観潮亭にいく途中で立ち寄ったことがあるんだけど、愛宕《あたご》山《やま》にも男坂と女坂があった。あれとおなじね」

「そうそう」

「しかし、どこから人が湧いてくるのか、芋の子を洗うが如しだわ」

「ほおー、難しい言葉を知ってる」

「そのくらい常識よ」

「よっこらしょ」

金右衛門ははいをおぶって女坂を上がり切った。金右衛門ははなを下ろしていった。

「振り返ってご覧」

ちよとはいはなは振り返る。

「うわー、石川五右衛門《いしかわごえもん》じゃないけど、絶景かな、絶景かなだわ」

「目の下にある池が不忍池《しのばずのいけ》。池に浮かんでいるのが弁天堂《べんてんどう》」

「その向こうにある甍《いらか》の波は東叡山寛永寺《とうえいざんかんえいじ》でしょう？」

「よく、知っている」

「お師匠さんに連れられてお花見にきたことがあるもん」

はいはなは一言も言葉を発しない。かわりに片言隻句《へんげんせっく》も聞き漏らすまいと耳を傾けている。見る物聞く物のすべてを頭に叩き込もうとしているのだ。やはり並の子供ではない。金右衛門は心なし感動を覚えながら人が群れをなしている建物に向かった。

「天神様はいうまでもなく学問の神様菅原道真《すがわらみちざね》公を祀っているんだが、この建物は喜《き》見院《けんいん》といって、天神様をお守りするお寺だ」

神仏混淆《しんぶつこんこう》の時代。神社の中に寺が、寺のなかに神社があっても不思議はなかった。

「ねえ、なんでここにこんなに大勢の人が集まってるの？　それでまたなぜみんな口々に松だの梅だの竹だのといってるの。ああ」

ちよは手を叩く。

「分かった。富《とみ》だ。そうでしょう？」

「そのとおり。今日はここで富突《とみつき》がおこなわれる。それで、どんなふうにおこなわれるのか。わたしも見たことがないし、ついでだからちよにもはなにも見せてあげようと思って連れてきたのさ」

「おう、お出ましだぞ」

声がかかって、烏帽子《えぼし》直垂《ひたたれ》に身を包んだ神主《かんぬし》、御寺社の大検使、小検使が姿をあらわす。階《きざはし》の上、本殿の柱と柱の間には、〝富〟と一字を浮かび上がらせた黒漆塗りの箱がおかれていて、神主らは足を止める。

奥から袴姿《はかま》の世話役三人が、おなじく黒漆塗りの箕《み》に山と盛った札を捧げ持ってくる。付き従っている小者二人が、ツツと前にでて箱を引っ繰り返し、手で底を打つ。怪しげな物は入っておりませんよというわけだ。

袴姿の世話役三人が箱に札を入れる。小者二人が蓋《ふた》をして箱に手をかけ、グワタリグワタリと何度も揺する。札は十分に混ざった。

静まれ！　とばかりに、世話役は鼓《つづみ》を打つ。

芋の子はいっせいに口をつぐむ。

僧が進み出て般若心経《はんにゃしんぎょう》を読む。お祓《はら》いだ。

誦経《ずきょう》が終わると、墨染衣《すみぞめごろも》に菊紋白袈裟《きくもんじろげさ》という出立ちの、いま一人の僧があらわれて箱の前に立つ。上下《かみしも》姿の男が右脇にひかえる。

僧は十文字に襷《たすき》をかけて衣の袖をたくしあげ、立てかけてあった朱塗りの柄の長い揉錐《もみぎり》を手に取り、箱の穴に突き刺す。

カンと乾いた音が響いて境内にこだまする。

芋の子は肘を張り、肩をいからし、拳を握り、目を見張る。

墨染衣の僧は揉錐を引き上げる。上下姿の男が抜き取って読み上げる。

「竹のオー、千六百四十三番」

五十両当たりの一番札で、どおっとどよめきが起こる。湯島喜見院では松竹梅の三組に分けて札を売る。

湯島の札の突き留めは百番。墨染衣の僧はそれから九十九回突く。札は五千枚を売っていて、一番札から百番札まで、いくらかずつでも当たるようになっている。

僧は九十八、九十九と突いて、またカンと突く。男が抜き取って読み上げる。

「松のオー、六百九十三番」

三百両当たりの突き留めで、一番札に倍したどよめきがまたどおっと起こる。

「うん？」

金右衛門は首をひねって紙入《かみいれ》に手をやる。

湯島の富は厚地の短冊型の紙に、松なら松と頭書してあって細工の込んだ判がべたべたと四つも五つも押してあり、割印もしてある。富突の日付も刻印してある。どんなに工夫しても偽造はできない。

金右衛門は在の大金持ちだから金に困っていない。金に執着したこともない。一攫千金を夢見たこともない。だから富などというものとこれまで無縁だったのだが、せっかく湯島まででかけていって富突の現場を見るのだ。見るだけじゃつまらない。そう思って、一両を叩《はた》いて八枚を買った。

一枚は二朱。一両はいまのお金におおざっぱに直して十五万円。二朱は八分の一の一万八千七百五十円。決して安くはないが、江戸者は争って買った。富は湯島喜見院以外に、谷中感応寺《やなかかんのうじ》、目黒瀧泉寺《めぐろりゅうせんじ》をはじめいたるところで興行されたが、売ればすべてといっていいほど売り切れた。

金右衛門は紙入から一枚また一枚と取りだした。

僧はあらためて「松の六百九十三番」と墨書した紙を柱に貼りつける。五枚目を取りだし、金右衛門は墨書した紙に何度も目をやってうなった。

「うーん」

間違いない。手にしている富は「松の六百九十三番」だった。

その日、駕籠で八丁堀に帰ると、金右衛門はちよとはなに留守をさせておいて家をでた。紋蔵と大竹金吾を順に訪ねていった。

「話があります。若竹で待ってます」

何事だろう？　紋蔵も金吾も夕食を終えていたのだが、追っかけるように若竹に向かった。

一枚二朱。いまのお金に直しておおざっぱに一万八千七百五十円はむろん長屋の八つつぁん熊さん女房《かみ》さん連中には手がでない。そこで、影富《かげとみ》といって私製の札を一枚三十文とか五十文とか百文とかで売る輩《やから》がでてきた。競輪競馬のいわゆるノミ屋が飲むようなことをはじめた。

その私製の札を買った八っつぁん熊さん女房さん連中は当たっても高《たか》が知れているから、わざわざ湯島など富突の現場まで足を運んだりしない。しかし、当たり札が何番なのかは早く知りたい。

江戸の者はたくましい。当たり札の番号を書き取り、手拭で頰被りをし、「おはなし」「おはなし」と叫んで江戸の町を走りまわる者がまたでてきた。当たり札が何番かを知りたい者は頰被りをした男を呼び止める。男は呼び止めた者の耳許でこの日ならこうささやく。

「松の六百九十三番だ」

「松の六百九十三番だな」

「そうだ」

町のいたるところでそんなことがおこなわれていたから、当たり札が何番かを江戸の者はたちまちにして知った。その夜はあちこちであいさつがわりに、

「松の六百九十三番だってな」

「そうらしい」

という会話が交わされた。

「こんばんは」

声をかけて紋蔵は若竹の暖簾をくぐった。紋蔵は富を買ったことがない。金吾はのべつ買っているらしく、つづけて入ってきていう。

「湯島は松の六百九十三番だそうだ」

つづけていう。

「四枚買ったうちの一枚が松の六百三十二番。六百台まではかすってるんだが、九十三と三十二じゃあ大違い。惜しくもないか」

「それで、用はなんです？」

紋蔵がうながした。

「これを見てください」

金右衛門は紙入から一枚の富を取りだして卓の上におく。

「湯島の富じゃないですか。それがどうしたんです？」

といって金吾が手にとっていう。

「松の……六百九十三番。えっ、なんだって。松の六百九十三番。これは一体、どういうことです？」

「わたしが当てたんです」

「まさか」

といって金吾は目を剝く。

「まあ、聞いてください」

金右衛門が一通り話を終えると紋蔵も目を剝いた。紋蔵がいった。

「牢の中でさまざまな不思議があったというのは聞いていたが本当だったんだ。はな、という子は福を持っていて周りの者にめぐむんだ。これはえらい娘がこの世にあらわれた」

「それで紋蔵さん」

と金吾。

「いまの話、どうします？」

「というと？」

「黙ってたほうがいいかどうかです」

「わたしは聞きました」

板場にいた親父がいつの間にか近寄ってきて聞き耳を立てていた。

「こんな世にも稀《まれ》な珍しい話を黙っていることはわたしにはできません。それにいずれ、金右衛門さんは金を受け取りにいかれる。金右衛門さんははなという娘さんを預かっておられる。話は繋がってたちまち広まります」

「分かりました。それじゃあ、こうします」

と金右衛門。

「三百両を百両ずつ、まずははなが厄介になっていた小伝馬町の牢に、そして北と南の御番所に寄進します」

「三百両をそっくりですか」

「はい」

「それはまた豪儀な」

「わたしにとってはあぶく銭です。それで、牢、北、南の御番所に持参するのは物々しい。明後日の正午かっきり、湯島喜見院に三百両を受け取りにいき、その場でお渡ししますから、牢、北、南から、それぞれ受け取りのお役人を寄越していただくようにお手配を願います」

紋蔵は念のために聞いた。

「本当にいいのですね？」

金右衛門はちょっぴり鼻を高くしていった。

「もちろん」

五

八丁堀の金右衛門なる在からやってきて江戸でぶらぶらしている道楽者がしかじかのことがあって喜見院の当たり札を引き当てた。しかも当たった三百両をそっくり小伝馬町の牢、および南北の両御番所に寄進するのだそうだ。

この報はその夜のうちから翌日にかけて、たちまちのうちに波紋を描いて江戸中に広まった。翌日、朝早くから、

「お早うございます」

「お早うございます」

と芋の子が金右衛門の家に押しかけてきた。

「なんでしょう?」

金右衛門が外にでて聞く。

「わたしはどこそこの誰兵衛と申す者ですが、わが家に貧乏神が棲み着いて離れません。どうかしばらくはなという娘をわたしに預からせていただけませんか。いえ、い

つまでもとは申しません。貧乏神がでていくまででいいのです。よろしくお願いいたします」

どれもこれも似たり寄ったりの頼み事で、金右衛門は辟易《へきえき》しながら応対に追われた。

そうこうするうち、ちよとはなが市川堂にでかける時間になった。家の前は芋の子が埋めつくしている。二人は裏口からこっそりでて市川堂に向かった。だが、そこにも芋の子がいて、

「あの子だよ」

と手習子が教えると、芋の子はどっとはなを取り囲み、福を授かろうとばかりにはなの身体をべたべた触る。はなは平然としてなすに任せている。

「およしなさい」

ちよが必死に止めて叫ぶ。

「お師匠さーん」

声を聞きつけて市川初江と文吉が駆けつけ、どうにか中に引き入れる。

さすがに昼も間近になると芋の子は一人去り、二人去りして騒ぎはおさまった。金右衛門の家の前もそれはおなじ。

翌日、金右衛門は喜見院にでかけなければならない。ちよとはなには、昼は仕出しを頼んでおくからずっと家にいるんだよと言い含めて喜見院に向かった。

そこもまた一昨日に劣らぬ混雑ぶりだった。三百両の授受を一目見ようと芋の子が押すな押すなと詰め掛けていたのだ。

金右衛門は当たり札と引き換えに喜見院の役僧から三百両を受け取り、小伝馬町の牢の役人に百両、南北両御番所の役人にそれぞれ百両を渡して八丁堀に戻り、家の近くの駕籠屋に立ち寄っていった。

「暗くなってからわが家に駕籠を三丁頼む」

馴染《なじ》みの駕籠屋だ。親方がいう。

「行き先は観潮亭ですね」

「そう」

その夜から金右衛門ははなとちよを連れて観潮亭に身を隠し、ちよは観潮亭の看板娘に戻り、はなは手習いをしたり庭を走りまわったりして過ごした。

それから間もないある日、紋蔵は年番与力安藤覚左衛門に呼ばれた。安藤覚左衛門はいう。

「金右衛門に預けた牢娘はなのことだがのオ。有象無象が金右衛門の家や市川堂に押し寄せたものだから、金右衛門がえらく迷惑をして、娘二人ともどもどこぞに身を隠したそうだが、それが御奉行の耳に入って、金右衛門には百両を寄進してもらったこともあるし、これ以上、金右衛門に迷惑をかけさせるわけにいかぬ。ついてはそれがしがはなを引き取ろうではないかと」

「御奉行が？」

意外な申し出だ。紋蔵は聞いた。

「なにゆえまた？」

「役所においておけば有象無象も押しかけてはこられまい」

御奉行は役所の奥に家族と一緒に住んでいた。

「養女にすることはできぬが、側においておけば行儀作法くらいはしっかり学ぶことができよう。はなにとってもそのほうがよかろうし、福を持っているということだから、南にとってもいいことがあるはず。金右衛門に掛け合ってみてくれ」

「話はしてみますが……、金右衛門さんははなのことを気に入ってかわいがっておりますからなんとも……」

「そこをなんとか」

「金右衛門さんがお断りしますといったら」

「これは命令だと思ってくれ」

「命令ですか」

「そう」

おかしな命令だが逆らうわけにいかぬ。

「金右衛門さんは谷山の観潮亭におります。でかけるとなると一日がかりになります。今度の非番の日、つまり明後日、でかけていって掛け合ってみます。それでよろしゅうございますね？」

「結構だ」


そのころ、観潮亭の玄関に女駕籠が横付けし、女中が下りてきていう。

「大奥の老女滝川《たきがわ》様の使いの者である。金右衛門殿にお会いしたい」

女将のとよが応対にでていう。

「とりあえずお上がりください」

とよは女中を最上等の座敷に通した。

金右衛門は観潮亭の隣に別棟を建てて住んでおり、知らせを受けて観潮亭に向かい、座敷に入ってかしこまった。

「金右衛門にございます」

「老女滝川様がおっしゃるのに評判の娘の顔を見たい。そこもと一緒に御城に出向いてくれぬかと」

「それはよろしゅうございますが、御城に登れるような身分ではございませんし……」

「実をいうと、滝川様というのは名目で、本当は御台《みだい》様の要望である」

「御台様とおっしゃいますと公方《くぼう》様の奥方様？」

「さよう。しかもこの話には公方様も乗り気であらせられる。よいな」

「ははあ」

「早速だが、明後日の正午に平河御門《ひらかわごもん》まできてもらいたい。昼を用意して待っておる」

大奥へは平河御門から入る。

「承知いたしました」

「なんなら迎えの駕籠を寄越そうか」

「めっそうもございません。八丁堀に家がありますから、そこから歩いてまいります。ついては一つお願いがあります」

「申してみよ」

「わたしにはちよという十五の娘がいるのですが、これが姉がわりになってはなの面倒を見ております。同行させてよろしゅうございましょうか」

「とくに差し支えはあるまい」

金右衛門は八丁堀に家がありますから云々といったが例の熱はまだ冷めていない。

当日、朝早くにくるようにと駕籠を頼み、その日は駕籠に乗って江戸に向かい、一《ひとつ》橋《ばし》御門の前で駕籠を下り、そこから歩いて平河御門に向かった。老女滝川の使いの者という女中は門前で待っていた。

「ついてこられよ」

女中は先に立つ。御《お》広敷《ひろしき》から上がり、上段の間のある広い部屋に通された。

「御成りである」

声がかかって金右衛門、ちよ、はなの三人は平伏した。

「面《おもて》をあげよ」

横にいる老女滝川がいい、三人はおそるおそる顔を上げた。

「そのほうが金右衛門か」

御台様こと将軍夫人が話しかける。

「さようにございます。右におりますのが、お招きいただいたはな、左におりますのが姉がわりのちよにございます」

「ほお、美形だなあ」

公方様こと将軍はちよに見とれる。

「予は歳をとった。もちっと若ければ奥に迎え入れたものを」

御台様こと将軍夫人がいう。

「おたわむれを申されますな」

将軍はオットセイ将軍といわれたほど色好みがはげしかった。将軍夫人はいう。

「それより、今日は、はなという不思議な生い立ちの娘はどんな娘かをこの目で見てみたかったので招いたのでございましょう？」

「そうであった」

と将軍。

「金右衛門」

「ははあ」

「この娘を連れて湯島喜見院にでかけたら当たり札が当たったと申すのか」

「偶然だろうと思うのですがまこと不思議なことでした」

「牢の中でのさまざまの不思議も耳にしておる。なるほど福を持った娘というのはこんな顔をしておるのか。しっかりした顔をしておる」

将軍はしげしげとはなの顔を見つめてつづける。

「それで当たり札の三百両は寄進したと？」

「百両をこの子が生まれ育った小伝馬町の牢に、あとの二百両は南北の両御番所それぞれに」

「できぬことだ。えらい。褒めてつかわす」

「有り難き仕合わせに存じます」

「褒美にといってはなんだが、なんでも聞いてつかわす。申してみよ」

「ひきつづき親子三人水入らずで仲良く暮らさせてください。それ以上の望みはありません」

富のことがあってからというもの、はなを誰かに横取りされるのではないかという嫌な胸騒ぎがしていたので、金右衛門はそういった。

「なあーんだ、そんなことか。欲がないのオ」

「お聞き届けいただけますね」

「むろんだ。ならば、娘たちには奥（将軍夫人）から反物《たんもの》を遣わすそうだが、おぬしには予から印籠《いんろう》をつかわそう」

将軍は腰の印籠を抜き取っていう。

「受け取れ」

「ははあ。頂戴いたしますでございます」

「予はこれで」

将軍は部屋をでていき、将軍夫人はちよとはなにいう。

「わらわみずから反物を見立ててやるほどについてこよ。金右衛門においてはご苦労であった」

金右衛門は一人取り残され、やがてちよとはなが戻ってきて、そのあと豪華な昼食をいただいて御城を下がった。


そのころ、金右衛門と行き違いになった紋蔵は、金右衛門らはこの日も観潮亭に戻ってくるとのことなので観潮亭で待たせてもらいながら思案している。

どう考えても御奉行の頼みは不自然である。

町奉行および勘定奉行という重職を二十年勤めると、五百石未満の旗本や御家人は永代五百石の知行取りに直してもらえる。そんな慣例があった。御奉行伊賀守は百二十俵五人扶持の御家人である。いまは三千石の役高を頂戴しているが、御役（町奉行）を退くと元の百二十俵五人扶持の御家人に戻らなければならない。だがあと三年、御役を無事勤めると通算二十年になり、五百石の知行取りに直してもらえる。過去、そんな例が何例かある。十九年を勤めたがあと一年というところでうっちゃりを食らい、五百石の知行取りになり損なったという例もある。おそらく御奉行ははなを側において、その異様なまでの福にあやかり、あとの三年を無事円満に勤めあげたいと考えたのだ。

御奉行は安藤覚左衛門さんに、はなは福を持っているということだから、南にとってもいいことがあるはずといったそうだが、そうではなく、自分にとっていいことがあるはずだと考えて、それがしがはなを引き取ろうではないかといったのだ。ずいぶん身勝手な言い分だが、表向きそうとはいっていない。また命令には逆らえない。金右衛門さんはいい顔をしないだろうが、ここは飲んでもらうしかない。

金右衛門ら三人は日暮れ間近に帰ってきた。金右衛門は相好を崩していう。

「公方様や御台様からあれこれ言葉をかけていただきました。これほどの果報はございません」

将軍や将軍夫人との遣り取りをしばらく語っていて、思い出したようにいう。

「今日はまたなんの用でこちらへ？」

紋蔵は重い腰を上げるように切りだした。

「はないという娘のことですが、手放されるつもりはありませんか」

「どこのどなたのご要望かは知りませんが、手放すつもりはありません。またどなたからそのようなご要望があるだろうと胸騒ぎがしておりましたから、公方様のお墨付きをいただいてまいりました。これまでどおり三人水入らずで仲良く暮らしていいと」

それもはないの持つ福の余慶かもしれない。紋蔵は目を丸くしていった。

「本当ですか」

「これは公方様から頂戴した印籠です……」

と腰から印籠を抜いて見せ、

「この印籠にかけても嘘偽りは申しません」

「そうでしたか」

紋蔵はほっとしていった。

「それはよかった」

いかな御奉行の命令でも公方様のお言葉には勝てない。

「それじゃあ、わたしはこれで」

「泊まっていかれませ」

「いえいえ。わたしにとっては朗報ということになりますので、急ぎ帰ります」

「朗報？　なんのことです」

「こっちのことです」

紋蔵は提灯を手に夜道を江戸に向かった。

霊験あらたか若狭稲荷効能の絡繰《からくり》

一

「おい、大変だ」

幸助《こうすけ》は頭から被《かぶ》っている友太郎《ゆうたろう》の布団《ふとん》をひっ剝《ぺが》して叫んだ。友太郎は布団を奪い返して寝返りを打ち、むにゃむにゃとわけの分からぬ寝言をつぶやく。幸助は友太郎の頭をごつんとやっていう。

「起きろ」

友太郎は寝惚《ねぼ》け眼《まなこ》で口をとがらせる。

「なんだよオ、まったく。いい夢を見てたってえのに」

「夢どころじゃねえ。やられちまったんだ」

「なにをだ？」

「有り金をだ」

「有り金？　なにをいってやがる」

と口にしたとき、友太郎はようやく事態をさとった。

「ええっ！」

と飛び跳ねるように起きて幸助に詰め寄る。

「本当か」

「うむ」

「そっくりか」

「そっくりだ」

「抱きかかえて寝たんじゃなかったのか？」

幸助の布団は敷布団もめくられている。

「そうだ」

「なのに、ない？」

「うむ」

「盗まれるのに気がつかなかったのか」

「ああ」

「どうして？」

「どうしてって、隣で寝ているおめえだって気づいてねえじゃねえか」

「抜き足差し足忍び足の枕探しにしてやられたってわけか」

「どうしよう？」

「宿の親父にしかじかだといって、すぐにも御番所に届けなきゃあ」

これが事のはじまりだった。

幸助も友太郎もともに甲府の足袋《たび》問屋《どんや》の惣領息子である。

江戸で使用される足袋の多くは甲府で内職仕事として作られる。それを大手の足袋問屋である幸助の田村屋《たむらや》と友太郎の市川屋《いちかわや》とがまとめて江戸に送り、二人の惣領息子が年に二度江戸にでかけ、十日ほどをかけて集金した。

ふつうは六月と十二月の集金ということになるのだが、十二月はどこもかしこも忙しがっている。集金は商いが暇になる二八《にっぱち》ということにして、今年も二月に二人そろってやってきてほぼ全額、百九十三両余を集金し終え、今日にも江戸を発つところだった。

二人が泊まる江戸の常宿《じょうやど》は茅場町《かやばちょう》の百 姓宿《ひゃくしょうやど》甲州屋である。百姓宿は江戸に百十軒ほどある。江戸にはほかにも旅人宿《たびにんやど》が百軒ほどあり、ともにお上《かみ》公認の宿ということになっている。いいかげんな宿ではない。貴重品も預かる。というより、万が一ということもあるからむしろ預けるようにすすめる。

だが、幸助らの集金は毎日のことで、小判ばかりでない。一分金、一朱金、南鐐（二朱銀）、丁銀《ちょうぎん》、豆板銀《まめいたぎん》、ことによると九六銭《くろくせん》と多種多様でばらばらだから、預けるといってもいちいち宿の者と相対で勘定しなければならず、面倒で厄介だ。

「命のつぎに大事な物です。しっかり抱きかかえて寝ます。間違っても盗まれたりはしません」

そういって幸助らは集金してきたばらばらの金は頭陀袋《ずだぶくろ》にしまって布団の下に忍込ませ、翌日、両替屋にいって小判に換えた。小判は毎日少しずつ増える。それは巾着《きんちゃく》にしまい、幸助が抱きかかえて寝るということを繰り返していて、前夜までに小判が百九十三枚になり、最後の日のこの日は支払いを引き延ばしにする足袋屋二軒をいま一度訪ねて督促《とくそく》し、払わなくともその足で江戸を発つつもりでいた。

甲州屋はしっかりした宿だし、甲州からの顔馴染みの客も多いし、うさん臭そうなのはいそうにないしで、つい油断してしまったところをやられたというわけで、幸助と友太郎はべそを掻きながら宿の親父徳兵衛《とくべえ》にしかじかですと訴えた。

「本当ですか」

徳兵衛にとっても驚きは大きい。

「昨日、甲州屋《うち》に泊まられた客は十六人。ほとんどが甲州からのどなたも身許のしっかりした方々です。怪しげな方は一人もおられません」

「すると」

と幸助が聞いた。

「誰かが外から忍び込んでということになるのですか？」

「戸締まりはしっかりしております。忍び込むなどできないはずなのですが」

念のためと宿の周りを見てまわった。

表から忍び込まれた様子はない。裏にまわった。忍び返しのついた黒板塀が張り巡らされているのだが、

「おやア？」

片開きの裏口の戸の蝶番《ちょうつがい》が外れ、戸が開けっ放しになっていた。よく見ると蝶番は錆《さび》がひどく、鑿《のみ》か鏨《たがね》かをかまし、鉄槌《かなづち》で叩き壊したようだ。徳兵衛は頭を抱えていう。

「なんてことだ。不注意だった」

悪いことは重なるもので、折節、物置蔵が雨漏りするというので、修理に使う長梯子《ながばし ご》を物置蔵に立て掛けておいた。それを使って二階から忍び込んだらしい。幸助と友太郎が寝ていた部屋は二階の奥にあった。

「うーん」

徳兵衛は腕を組む。

外から忍び込まれたとなると、甲州屋に落ち度があり、甲州屋が弁償をしなければならないということになる。徳兵衛は恐る恐る聞いた。

「いくら盗まれたのですか」

「百九十三両です。毎日しっかり帳面をつけておりました。間違いございません」

「百九十三両ですか」

といって徳兵衛はまたうーんとうなる。

「大金です。持ち合わせがありません。当座、五十両ほどお支払いして、あとは年賦《ねんぷ》ということでご容赦願えませんか」

幸助が聞く。

「何年の？」

「十露盤《そろばん》を弾《はじ》いてみないとはっきりしたことはいえませんが、十年くらいになりましようか」

「返事は甲府に帰ってうちの親父や友太郎の親父と相談したうえでということになりますが……」

預かるといっているのに預からせなかった、盗まれた側にも油断するなど落ち度があった、などとおうおうにして宿は開き直り、できたら一文も払わないですませようとするものだが、とりあえず五十両ほどを払って、あとは十年くらいの年賦で支払う、弁償するという。

「誠意は十分に見せていただいておりますことゆえ、親父たちは承知すると思います」

「では、すぐにも御番所にでかけていって、帳付《ちょうづけ》を願っておきましょう」

盗難に遭った場合、江戸では南北の両御番所にでかけていって、「言上帳」と「紛《ふん》失物帳《しつものちょう》」に帳付をしてもらわなければならなかった。

町役人である家主に同行を願い、徳兵衛、幸助、友太郎は朝一番に、この月は南が当番だったから南の、つぎに北の御番所に向かい、しかじかの被害に遭いましたと帳付を願った。

宿に帰ると徳兵衛は十露盤を弾き、残りの百四十三両は十年の年賦で払うことができると確認したうえで、手許にある五十両を幸助ら二人に渡していった。

「先ほども申したとおり、残りは十年の年賦で払わせていただきます。田村屋幸兵衛《こうべえ》さん、市川屋久右衛門《きゅうえもん》さんにくれぐれもよろしくお伝えください」

甲州屋はおもに甲州からの客を顧客にしている。幸助の父幸兵衛や友太郎の父久右衛門らと揉めると、甲州からの客を失う。商売が立ちいかなくなる。そんな懸念《けねん》もあって、徳兵衛は最大の誠意を見せた。

「それではこれで」

幸助と友太郎は腰をあげた。徳兵衛は表まで見送ったあと、南方向に足を向けた。

八丁堀に提灯掛横町《ちょうちんかけよこちょう》といわれている通りがあった。もともとは与力・同心の組屋敷なのだが、道路に面した両側が地借・店借《たながり》でそっくり埋まり、北島町《きたじまちょう》という町になってしまったという通りで、そこの新兵衛店《しんべえだな》に伊藤若狭《いとうわかさ》という神道者《しんとうもの》が店借して住んでいた。

神道者もいろいろだが、多くは編笠《あみがさ》を被り、首に木綿襷《ゆうだすき》と、施米銭《せまいせん》を納める筥《はこ》をかけ、白あるいは浅葱《あさぎ》木綿の着物に白の木綿袴《もめんばかま》をはき、手に鈴を持ち、中臣祓《なかとみのはらえ》あるいは六根清浄祓《ろっこんしょうじょうはらえ》を唱え、門付《かどづけ》して生計《せいけい》を立てた。神道乞食と陰口を叩かれてもいた。

祈禱《きとう》をして生計を立てる神道者もいた。こちらはそれなりに顧客を持たねばならず、そう多くはいない。徳兵衛が訪ねた提灯掛横町の伊藤若狭はそんな祈禱をして生計を立てている神道者だった。

この時代の人は信心をすれば、あるいは祈禱をすれば、御利益《ごりやく》があるとまともに信じていた。病気平癒《へいゆ》、調伏《ちょうぶく》、憑《つ》き物落とし、失《う》せ物探しなどとなにかというと寺社に願ったり、山伏《やまぶし》・修験《しゅげん》・巫子《みこ》を頼ったりした。徳兵衛もそんな一人で、伊藤若狭に病気平癒の加持《かじ》祈禱をしてもらって治ったという知り合いの話を思いだして若狭を訪ねた。

「なかなか難しい願い事ですなあ」

事情を語り終えると、若狭は神妙に腕を組む。

それはそうだ。誰の仕業《しわざ》とも分からないのに、盗まれた物が見つかる、でてくる、ましてや取り戻せるなどということは万に一つもありえない。そのうえ盗まれたのは百九十三両という大金。金に色はついていない。右から左に流れれば、たちまち誰の物か判別がつかなくなる。

「そこをなんとか」

徳兵衛は藁《わら》にもすがる思いでいう。

「よろしい。ならば祈禱をして進ぜましょう」

　若狭の家には分不相応といっていい大きな神棚があって、両脇に狐の置物が狛犬《こまいぬ》のようにどんと据えられている。つまり神棚は御稲荷様《おいなりさま》というわけだ。「伊勢屋《いせや》稲荷に犬の糞」といわれているほど江戸に稲荷は多い。町内に一つはあるといっていいほどある。それを家の中にこしらえているわけで、御稲荷様といえるかどうかは怪しいのだが、それでも若狭は神棚を御稲荷様らしく飾りつけて、燭台にある蠟燭に火をつけ、御幣《ごへい》でお祓いをしたあと、稲荷の前にすわり、神妙に祝詞《のりと》をあげはじめた。

「掛けまくも畏《かしこ》き、若狭稲荷の大前《おおまえ》を拝《おが》み奉《たてまつ》りて、恐《かしこ》み恐みも白《もう》さく……」

　なにをいっているのか徳兵衛には意味が聞き取れなかったが、かれこれ四半刻《しはんとき》（三十分）も口をもごもごご動かしていて「畏《かしこ》み畏み申ーす」と切り上げ、徳兵衛に向き直っていう。

「最善をつくしました。あとは天命を待つしかありません。運がよければいい結果がでましょう」

「有り難うございます。して御布施《おふせ》は？」

「お気持ちで結構です」

「では」

　とあらかじめ紙に包んでいた南鐐一枚を差し出した。手触りで分かる。受け取り、神棚に載せて若狭はいう。

「幸運をお祈りします」

「有り難うございます」

徳兵衛は深々と頭を下げて帰っていった。

二

三日後だった。七つ八つの男の子が甲州屋の敷居をまたいでいう。

「旦那さんはおられますか」

さすがに五十両のうえにさらに十年もかけて百四十三両もの大金を弁償しなければならないとなると気分が落ち込む。この日も居間で気がついたらハアーハアー溜め息をついていた。そんな徳兵衛に手代が声をかける。

「小僧さんが見えて、旦那さんに直接お渡ししたい物があると」

「小僧さんが？」

「そうです」

「分かった」

徳兵衛は立ち上がり、玄関に向かった。土間に男の子が立っている。徳兵衛は近づいていった。

「わたしがここの主人だが」

「提灯掛横町の伊藤若狭というお人から用をいいつかってまいりました。これをお渡しするようにとのことです」

といって男の子は紙包みを差しのべる。

「有り難う」

受け取って開いた。

「朗報があります。至急、わが家にこられませ」

徳兵衛は首をひねった。徳兵衛にとって朗報とは百九十三両が見つかり、戻ってくることだが、そんなことは間違ってもありえない。なにかほかのことなのか。いや、それも考えられない。では担いでいる？　担ぐ理由がない。一瞬のうちにそれこれ考えながら、徳兵衛は懐を探り、紙入から四文銭《しもんせん》を二枚摑み取り、「お駄賃だ」といって男の子に渡し、部屋に戻って羽織《はおり》をひっかけた。

「でかける」

手代に声をかけて提灯掛横町に向かった。時刻は五つ半（九時）ごろ。まだ朝のうちだ。

「おはようございます」

若狭の家の格子戸に手をかけた。若狭の家は障子戸だったのを格子戸に造り換えていた。

「お待ちしておりました」

若狭は迎える。徳兵衛は恐る恐る聞いた。

「朗報だということですが」

若狭は上機嫌にいう。

「まあ、お上がりください」

若狭の家は入ってすぐが台所付きの六畳の間、その奥が八畳の稲荷の間となっており、若狭は稲荷の前の座布団にすわっていう。

「あなたもおすわりください」

すすめられて徳兵衛も座布団にすわった。

「ご承知だと思うのですが、わたしは独り者です。この前とおなじで茶はでません」

「茶など家でたらふく飲んでおります」

江戸の人はやたら、暇さえあれば茶を飲んだ。

「茶はでませんが、失せ物がでます」

「失せ物って？」

「盗まれたとおっしゃっていた百九十三両です。ぴったし百九十三両がでてきました」

「担いでおられるのですか」

「担いでどうするのです」

「とおっしゃると？」

「今朝のことです。いつものように御神酒《おみき》をあげようと神棚の徳利《とつくり》に手を伸ばすと、見かけぬ紙包みがある。なんだろうと手にとった。ずしりと重い。ただの重さではない。しっかり結んである紙縒《こよ》りを紐解くと、なんと小判がぎっしり。数えると百九十三枚。これこのとおり」

と神棚に載せてある三方《さんぼう》をおろす。白紙《しらがみ》の上に小判の山が四つ。高さからして山三つはそれぞれ五十両、あと一つの山は四十三両ということなのだろう。

「どういうことなのです？」

「外出するとき、わたしはむろん鍵をかけます。ですが昨日はかけたつもりがかけ忘れていた。家に帰って懐から鍵を取り出し、鍵を開けようとしてかけ忘れていたことに気づいた。もっとも、ご覧のような荒屋《あばらや》です。金目の物などなにもありはしない。かけ忘れてもどうってことはありません。飯は外で食っておったものですからそのまま寝て、起きて、洗顔して、そのあと、いまも申したとおり御神酒をあげようとしたら、神棚に小判が百九十三枚入っている紙包みがあることに気づいたというわけです」

「世知辛《せちがら》い世の中です。泥棒が入ってなにかを盗んでいくというのはあります。何者とも知れぬ者が入ってきて百九十三両もの大金をおいていくなど考えられない。そんな馬鹿な話、ありえない。信じられない」

「あなたは百九十三両の大金がでてくるように、見つかるように、取り戻せるように祈禱してもらいたいとおっしゃった。わたしは万に一つもそのようなことはありえないとお断りしながらもここで祈禱をした。そうでしたね」

「そのとおり」

「すると三日後、神棚に百九十三両があった。金額はぴったり。これは偶然でしょうか」

「すると、なんですか。神様が、いえ御稲荷様がわたしの願いを聞き届けて、百九十三両を取り戻してくださった？」

「そこまで甘くは考えておりません。こういうことではないのでしょうか。百九十三両が盗まれたわけですから、盗んだ者はたしかにいる。御稲荷様はその盗んだ者にお告げをされた。盗まれた人は困っておられる。返してあげなさいと。盗んだ者も内心忸怩《じくじ》たる思いでいる。御稲荷様にいう。分かりました。しかし、直接本人にお返しすると、わたしが盗んだというのが分かってしまいます。わたしが盗んだと分からないようにお返しするにはどうすればよろしいのでしょうか。じゃあ、こうなさい。提灯掛横町に伊藤若狭という神道者が住んでいる。明日、若狭は外出することになっているのですが、鍵をかけ忘れさせます。その間に忍び込み、盗んだ百九十三両を神棚に置いてお帰りなさい。分かりました。そうします。そんな遣り取りがあってのことだとわたしは思います」

「なるほど、ありえますねえ」

もともとでてくるはずのない金が戻ってくるようにと祈禱を若狭に頼むほどだ。徳兵衛は若狭のいうことをそっくり信じた。

「ただ、百九十三両もの大金をあなたにお渡しするに当たっては条件があります。聞いていただけますね」

五割とまではいわないだろうが、二割とか三割を寄越せというのだろう。そのくらいの礼をするのは当たり前だ。徳兵衛はきっぱりいった。

「もちろん」

「百九十三両は今日ただいまから五日の間、このまま神棚に載せておきます。この御稲荷様をわたしは勝手に若狭稲荷と命名しておるのですが、若狭稲荷様はしかじかの御利益があったと近隣に触れます。そうすれば必ずや老若男女貴賤都鄙《ろうにゃくなんにょきせんとひ》が一目拝ませていただきたいと押しかけてきて、若狭稲荷様は霊験《れいげん》あらたかな御稲荷様として江戸に隠れもない御稲荷様になります。お賽銭《さいせん》が山と積まれ、ゆくゆくは近くに祠《ほこら》を構えることになるでしょうが、そうなると若狭稲荷様の祠守《しもり》としてわたしは一生を安楽に暮らすことができます。ですから、今日ただいまから五日の間、百九十三両をこのまま神棚に載せておきたいというのが条件です。ご承知いただけますね」

「それは構いませんが、百九十三両を五日の間人目にさらすと盗まれるということだってありうる。心配です。盗まれたらそれこそ元も子もありません」

「それはあなたがおたくの手代さん、もしくは町内の頭などしかるべきお人をお連れしてきて五日五晩、見張っていればすむことではないのですか」

頭というのは火消し人足の頭のこと。

「頭を頼ったりしたら相応の御礼をするなど金がかかるでしょうが、百九十三両が返ってくるのです。安いものではないですか」

「それもそうだ。じゃあ、そうさせていただくとして、あなたへの謝礼は？」

「南鐐一枚という御布施をいただいております。それで十分です。物欲しげに謝礼をいただくと、若狭稲荷様がわたしのことをそんな程度の男かとみくびって見放されます。以後、祈禱してもお聞き届けいただけなくなる」

「そんなものですかねえ」

「そんなものですよ」

「じゃあ、まあ、そうさせていただくとして、一刻《いっとき》（二時間）後には見張りを連れてまいります。それまで、しっかり見張りをお願いします」

「このことはまだ誰にも話しておりません。大丈夫です。安心して見張りをお連れになってください」

「それじゃあ、これで」

徳兵衛は天にも昇るような気持ちで駆けだしていった。

三

「ふー、今夜も冷える」

紋蔵はそうつぶやきながら若竹の暖簾を掻き分けた。

「いらっしゃい」

金右衛門が声をかけて迎え、金吾が金右衛門にいう。

「ね、いったとおりでしょう」

紋蔵は金右衛門の隣、金吾と向かい合う位置にすわっていった。

「いったとおりとは？」

「そろそろ、紋蔵さんが顔をだす。そういってたんですよ」

「提灯掛横町の神道者伊藤若狭の件でといいたいのだろう」

「さよう。役所でも持ち切りだったんじゃないんですか」

「あっちでひそひそ、こっちでひそひそ。上もそうだったらしく、安覚《あんかく》さんに呼ばれて、本当なのかと質された。安覚さんも御奉行に呼ばれて本当なのかと質されたそうで、だからおぬし、つまりわたしに聞くのだと前置きされた」

安覚さんとは年番与力で筆頭与力の安藤覚左衛門のこと。

「どう答えたのです」

「わたしは昨夜大ざっぱなところを家の者から聞いたのだが、そのあと、湯屋《ゆや》でも誰彼から聞いた。そう断ってこうお答えした。本当かどうかよく分かりませんが、茅場町の百姓宿甲州屋の客が集金した金百九十三両をそっくり盗まれた。甲州屋の亭主が弁償することになり、亭主はなんとか取り戻せないものかと、提灯掛横町の神道者伊藤若狭を訪ねて祈禱を頼んだ。すると、あら不思議、三日後、つまり昨日の朝、若狭の家の稲荷の神棚に百九十三両が置かれていた。こういうことらしいですと」

「それについて伊藤若狭が甲州屋の亭主徳兵衛にどういったかは？」

「それもお話しした。百九十三両を盗んだやつが若狭のところの御稲荷さんから返すように説得され、若狭の留守中、たまたま鍵がかけ忘れられていたものだから、上がり込んで神棚に置いたと」

「それについて安覚さんはどういってました？」

「御稲荷さんが説得したかどうかはともかく、盗んだやつが改心して返したというのは本当だろう。百九十三両と金額がぴったり合うのだからと」

「まあ、そうでしょう。それで、なにか指示があったのですか」

「わたしにはなかったが、南に、盗まれたという届けがでておる、だから、いちおう誰が盗んだのかを探り当てる必要があるなあと」

「なるほど、それでわたしに声がかかったのだ。こういうことは何事にも手堅い大竹金吾様でなければ片付かない。そのことを安覚さんもよく知っておられるということだ」

「自分でいってれば世話はない。それで、どうだった。成果はあったのか」

「その話は後にして、紋蔵さんがここへやってきたのは界隈の今日一日の騒ぎを知りたかったからでもあるんじゃないんですか」

「それもある」

「そのことからお話ししましょう。おれらは安覚さんがいったとおり、盗んだやつが改心して返したと考える。だが、世間はそうじゃない。若狭がいったとおりを鵜呑《うの》みにして、盗んだやつが若狭んとこの御稲荷さんから返すように説得されたから返したと思う。とくに女子供がそうだ。だからだろう、噂が広まった昨日のお昼ごろから、誰や彼やがぞくぞくと若狭の家に押しかけ、なにとぞ御稲荷さんを拝ませてくださいとそれはもう大変な騒ぎになった」

金右衛門が割って入る。

「若狭さんの家は提灯掛横町の中ほどにあるのですが、提灯掛横町は人で埋まって身動きがとれなくなった。そこで、見張りの頭が人足十人ばかりを急いで掻き集めて整理に当たらせ、誰や彼やを西方向に並ばせた。行列はすぐに細川越中守様の屋敷に突き当たり、そこからまた北へと伸びて、九鬼式部少輔《くきしきぶのしょう》様の屋敷の裏塀沿いから坂本《さかもと》町《ちょう》にまで延々と連なった。それが昼九つ《ここの》（十二時）ごろのことです」

「それで」

と金吾が引き取る。

「これはさっき手先から聞いた話ですが、道具屋から急遽運び込んだ大きな賽銭箱が昨日のうちに一杯になった。松屋町《まつやちょう》の両替屋を呼び、両替屋は叺に詰めて持ち帰った。その空になった賽銭箱が今日は朝の四つ（十時）ごろにまた一杯になり、またまた両替屋を呼んで、両替屋は叺に詰めて持ち帰り……となんと今日だけで両替屋は叺三つを持ち帰った。昨日の分を入れると叺は四つ」

「いくらくらいになるのだろう」

見当もつかず、紋蔵がなにげなくそういうと、金右衛門がすかさずいった。

「賽銭はどれもこれも銭でしょうから叺一つだとざっと二両。合計八両にはなりましょう」

紋蔵はなるほどとばかりにいった。

「それが若狭の狙いだったのだ」

金吾がいう。

「盗んだやつが返しにきた百九十三両ですが猫ばばしようと思えばできた。だが、猫ばばすると盗んだやつが承知しない。若狭が猫ばばしたとひそかに触れまわり、おかしな噂が立つ。だから若狭はいっそのこと、盗んだやつが返しにきたというのをはっきりさせ、そのことを大っぴらにしてお賽銭を稼ごうと考えた。これは罪にもなににもならない。なかなかに考えおった」

「はないのことですがね」

と金右衛門。牢で生まれ牢で育った七つの娘はないは福を持って生まれついたようで周りの者に福をもたらす。金右衛門は紋蔵の頼みではないを引き取ったのだが、ほかならぬ金右衛門にも富の一等三百両を当てさせるという福をもたらした。そのことはあっという間に世間に広まり、はないが持つ福にあやかろうと、金右衛門の家やはないが通いはじめた市川堂にどっと人が押し寄せるようになった。これはたまらぬ。金右衛門、はない、姉がわりのちよは悲鳴をあげて、谷山《やつやま》の観潮亭に緊急避難した。

その後、物見高い御台様こと将軍夫人から御城に呼ばれ、公方様からも声をかけられるというようなことがあったが、ちよとはなはその後も観潮亭に居つづけていた。

金右衛門はつづける。

「人の心は移ろいやすい。世間の誰や彼やさんの関心ははなから若狭に移った。市川堂に通えなくなってはなに手習をさせられなくなったのを心配しておったのですが、はなにとってはよかった。すぐにも観潮亭から呼び戻します」

「ところで」

と金吾。

「盗んだやつのことですがねえ。返した相手は甲州屋徳兵衛ではなく、伊藤若狭だった。甲州屋は宿だから人が大勢いる。若狭は独り者。不在を狙えるようが、徳兵衛が若狭のところに祈禱を頼みにいったというのを盗んだやつが知っていたからでもある。ということは盗んだやつは徳兵衛の身近にいる。そういうことになりはしませんか」

「なるなあ」

「だから案外早く盗んだやつの目星はつく」

「もうついてるのかい」

「まだですがね。そいつを捕まえて、そいつに、わたしが若狭の家の神棚に置きましたと白状させたら、なーあんだということになって、若狭の家の御稲荷さんはたちまちのうちに元《もと》の木阿弥《もくあみ》。ただの神棚に戻る。御賽銭は一文も入らなくなる」

「一場《いちじょう》の春夢《しゅんむ》で終わる」

ということにその場の話は落ち着いたのだが、意外や金吾はてこずり、若狭稲荷の評判は日増しに高まりこそすれ衰えることはなかった。若狭の家の前は毎日朝から行列ができ、御賽銭も初日、二日ほどではなかったが、毎日叺一つ分にはなった。

四

安芸広島浅野家の年寄上座、年寄、番頭らはほとんどが昨年の秋、「お殿様の病状が悪化したらしい」という報に接して江戸へ江戸へと向かった。

江戸へ向かった一人に年寄上座でも年寄でも番頭でもない、原田友之輔《はらだとものすけ》という男がいた。格は馬廻《うままわ》り。役には就《つ》いていない。いまは亡き殿浅野斉賢が青野又五郎こと神崎清五郎を使って殺させた浅野将監の甥、将監の妹の子である。

将監の変死。神崎清五郎の旅先での事故死。年寄某の自決。これらの糸を結び合わせると、嫌でも年寄某が神崎清五郎を操って浅野将監を殺させたという線にいきつく。背後に殿（斉賢）がいるという線にも。

それで、事故死ということになっている神崎清五郎はその後、どこに姿をくらませたかだが、殿の羽交《はがい》の下にいるのではなかろうかと将監の一族や原田友之輔は考える。あるいは殿の母の実家である御三家尾張家家中に潜らせてしまったかとも。仇《あだ》は討たなければならない。だが、殿の羽交の下にいるのなら、捜し当てるのも討つのも容易でない。手を拱《こまぬ》いていた。

そんなところへ羽交で抱えるように守っている殿が余命いくばくもないという報が江戸から聞こえてきた。殿が亡くなると、神崎清五郎は隠れ場所を失い、江戸のどこぞにひょっこり姿をあらわすというのはありうる。仇を討つことができる。そうなることに懸けて原田友之輔は一族の後押しを受け、一族の者数人を引き連れて、年寄上座、年寄、番頭らの後を追うように江戸に向かい、上屋敷内の長屋に身を寄せた。

原田友之輔と神崎清五郎は城内の学問所で机を並べたことがある。剣のほうはそれぞれ違う師匠についたから竹刀《しない》を叩き合わせるということはなかったが、互いに使えるらしいというのは耳にしていた。学問所でなにげなく「一度、太刀《たち》合《あ》わせをしてみようではないか」などと語り合ったこともある。二人は親しくはしていなかったが顔見知り以上ではあった。

原田友之輔が江戸へでてきて間もなく、十一月二十一日に殿浅野斉賢は死去した。斉賢が死去する前から、跡継ぎを巡っての争いは熾烈をきわめていた。年寄上座と年寄は日和見を決め込んでいたが、若手といっていい番頭は全員が斉賢の弟右京の肩を持っており、斉賢が死去すると声高に公然と右京支持を叫んでその年は暮れた。

原田友之輔は江戸ははじめて。殿が死去し、後嗣は決まらないままになっているから、広島浅野家の年始の登城はないが、年始をはじめとする諸大名の登城風景は堂社物詣《ものもうで》と並ぶお上りさん必見の行事である。お上りさんを目当てのおでん・燗酒《かんざけ》、甘酒などを商う屋台もでる。武鑑売りもでる。武鑑を買い、武鑑にある紋と見比べながら、あの行列は越後《えちご》の御大名何某様のだ、かの行列は九州の御大名彼某様のだなどとささやきながら見物するのはお上りさんにとってはなによりの楽しみで、彼らが行列を見物する様は江戸の風物詩の一つにもなっていた。

浅野家の上屋敷は霞ヶ関にある。御城に近い。一族とともにささやかな御節《おせち》で正月を祝ったあと、原田友之輔は一族と連れ立って御城にでかけていき、西丸下《にしのまるした》で待った。内桜田御門の方角から葵《あおい》の御紋の行列がやってくる。尾張徳川家は御暇年《おいとまねん》だから紀州《きしゆう》徳川家のだ。さすが御三家だけのことはある。たいした行列だと感服しながら目の前を通り過ぎていくのを眺めた。

駕籠を担いでいるのはいずれも大男だ。先棒《さきぼう》が二人に後棒《あとぼう》が二人。

「似ている」

と思いながら原田友之輔は先棒の一人の顔をぼんやり見つめた。神崎清五郎に似ているのだ。しかし、いくらなんでも神崎清五郎が駕籠を担ぐはずがない。世の中にはよく似た男もいるものだと思っただけで、つづいてやってくる行列に目を移した。

神崎清五郎は気づいた。お上りさんの中に原田友之輔がいたことにだ。広島から重役がぞくぞくと江戸にやってきたというのは耳にしている。やつも江戸にやってきた一人なのだろう。おのれをじいーっと見つめていた。

おのれと気づいた風ではない。だが、じいーっと見つめていたから、あるいは後ではっと気づくかもしれない。気づいて、紀州徳川家を訪ね、あのときの駕籠舁きはどこの口入屋《くちいれや》（人宿）が世話をしたのかと尋ねる。徳川家の人足頭は八官町《はちかんちょう》の八官屋だと答える。

原田友之輔が自分が手にかけた浅野将監の甥というのはむろん清五郎も知っている。腕は立つというから、江戸にでてきたのは右京の擁立を援護するためかもしれないが、伯父の仇を討つ、伯父を殺したおのれ清五郎を討つためかもしれない。あるいはそっちが本筋かも……。

原田友之輔に顔を見られて以来、青野又五郎こと神崎清五郎は毎日のようにそんなことを考えるようになり、結局のところどう対応すればいいのか、これといった思案を思いつくことなく、とりあえず身を躱《かわ》しておこうと場末の饂飩《うどん》屋に身を潜めた。

お上が公認している宿、旅人宿と百姓宿はどちらも高い。素泊まりで二百文。二食付きで二百四十八文。一日、二日ならいいが、一月となると素泊まりでも一両近くになる。誰もが気安く泊まれる宿ではない。そこで、饂飩屋とか一膳飯屋とかが一泊三十文、四十文、五十文という安値で泊めるようになった。お上も彼らがそうすることに目くじらを立てなかった。神崎清五郎が身を潜めたのは深川《ふかがわ》にあるそんな場末の饂飩屋だった。

原田友之輔は神崎清五郎の姿を見て、世の中にはよく似た男がいるもんだと思ったが、そのことはすぐに忘れてしまった。ところがその後、浅野家の門前で思いがけない女性を見かけた。奥林千賀子だ。

奥林千賀子は家中では誰知らぬ者ない評判の美人だった。多くの若者が奥林千賀子に胸をときめかせた。原田友之輔もそんな一人だった。むろん言い寄るようなはしたない真似はしなかった。やがて、神崎清五郎と婚約したと耳にして清五郎のことをうらやましがったのだが、清五郎が広島から消え、奥林千賀子の姿も見かけなくなって、いつしか奥林千賀子のことは忘れた。その奥林千賀子を見かけたのだ。胸をときめかせていたころは話しかけるのも躊躇したろうが、いまはもう若造ではない。

「申ーし」

と呼び止めた。奥林千賀子は足を止めて首をかしげる。

「なにか御用でございますか？」

「奥林千賀子さんですね」

「そうですが、あなたは？」

「御当家浅野家の馬廻り原田友之輔と申します」

「御用は？」

「学問所で机を並べたことのある神崎清五郎殿とあなたは婚約しておられた。さようでございますね」

紋蔵が市川初江や奥林千賀子に語って聞かせた「事件があって、青野さんは追っ手がかかるかもしれない身となった」という話が、とっさに奥林千賀子の頭に浮かんだ。

青野又五郎こと神崎清五郎がいった追っ手というのは、いま目の前にしている御当家浅野家の馬廻り原田友之輔と名乗った男ではないのか。だったら、迂闊《うかつ》なことはいえない。だが、婚約していたのは事実である。奥林千賀子はいった。

「いかにも婚約しておりました。それがどうかしましたか」

「祝言は挙げられたのですか」

「お答えしなければなりませんか」

「答えていただきたいですねえ」

「なぜ？」

「神崎清五郎殿は事故死ということになっておりますが、死んだはずの神崎清五郎殿を見かけたからです」

あのときの駕籠舁きはやはり神崎清五郎だった。奥林千賀子に出会って、原田友之輔はそう確信した。

「見かけたとおっしゃいましたね？」

「ええ」

「いつ、どこで？」

「聞いているのはわたしです。祝言を挙げて一緒に江戸にでてこられたのですか」

「祝言は挙げておりません。また一緒に江戸にでてきたのでもありません」

「江戸にでてきて神崎清五郎殿に会われた？」

奥林千賀子は躊躇してふたたび聞いた。

「それもお答えしなければなりませんか」

原田友之輔も繰り返す。

「答えていただきたいですねえ」

「なにゆえ？」

「神崎清五郎殿は伯父の仇です。討ち果たさなければならないのです」

「じゃあ、あなたが追っ手？」

「そういうことになりますが、じゃあ、あなたが追っ手といわれた。ということは内情を存じておられるということなのですか？」

「内情は存じません。あの方以外の方からそれとなく耳にしたのです」

「どなたです。その方は？」

「ご迷惑をおかけすることになります。申し上げることはできません」

「まあ、いいでしょう。繰り返します。神崎清五郎殿に会われたのですか」

「お会いしました」

「やつはどこにいるのです？」

「存じません」

「そんなことはないでしょう。婚約した者どうしがおなじ江戸の空の下にいて、かつ会っている。知らないはずがない」

「本当に知らないのです。というより、あのお方はわたしからも身を隠しておられるのです」

「今年の元旦のことです。御城の西丸の下で神崎清五郎殿が駕籠を担いで通りかかるのを見かけました」

「やはり駕籠を担いでおられましたか」

「そのことはご存じなので？」

「耳にしておりますが、どこの人宿におられるのかは存じません。聞いても教えていただけませんでした」

「聞いてもって、どなたに聞かれたのです？」

「それも申せません。追っ手のことを教えていただいた方とおなじ方で、その方に迷惑をかけることになるからです」

「まあ、いいでしょう。どっちにしろ、あなたは居場所をご存じない？」

「むしろ知りたい」

「分かりました。お呼び止めしてすみませんでした。では」

「ご免ください」

そのあとすぐ、原田友之輔はとある人足部屋に足を向けた。人足部屋の頭から紀州徳川家の人足部屋の頭に掛け合ってもらい……と順に辿って八官屋に行き着いた。

「ご免」

原田友之輔は八官屋を訪ねた。

「広島浅野家の馬廻り原田友之輔と申す。親方にお会いしたい」

若い者が聞く。

「御用は？」

「親方に直接」

捨吉が応対にでた。

「何用でしょう？」

「こちらに神崎清五郎という方はおられませんか」

「いませんねえ。そのような方は」

「背が高くてすらりとした広島ご出身の方です」

「ははあーん。青野又五郎さんのことですね。そうすると、青野又五郎というのは変名で本名は神崎清五郎とおっしゃるのか」

「おられますか」

「たしかにおりました。ですが、一月の半ばごろだったでしょうか。突然、暇をもらいたいといってでていかれた」

「どこへ？」

「わたしもそう聞いたんですがねえ。自分でも分からぬと。身を隠すのならわたしんとこが一番といったら、そうではなくなったんですよとおっしゃってたから、ここにいるのがどうやら追っ手にばれたと考えておられると思っておったのですが、あなたがその追っ手ですね」

「いかにもわたしが追っ手です。そのこと、神崎清五郎はあなたに打ち明けたのですか」

「ある人から聞いたのです。わたしが直接聞いたわけではありません」

「ある人とは？」

「ご迷惑をおかけするので、お名を申すのは控えさせていただきます」

奥林千賀子がいっていた迷惑をかけることになる人物と同一人物だろうが、

「そういうことですと、ここへふたたび戻ってくるかどうかは分からない」

「まあ、そういうことです」

「奥林千賀子という女性をご存じですか」

「お名は伺っております。お会いしたことはありません」

「もし、神崎清五郎がここへ戻ってくるようなことがあったら、いってくれませんか。原田友之輔が会いたがっている。霞ヶ関の長屋にいる。訪ねてきてもらいたいと」

「申しておきましょう。うちに戻ってくるかどうかは保証の限りではありませんがね」

「ご免」

五

「ここんところ三番組が当番なんだ」

いつもの若竹で紋蔵は金吾にそう話しかけた。紋蔵の属する三番組が当番所に詰めて、諸願諸届《しよがんしよとどけ》を受けつけている。

「それで今日の朝一番に新場《しんば》の鰻屋辰川《うなぎやたつかわ》の女将かいがやってきて、青物町《あおものちよう》の青物屋八百新《やおしん》の親父新右衛門《しんえもん》が先々々月からの仲間内の三度の会食代三両三分三朱と端数を滞《とどこお》らせております、支払うようにご命じくださいませと訴えよった。青物町の八百新といえば聞こえた青物屋だ。そこが三度の仲間内の会食代を滞らせるとは一体どういうことなのだろう。八百新になにかあったようだが、おぬし聞いておるか？」

金吾は目を光らせていう。

「いまの話、たしかですか？」

「たしかだとも。わたしが受け付けたのだから。かいねは後家《ごけ》の踏ん張りで店を切り盛りしている、というのはわたしの耳にも入っておるのだが、それはもうえらい見幕だった」

「八百新が三度の会食代三両三分三朱と端数を滞らせているというのですね」

「八百新はどうもなにかがあって左前になっているらしく、あの辺の小金を貸している隠居小左衛門《こざえもん》から十両を借りていたらしいんだが、かいねのいうのに、そっちは返したと。また、去年の秋の台風で吹き飛ばされた屋根の補修に三両二分ばかりかかってそれも滞らせていたのだが、かいねによるとそれも払ったと。なのになぜ、うちのだけ払ってくれないのか、後家だから馬鹿にしているのか、どっちにしろ支払うようにご命じくださいと」

「間違いありませんね」

「本人がそういっておったから間違いないと思う」

「そうか、やっと分かった。百九十三両を盗んだのは八百新の新右衛門だったんだ。あそこは大店だから、目がそっちへ向かなかったが、そういうことなら間違いない。新右衛門が盗んだのだ」

「古川に水絶えずという。そりゃあ、遣り繰りに困ることもあろうが、八百新の主人《あるじ》ともあろう者が旅籠屋《はたごや》に忍び込んで枕探しのようなことをやるか」

「新右衛門は毎年甲州勝沼《かつぬま》の葡萄《ぶどう》を〆買《しめがい》しており、その関係で、甲州屋にしょっちゅう出入りしている。だから、甲州屋徳兵衛が伊藤若狭に祈禱を頼んだというのを知っていて不思議はない」

「おぬしは、盗んだ金百九十三両のうちから、新右衛門はたとえば十両を小金貸しの小左衛門らに返金したと考えているようだが、盗まれた百九十三両はそっくり返されている。これはどう説明をつける?」

「返した金は百九十三両に足りなかったはずで、足りない分は若狭が埋めたんですよ。埋めて、若狭は一芝居打った。新右衛門が、わたしは百九十三両も返しておりません、もっと少なかったはずですなどと訴えるはずがありませんからね」

「それじゃ、なぜ、百九十三両のうちからかねにも三両三分三朱とかを支払わなかったんだ？」

「それは、どういうことなのか調べてみないと分かりませんが、小金貸しの小左衛門らに返金したり屋根屋に支払ったりした日は百九十三両が盗まれた翌日以降のはずで、それを確認して、八百新の台所がどうなっているのかを洗えばはっきりします。盗んだのは新右衛門に違いありません」

「くすねたのは二十両くらいとして、残りの百七十三両くらいを若狭を通じて返したのはどうしてだ？　そもそも盗んだのを返すということが考えられるか。そこから足がつくかもしれないのだぞ」

「甲州屋徳兵衛は憔悴《しょうすい》しきっている。新右衛門も根っからの悪人ではない。見るに見かねて、申しわけなくなって、徳兵衛から、若狭に祈禱を頼んだというのを聞いていたから、残りを若狭の家に持っていったのですよ」

金吾の推測はずばり当たっていた。

日本橋の南、高札《こうさつ》が立っている通《とおり》一丁目から八丁堀への入口といっていい海賊橋《かいぞくばし》までの通りはいわゆる両側町で、万町《よろずちょう》と青物町、万町の北側が元四日市町《もとよっかいちまち》となっている。三町の名の由来は御入国《ごにゅうこく》（家康の）のとき、相模《さがみ》の曾我《そが》某が小田原の青物町、万町、元四日市町をそこに移して開いたことによる。

したがって青物町だからといってそこに青物屋があるわけではない。そこは書物問屋が軒を並べていて、合間、合間に味噌・醬油屋、小間物《こまもの》屋、蕎麦屋などがある通りだったのだが、数十年前に八百新という青物屋が店開きした。

一帯の北すぐは知られた盛り場の江戸橋広小路《えどばしひろこうじ》。南すぐは新場といわれた日本橋の魚市場と並ぶ魚市場で鰻屋をはじめとする食い物屋が軒を並べている。青物、つまり野菜の需要は強く、右から左に飛ぶように売れ、間口一間半で店開きしたのが、あれよあれよという間に六間にまで間口を広げた。砂村《すなむら》新田など葛西《かさい》のお百姓は時の物である野菜をおもに船で江戸に運び、あちらの河岸《かし》、こちらの河岸と下ろしていったのだが、それらを一手に引き受けるようにもなった。つまり問屋業にまで手を広げた。八百新はそれはもうたいした青物屋になった。

八百新が家業をいちだんと大きくしたのは前貸しをして野菜を買い占めるようになったからである。日本橋魚市場の仕入問屋や深川に本拠をおいていた干鰯《ほしか》問屋などがそうだったが、彼らは漁師や網元に仕込金という名目の金を前貸しし、漁師や網元は漁れた魚介や干鰯を仕込金を払ってもらっている問屋に送った。江戸時代にはいつしかそんな流通の仕組みができた。

八百新はそれを真似た。葛西のお百姓に仕込金という名目の代金を前渡しする。お百姓は作物が育つと、かりに相場が高くなっていても嫌でも決まった量を八百新に送らなければならない。そんな仕組みで八百新はさらにどんどん太っていったのだが、日照りによる不作が六年前から三年つづいた。お百姓としては作物が育たないのだから、送りたくとも送れない。送りようがない。それで八百新の屋台骨はぐらりと揺らいだ。

致命傷となったのは甲州の葡萄だ。甲州のことに勝沼は古くからの葡萄の産地で、新右衛門はこれに目をつけた。

この時代の祝儀贈答の定番は鰹節と卵だが、秋はなんといっても葡萄だ。甲州勝沼から送られてくる高価な、下々にはちょっと手がでない葡萄は贈るとたいそう喜ばれた。

新右衛門はわざわざ勝沼にまででかけていき、その年の相場より一割高い仕込金を払って翌年の葡萄を買い占めた。江戸へ送られてくる葡萄はすべて八百新に運び込まれた。値は八百新が付ける。高いなあと思っても、ぼやきながらも、たとえば御屋敷に葡萄を贈るのを恒例にしている出入の商人などは買って贈らざるを得ない。しぶしぶそうする。これでまた一挙に八百新は産をふくらませた。

だが、好事魔《こうじま》多《お》し。こっちのほうも三年前から、葡萄の木に虫がつくようになって実がつかなくなり、それがさらに一昨年、昨年とつづいた。仕込金は前渡ししてある。葡萄は送られてこない。手持ちの金は底をつくようになり、三両、五両、十両と借り歩くようになって、支払いもあちらこちらと滞らせるようになった。幸い葛西のほうが持ち直したから、今年の葡萄が元のように実をつけてくれれば、店は立ち直るはずだったのだが、小金貸しの小左衛門や屋根屋やかいやその他二、三からの催促がやいのやいのときつい。新右衛門は進退窮まっていた。

新右衛門と甲州屋徳兵衛とは葡萄の買い占めをはじめるようになったときからの付き合いである。

「しかじかで、甲州勝沼にでかけようと思うのです。しかるべきお人に添書《てんしょ》を認《したた》めていただけませんか」

と新右衛門が徳兵衛に頼み、徳兵衛が心安く引き受けたのがきっかけだ。またそんな縁があるものだから、勝沼からやってくる者は甲州屋に泊まって八百新に新右衛門を訪ねる。新右衛門は鰻屋辰川をはじめ新場にある食い物屋に案内して歓待する。それやこれやとあって新右衛門はしょっちゅう、甲州屋に顔をだしており、徳兵衛とはいい付き合いをつづけていた。

仕込金前渡しによる買い占め——。これには実は落とし穴があった。生産者は仕込金を受け取っているのだから、約束した量は送らなければならない。しかし、なかには不作だのなんだのかんだのと理由をつけて、送らずに横流しする者がいた。

一昨々年はともかく、一昨年や昨年はそれなりに実がついたという噂も洩れ聞こえてきて、ということは一昨々年がひどかったものだから、一昨年や昨年も木に虫がついたというのを口実に、横流しした者がいるのではないか。新右衛門は今年に入ってそんな疑いを持つようになり、甲州屋を訪ねて徳兵衛にいった。

「甲州からきているお客さんに引き合わせてもらえませんか。葡萄のことでお尋ねしたいことがあるのです」

「いいですよ」

徳兵衛は心安く応じ、明日江戸を発つことになっていた幸助と友太郎を引き合わせた。新右衛門は二人に聞いた。

「葡萄を横流しされているようなのです。おかしな話を耳にしておられませんか」

幸助らは首をひねりながらいった。

「家業が違いますし、勝沼と甲府はそれなりに距離があります。あいにく耳にはしておりません」

「そうですか。つまらぬことをお聞きしてすみませんでした」

新右衛門はそういって引き下がったのだが、幸助らが集金した大金を所持しているのをなにげなく目にしてしまった。また間の悪いことに帰り際、物置蔵に長梯子が立て掛けられているのも二階から目にした。裏口の片開きの戸の蝶番が錆びついているのにも前々から気づいていた。三拍子も四拍子もそろってしまった。

むろんずいぶんとためらったが、金に困って雁字搦《がんじがら》めになっている。新右衛門はその晩、丑三つ時に甲州屋に忍び込み、人様の物に手をかけるのははじめてというのにまんまと成功して百九十三両を奪った。

新右衛門はそのあとすぐ、小金貸しの小左衛門に十両、屋根屋に三両二分などと合計二十両ばかりを、返したり払ったりした。むろん甲州屋が一件をどう処理したか気になる。様子を見に訪ねた。徳兵衛の憔悴ぶりはただごとではない。それはそうだ。百九十三両も弁償をさせられるのだ。憔悴するのは当たり前で、新右衛門は徳兵衛を慰めながらもえらいことをしてしまったと後悔し、自責の念にさいなまされた。

使ってしまった二十両は仕方がない。そのままにしておいて、残りは返そう。そうだ、かいねに払うのを忘れていた。ついでだ、かいねに払う分も含めてさらに五両をくすねさせてもらおう。残りは百六十八両。そいつを巾着に詰め、祈禱のことはむろん聞いていたから若狭を訪ねた。トントンと格子戸を叩いた。

「どなたかな？」

と若狭は戸を開ける。

「これを甲州屋徳兵衛さんに」

といって巾着を投げ入れ、新右衛門は脱兎《だつと》の速さでその場を逃れた。

それからは若狭の自供による。

若狭はいずれ自前の稲荷を建てるつもりでこつこつと百両ばかりも金を溜めていた。巾着の中身を数えると百六十八両が入っている。盗まれたといわれている百九十三両に二十五両が足りない。足して百九十三両が戻ってきたということにすれば江戸の話題を一挙にさらう。若狭稲荷は江戸に隠れもない稲荷となり、御賽銭が雨霰《あめあられ》と降る。

歯痛に効くという江戸橋広小路の翁《おきな》稲荷なんか目ではなくなる。願《がん》を立てて参詣すると願いがかなうといわれている虎ノ御《ご》門《もん》外の丸亀京極《まるがめきようごく》家の屋敷内にある金毘羅《こんぴら》様にだって、安産に効能があるといわれている赤羽橋《あかばねばし》の筑後久留米有馬《ちくごくるめありま》家の水天宮《すいてんぐう》にだってひけをとるものではない。二十五両を足して百九十三両が戻ってきたことにしよう。

いや、おかしい、おれが返したのは百六十八両だ、百九十三両なんてなにかの間違いだ、などと盗んで返しにきたやつが間違ってもお上に訴えるはずがない。若狭はこう考えて芝居を打ち、まんまと当たった。

ちなみに、新右衛門はかねに三両三分三朱を払うつもりでいたのだが、忘れていた別口の取り立てが四両ほどあり、それに充《あ》ててしまったために、かねに支払うことができず、それが命取りになってしまった。

「それで」

とこの日も紋蔵と金吾は若竹で落ち合っていて、金吾がいう。

「十両以上を盗めば死罪（死刑）ということになっておりますから、新右衛門は死罪で首を刎ねられるのでしょうが、若狭はどうなるのでしょう。盗みをやったわけではないが、いいかげんなことをいって御賽銭をむさぼった。それなりに罰せられるのでしょうねえ」

紋蔵はいった。

「新右衛門は死罪にはならない」

「どうして？　百六十八両を返したとはいえ、二十五両も盗んでるんですよ」

「似たような前例があった。調べておく」

「若狭がどう罰せられるのかも」

「承知した。ときに金右衛門さん」

と紋蔵は話を振った。金右衛門もむろん顔をだしている。

「おはなちゃんはその後元気に市川堂に通っておりますか」

「若狭さんの一件でみなさん、すっかり度肝《どぎも》を抜かれてしまったようで、はなのことは忘れてしまったようです。はなを気に留める人はいなくなりました。このことについてはむしろ若狭さんに感謝をしなければならないと思っております。それで、思うのですがねえ。牢で生まれて牢で育つという特異な環境がはなを周りの人に福をもたらすという異能を持つ娘に仕立てたのであって、いまのようにふつうに育ちはじめると、はなは本来のふつうの子供に戻るような気がしてならないのです。わたしとしてはむしろそう望みますがねえ」

「それはなによりです」

金吾がいう。

「じゃあ、異能が消える前に、早いうちにおはなちゃんのお顔を拝んでおかなければ……。いや、冗談、冗談」

「いやあー、寒い」

といって客が入ってきたのを機に紋蔵らは腰をあげた。寒いはずで、外にでると粉雪が舞っていた。

紋蔵の記憶どおり、前例はあった。それに従うと、裁決はこう下されなければならない。

新右衛門は本来なら死罪を申しつけなければならないのだが、徳兵衛が憔悴しているのを見て申しわけなく思い、本心に立ち返って残りの金子を伊藤若狭方に投げ込んで返したのだから、罪を減じて入墨《いれずみ》の上重《おも》き敲《たたき》。

若狭は「奇怪異説」を申し触らしたから、江戸払い。上がりの賽銭は没収。

手習塾市川堂乗っ取りの手口

一

「お師匠さんがお見えです」

この日も家に帰ると里が玄関に迎えていう。

「うむ」

とうなずき、紋蔵は着替えて座敷に入った。

「お帰りなさい」

と迎えたのは市川初江だけではなかった。文吉も下座に控えていて迎える。紋蔵はすわっていった。

「日が伸びてきましたねえ」

市川初江が応じる。

「春にはまだ遠いようですがたしかにこのところ日脚が長くなりました」

用件はだいたい察しがつく。紋蔵は初江が切り出すのを待った。

「念願の男座のお師匠さんのことでお邪魔しました」

思ったとおりで紋蔵はいった。

「手習子に甘く見られることのないしっかりしたお師匠さんを探すのに、わたしもお手伝いしますといいながらなにもできずに今にいたりました。まことに申し訳ないことでした」

「お師匠さんが見つかるまでということで文吉さんにお世話になり、またあなた様には面倒のかけっぱなしで、こちらこそ申し訳のないことでした」

「ようやく見つかったということですか」

「そうなのです」

「それはよかった」

「江戸に手習塾は四百余もあるそうです」

「そうでしたか。そんなにありましたか」

昼は手習塾、夜は寄席《よせ》に早変わりなどという手習塾もあり、あちらこちらで見かけていたのだが、四百余もあるとは知らなかった。

「わたしのところ（市川堂）のようにお師匠さんが二人いるところもあり、お師匠さんは総勢で五百人近くいるそうで、また手習塾のほとんどはお弟子さんが独立してはじめるのだそうです」

「しばらくお師匠さんにお仕えして、剣術でいうなら免許皆伝《めんきよかいでん》をいただいて独立し、手習塾をはじめるという仕組みになっているのですね」

「ですから、おなじ門流の手習塾がいくつもあるということになり、有名なところでは玉江《たまえ》藍皐《らんこう》師門流の手習塾が二十余、花形東五郎《はながたとうごろう》師門流の手習塾がおなじく二十余、村上酒山《むらかみしゆざん》師門流の手習塾にいたっては六十余もあるそうです」

「六十余もですか」

「そんな仕組みになっていることなどついぞ知らずにわたしは手習塾を開いたのですが、わたしのような素人がいきなり手習塾を開くのは珍しいのだそうです」

「踊り、三味線、茶、花、香、書などとおなじように弟子が独立して……ということになるのですね」

「株というわけではありませんが、株を小分けしてもらって分家するようなものともいえます」

「なるほど」

「場所も玉江藍皐師門流、花形東五郎師門流、村上酒山師門流など数多くある門流が江戸の町をそれぞれ割り振っていて、やたらな者は手習塾を開くことができないようになっております」

「手習塾にも縄張りのようなものがあるというわけですね」

市川初江はうなずいてつづける。

「市川堂を開いたあとで知ったことですが、文吉さんたちは以前、長谷部源蔵《はせべげんぞう》さんの知新堂に通っておりましたよねえ」

「ええ」

市川堂は八丁堀の南寄り北紺屋町に、長谷部源蔵の知新堂は八丁堀の北寄り九鬼家上屋敷の裏にある。

「わたしが市川堂を開いた北紺屋町の一帯は、あちらの世界では長谷部源蔵さんのあなたのおっしゃる縄張りということになっていたそうで、わたしが市川堂を開いたことがあちらの世界ではえらく問題になりましてねえ。長谷部源蔵さんが属しておられる大橋百堂《おおはしひやくどう》師門流のお偉いさんからわたしにしばしば苦情が持ち込まれました。江戸の町がここは甲の縄張り、かしこは乙の縄張りと色分けがしてあってお上がそれをお認めになっているわけでなし、馬鹿をおっしゃいますなと突っ張り通したら、やがてなにもいってこなくなりました」

「すると、あの世界ではあなたは一匹狼ということになるのですか？」

「そういうことになります。ですから、あちらの世界のいろんな集まりにはむろん一切呼んでもらえません」

「どんな用があって集まっているのです？」

「どうでもいいことですが忘年とか、規約を新しく作ったりあらためたりするのに集まっておられます」

「規約というとたとえば？」

「縄張りの作り直しとか。わたしのような一匹狼が割り込んできたときの対応とか。上野の花見の日割りとかです」

「花見の日割り？　なんです、それ」

「手習子が一時《いっとき》にどっと繰り出すと、上野がえらく混雑する。ですから甲塾は五日、乙塾は六日、丙塾は七日などとあらかじめでかける日を決めるのです。それで、わたしは仲間には入ってないのに、日割りだけは押しつけてくる。だいたいが桜が蕾《つぼみ》をかけたばかりのころとか、おおかた花が散ってしまったころだとかです」

「従われる？」

「仕方がありません。しぶしぶですが従っております。前置きが長くなりましたが、年が明けて一月の末のことでした。大手の村上酒山師の門流では古株の村上亀女《かめじょ》なる方が訪ねて見えて、こちらで男座の師匠を探しておられると伺ってまいりましたとおっしゃいます」

五百人近くいる手習師匠のおよそ三割は女性だった。女性もこの職場だけは大手を振って男と五分に仕事ができた。

「たしかに探していると申しますと、その方はこうおっしゃいました」

村上亀女はいった。

「わが酒山師の門流にとてもよくお出来になるお師匠さんがおられます。むろん男の方です。歳は四十。妻帯しておられて、二年前までは麴町《こうじまち》の山元町《やまもとちょう》で手習の師匠をなさっておられましたが病に倒れられ、以後療養に専念しておられて昨年の秋ようやく全快なさいました。山元町の手習塾は酒山師門流の師匠が跡を継いでおり、酒山師門流手習塾の空きはいまのところありません。わたしども門生は走り回って、手習塾を開く手頃な場所はないものか探しておったのですが、これという場所が見つからない。そんなところへ、こちら様がお師匠さんを探しておられるという話を耳にして、推薦させていただこうとかように参じた次第でございます。いかがなものでございましょうか」

初江がそう話し終えるのを待って紋蔵は聞いた。

「あなたが女性《にょしょう》だから、村上亀女という女お師匠さんが掛け合いにといってはなんですが、推薦に見えたのですね」

「そのようです。没交渉だったこともあり、あちらの世界の方をお迎えするのはなんとなく気詰まりだったのですが、いつまでも文吉さんに教場にすわっていただくわけにもまいりません」

「わたしは」

と文吉が口を挟む。

「いっこうに構いません。これはわたしの勘ですが、青野先生はそのうちきっと帰ってこられます。ですからその日まで、わたしは引き続き教場にすわらせていただこうと思っており、そういわせていただこうと、この場に同座させていただいているのです」

「文吉がなにゆえ同座しているのかが不思議だったのだが、なるほどそういうことだったのか。文吉のいうことは分からないでもないが、市川さん、先をつづけてください」

「そんなわけで、なにはともあれ、ご推挙していただだいた方にお会いしてみようと、市川堂にきていただきました。約束の日、その方は奥方ともどもお見えになりました。やや、やつれているかなという感じでしたが、人柄は穏やかで人品骨柄《じんぴんこつがら》も悪くない。むろん酒山師門流の方ですから、教える力に不足があるわけもない。それじゃあ、きていただきましょう、お世話になりますと話はとんとん拍子に進んで、四日後から教場にすわっていただくことになりました」

「今日から四日後ですね？」

「そうです。所帯道具というほどの物はありませんが、それでも山元町から大八車《だいはちぐるま》を引っ張って越してこなければなりません。界隈で長屋も探さなければなりません。三日をくださいとおっしゃられ、それももっともということになったのです」

「お名は？」

「谷岡豊次郎《たにおかとよじろう》というお名です」

「そうでしたか。そういうことなら、なによりでした」

「でも、わたしは」

と文吉。

「繰り返しおなじことをいって申し訳ないのですが、青野先生は戻ってこられるような気がしてならないのです」

「おまえの気持ちは分からぬでもない。またおまえは今日までよくやった。だが、いつまでも本物のお師匠さんではなく、代わりの睨みを利かせるだけのお師匠さんでは市川堂が評判を落とす」

「申し訳ありません」

といって文吉はうつむく。

「ましてお師匠さんが快く迎えようとなさっておられる。これ以上、水を差すものではない」

「分かりました」

「文吉さん、長々と有り難うございました」

市川初江は文吉に頭を下げ、懐から紙包みを取り出していう。

「これは些少《さしよう》ですが御礼です。お納めください」

「なにをおっしゃいます」

文吉は畳の上におかれた紙包みを押し返す。紋蔵はいった。

「いただいておきなさい」

それなりに働いた。いただいてもおかしくない。

「いいのですか」

「うむ」

文吉は紙包みを拾い上げて神棚に載せる。

「わたしはこれで」

「わざわざのご挨拶、痛み入ります」

「失礼します」

紋蔵は玄関先まで見送った。

二

「ご免ください」

手習子が先を争うように帰っていき、男座の師匠谷岡豊次郎も帰り、市川堂はがらーんと静まり返っていて、さてと市川初江は戸締まりにとりかかったところだった。村上酒山師門流の村上亀女が敷居をまたいで入ってくる。市川初江が紋蔵を訪ねて子細を打ちあけてから、十日余が経った二月半ばのことである。

くださいませ」

「これはようこそ」

といいながら初江は内心、何用だろうと首をひねった。亀女はいう。

「ちと込み入った話で伺いました」

「そういうことでしたら、戸締まりをすませて裏のわが家で伺います。しばしお待ちください」

手習塾はどこも四方から明かりをとれるように、四方すべてを障子窓にしている。だから、雨戸を開け閉めするだけでも大事《おおごと》。青野又五郎や文吉がいたころは又五郎や文吉がやっていたのだが、今度の谷岡豊次郎はそのような事は下男下女のやること、師匠のやることではない、沽券にかかわるといわんばかりに「お断りします」と平然と言い放った。

下男はいないでもない。だが、下男はその時刻、なにかとご近所に迷惑をかける手前、箒を手に手習子の通り道や表通りの掃き掃除に追われている。このところ初江が自身で戸締まりをしていた。

「お待たせしました」

といって亀女をうながし、鍵をかけて裏にまわった。

初江はいまの教場を建てるとき、裏にこぢんまりした一軒家を建てていた。そこへ向かった。

「ここです」

亀女にそういい、鍵を開けていった。

「お入りください」

土間があって、台所とその横に三畳の間。奥が居間兼客間、そのまた奥が寝室という作りになっている。

「お上がりください」

どこの家の居間もそうなっているように初江の居間も神棚を背にして長火鉢をおいている。

「どうぞ」

亀女に座布団をすすめ、長火鉢にかかっていた薬缶《やかん》を手に台所に向かい、水を注ぎ足して戻った。長火鉢の前にすわって埋《うず》み火《び》を掻きだした。炭を継いでいった。

「やがて湯も沸きましょう。それまでお茶はお待ちください」

「お構いなく」

「して、御用は？」

「いい忘れておりましたが、村上酒山師門流では大師匠酒山家に毎月月末に金二百匹《ひき》を謝礼として持参することになっております」

金百匹は金一分。祝儀などのときは、金一分とはいわず、わざと金百匹といった。したがって金二百匹は金二分。一両の半分。初江は首をひねっていった。

「それがどうかしたのですか？」

「このほど谷岡豊次郎殿があなたの市川堂で教鞭をとることになりました。したがいまして市川堂もめでたくも村上酒山師の門流となったわけで、これからはあなたにも毎月金二百匹を大師匠酒山家に納めていただきます。よろしいですね」

初江は顳顬《こめかみ》がきりりと震えるのを感じながら、懸命に自制していった。

「なるほどあなたのお引き合わせで谷岡豊次郎殿に教場にすわっていただくことになりました。ですが、わたしの市川堂と酒山家とはなんの関係もありません。縁もゆかりもありません。おかしなことをおっしゃいますな」

「縁はあります。酒山師門流のわたしが、おなじく酒山師門流の谷岡殿をお世話して、谷岡殿はいま市川堂の教場にすわっておられる。これほどの縁はない」

「谷岡殿はいざしらず、わたしはない」

「谷岡殿は酒山師の門流です。その谷岡殿をあなたは雇用しておられる。これほどの縁はないと申しておるのです」

「ありません」

「ということはなんですか。謝礼の支払いを拒まれるということですか」

「いいがかりをつけられるのですか」

「よろしいか。どこの世界でもそうです。たとえば辻占《つじうら》。辻占はみな、江戸の陰陽師《おんみようじ》触頭《ふれがしら》に月々なにがしかを納めております。富本《とみもと》なら弟子は家元の富本筑前掾《ちくぜんのじよう》家に、清元なら弟子は家元の清元延寿太夫《えんじゆだゆう》家にとおなじく月々なにがしかを納めている。碁将棋だって、書だって、花だって、香だって、茶だって、なんだってそうです。家元に月々なにがしかを納めている。なかには納めない者がいて、支払うようにという訴訟がこれまでに二度三度と起こされておりますが、すべて家元側が勝っている。なんなら訴訟してもよろしいのですよ」

「訴訟！」

初江は目を丸くした。江戸は訴訟社会で、事実そのような訴訟が何度か起こされている。起こされるほうはなにやかやと手間をかけさせられる。面倒なものだから折れて、泣く泣く相手のいいなりになる。金ですむのならと払う。それで、訴訟した側が勝った勝ったと触れまわっているというのが実情なのだが、初江はきっとなっていった。

「謝礼謝礼とおっしゃる。だったら谷岡殿から徴収すればよろしい。わたしには関係ない」

「むろん谷岡殿に掛け合いました。谷岡殿の申されるのに、わたしを雇用しておられる市川殿が支払うのが筋。市川堂をわたしが切り盛りしているのなら別ですがねとおっしゃる。やはり谷岡殿を雇用しているあなたが支払わなければなりません」

「いいがかりだ」

「いいがかりではありません」

「どっちにしろお断りします」

「訴えてもいいのですね」

「お好きなように。用はすんだようですからお帰りください」

「訴えますよ」

「とっとと帰れ！」

自分でもはしたないと思ったが初江はとうとう堪忍袋の緒を切り、怒声をあげてしまった。

「吠《ほ》え面《づら》をかかないように」

「うるさい！」

亀女を叩きだすように送りだして、そうだと、鍵をかけて表にでた。

谷岡豊次郎がこのほど借りた長屋はそう遠くない。

「ご免ください」

障子戸に手をかけた。

「どちらさまでしょう」

豊次郎の妻《さい》が応対にでて気づく。

「あ、これはお師匠さん。また、何用ですか？」

「ご主人はおられますか」

「おります」

といって、奥に声をかける。

「あなた、市川堂のお師匠さんがお見えですよ」

豊次郎がもそっと顔をだす。

「何用ですか？」

「込み入った話があります」

「お待ちください」

豊次郎は奥に入り、綿入の半纏《はんてん》を羽織ってでてくる。

「蕎麦屋辺りで」

「蕎麦屋……ですか」

この時刻の蕎麦屋は飲み屋と変わりない。仕事を終えた八っつぁん熊さんたちの怒声のような話し声が屋内にこだましてまことに騒々しい。そんなところで落ち着いて話はできない。

「寒々としておりますが、教場でということにしましょう」

「分かりました」

教場で初江は豊次郎と向かい合った。

「さっき村上亀女さんが訪ねて見えましてねえ」

経緯《いきさつ》を説明していった。

「酒山師の門流では酒山家に月々の謝礼を支払わなければならないということですが、そういうことですとやはり門流のあなたが支払わなければならないと思うのです。そうしていただけますね」

「そのことですがねえ」

豊次郎はあらたまる。

「わたしへの月々の謝金をわたしは三両にしていただきたいと申しました。わたしにはそれだけの価値があるからです。ところが二両二分（二・五両）しか払えないとおっしゃる」

職人の月々の稼ぎは一両二分（一・五両）。青野又五郎に支払っていたのは二両。手習子が納める畳銭《たたみせん》（月謝）は知れている。男座の手習子は百人くらいいるが月に一両くらいにしかならず、手習子の裕福な父兄からの付け届けと町内の篤志家《とくしか》の援助とで遣り繰りをつけている。いくらなんでも三両は吹っかけすぎ。

「三両は無理です。話はなかったことにしてください」

初江がそういうと、

「じゃ、まあ、二両二分で手を打ちましょう」

ということになったのだが、豊次郎はつづける。

「ですから、謝礼の二分はあなたが負担して然るべきだとわたしは思うのです。わたしが払うとわたしへの月々の謝金はわずか二両になってしまう。そんな馬鹿げた話はない」

しまった。初江は腹の中で舌打ちをした。亀女の口車に乗せられてややこしいのを雇ってしまった。だが、いまからでも遅くはない。思い切っていった。

「そんな無茶をおっしゃるのなら、この際です。辞めていただきます」

「辞めるわけにはいきません。山元町から大八車を引いて地縁《ちえん》も血縁《けちえん》もないこんな遠くにまでやってきたのですからね」

「月に三両はとても負担しかねるから辞めてくださいといっているのです。承知していただけますね」

「いいえ、辞めません。それでも辞めろとおっしゃるのなら訴訟します」

「また訴訟ですか？」

酒山師の門流は化け物の集まりなのか。そうとしか思えない。初江はいった。

「訴訟でもなんでもお好きなように」

「そんなことになったら身も蓋もない。市川堂にとっても決して名誉なことではありません。分かりました。では、折れましょう。酒山家への月々の謝礼はわたしが酒山家に掛け合って折り合いをつけます。どうぞ、そのことはもう気にかけないでください」

なにをいいやがる。反吐《へど》がでそうになったが、いちおう相手はゆずった。押して辞めろとはいえない。初江は怒りがおさまらなかったが、心を鎮めていった。

「用はすんだようです。お帰りください」

豊次郎の後ろ姿を見ながら初江は考えた。

人柄は穏やかで人品骨柄も悪くないと思った。だから雇った。どうして、亀女という豊次郎といい、そこらのワルも顔負け。涼しい顔をして無理難題を吹っかけてくる。つぎはなにを仕掛けてくるのか。あるいはひょっとして、市川堂を乗っ取ろうとしているのではないか。それがやつらの魂胆ではないのか。えらいのを雇ってしまった。

初江はよろめくように立ち上がった。

三

青野又五郎こと神崎清五郎は永代橋を渡って霞ヶ関に向かっている。

深川の饂飩屋に身を寄せておよそ一月《ひとつき》。神崎清五郎はふと我に返った。おのれは一体、なにをやっているのだ。追っ手が怖くて身を隠している。命が惜しいからか。そうなのだが、なぜ惜しむ？　命を惜しんで生き延びてこの先、どんな未来があるというのか。未来などなにもない。人はいずれ死ぬ。遅かれ早かれ死ぬ。だったら、未来もへったくれもない。また君命とはいえ、やったことは卑劣きわまりない。追っ手であるやつらに理がある。やつらに命をくれてやればいい。それですべて片がつく。

そう思うともやもやしていた心は秋空のように晴れ晴れと透き通った。身も心も軽くなった。

江戸の町を突っ切り、山下御門《やましたごもん》を潜るとそこは郭内《かくない》で、大小さまざまの大名屋敷が軒を連ねている。

安芸広島浅野家は四十二万石。五十四万石の肥後熊本細川《ひごくまもとほそかわ》家につぐ。石高でいうなら八番目の大藩で、外桜田御門の近くに広大な屋敷を構えている。

表門は当主が外出するときしか開かれていない。ふだん誰彼は潜り戸から出入りする。潜り戸といっても寺の門くらいあり、そこにはむろん門番がいる。神崎清五郎は門番にいった。

「芸州《げいしゅう》浪人神崎清五郎と申す。原田友之輔殿に御意《ぎょい》を得たい」

門番は聞く。

「芸州浪人と申されましたか？」

「さよう」

「当家に縁がおありになるのですか？」

死んだことになっているのだが門番にややこしいことを語って聞かせることもな

い。

「まあ、そんなところだ」

「お待ちください」

原田友之輔はずっと思案に暮れていた。神崎清五郎の尻尾《しっぽ》を摑みかけたのだが、敵のほうが一枚上手で素早く身を隠されてしまった。江戸は広い。どこに身を隠したのか見当もつかない。ひょっとすると江戸から消えたのか。江戸を後にして、知らぬ他国でのうのうと生き延びているのか。そうだとしたら、江戸で、ぼやっと手をつかねているほど馬鹿げた話はない。間抜けもいいところということになる。同行してきた一族五人も毎日をぼんやり江戸で過ごしていることに疑問を持ちはじめている。そろそろ、帰ろうじゃないかという者もいる。いま、しばしというものの、当てがあるわけでもなく、友之輔もそろそろかなと思いはじめていた。

「なにイ、神崎清五郎が？」

門番から知らされて思わず友之輔は腰を浮かせた。

「門前にいるのだな」

確かめるように聞いた。

「そうです」

「分かった」

友之輔は腰に二本を差して表門に向かった。いた。確かにいた。後ろ向きに突っ立っている。声をかけた。

「久しいのオ」

清五郎は振り返っていう。

「うむ。久しい」

「変わりないか、元気にしていたか、などといってふつうなら久闊《きゅうかつ》を叙《じょ》するところだろうが、おぬしを相手にそうはいえない。それにしても一体、どうした風の吹き回しだ？」

「いろいろ考えたのだがのオ。おぬしら一統に討たれることにした」

「ほお、それは神妙な」

「ただ、木偶《でく》の坊《ぼう》のようにぼやっと突っ立って討たれるわけにはいかぬ。おぬしら一統が何人いるかは知らぬが、敵わぬまでも一太刀二太刀くらいはお手向いする。そのことは承知してもらいたい」

「分かった。それで、場所、日にちは？」

「御府内《ごふない》でというわけにはいかんだろうし、おぬしに任せる」

「有名な堀部《ほりべ》安兵衛《やすべえ》の高田馬場《たかだのばば》は御府内なのか」

「知らぬ」

「御府内だろうなあ。堀部安兵衛が助っ人した菅野《すがの》六郎左衛門《ろくろうざえもん》らはどういうわけで高田馬場を決闘の場所に選んだのかは知らぬが、やはり高田馬場は無理だろう。御府内だと御家に迷惑をかける。他に場所を探すとしてむろんこのことは御家に知らせておかねばならぬ。御重役にも相談して場所と日にちを決める。追って知らせる。どこにいる？」

「八官町に八官屋という人宿がある」

「知っておる」

「なぜだ？」

「この正月元旦におぬしを西丸下で見かけた」

「気づいておったのか」

「おぬしは？」

「気づいた。だから、そのあとすぐに逃げた」

「おぬしは駕籠を担いでおった。だからまさか、おぬしではあるまい、そんなはずがない、人違いだと思っておれは遣り過ごした」

「だろうな」

「ところがそのあと、ここ、表門の前でなんと奥林千賀子殿を見かけた」

「奥林千賀子殿を？」

「そう」

「奥勤めをなさっておられる。見かけても不思議はないか」

「それで、そうか、元旦に見かけたのはおぬし、神崎清五郎だったのかと気づいて、当家の人足部屋の頭からおぬしが駕籠を担いでいた御三家紀州徳川家の人足部屋の頭に掛け合ってもらうという手順を踏んで、おぬしがいたのは八官町の八官屋だと知った。すぐにでかけていった」

「時すでに遅し」

「さよう。そこ、八官屋にいるのだな」

「懐がさみしくなったので、たぶん、駕籠を担いでいると思う」

「決まったら知らせる」

「待っている」

原田友之輔は神崎清五郎の後ろ姿を見送った。

気分のさっぱりしたいいやつだったがいまも変わりない。なぜそんないいやつが闇討ちなんかを仕出かし、そいつをおれらは寄ってたかって討ち果たさねばならぬのか。心がずしんと重くなって沈んだ。

四

谷岡豊次郎は手習の師匠としての腕は群を抜いていた。教えるのが上手いだけでない。手習子の心を摑むのが上手い。あっという間に手習子全員を手なずけ、おのれを慕うように仕向けた。ことに年少の手習子は「おっ師《し》匠さん」「おっ師匠さん」と豊次郎にまとわりついた。そのことは手習子の父兄にもすぐに伝わり、父兄も豊次郎を慕い、かつ敬うようになった。

「つまらぬものですが」

「残り物で申し訳ありませんが」

などといって豊次郎の家には毎日といっていいほど父兄から付け届けがあった。そんなある日、手習子が帰り、市川初江が戸締まりに追われていたとき、

「市川さん」

と豊次郎が呼びかける。

「なんでしょう？」

初江は戸締まりの手を休めて聞いた。

「話があります」

嫌な予感に胸を塞《ふさ》ぎながら応じた。

「では、そこに」

豊次郎と向かい合うようにすわって初江はいった。

「なんでしょう？」

「この前の酒山家の謝礼の件ですがねえ」

「その話は勘弁してください」

あれから数日が経ち、花便りがそろそろ聞こえるころになっていた。

「そうもいかぬのです」

「とおっしゃると？」

「酒山師門流の肝煎《きもい》り衆が三人おられ、お三方がわたしにおっしゃるのに、なんとしてでも謝礼を支払ってもらえと。でなければ、六十余人いる一門の者に示しがつかぬとも」

「あなたは酒山師門流のお一人でしょうが、わたしは酒山師門流とはまったく関係がありません。その話は止めてください」

「どうあってもですか」

「強いてとおっしゃるのなら、この前も申したように、辞めていただきます」

「そんなこと、おっしゃっていいのですね」

「どういうことです？」

「辞めていいのですね」

「望むところです」

「分かりました。辞めます。今日までの手当は日割りで結構です。この場でいただきましょう」

成り行きに呆然としながら初江はいった。

「十露盤《そろばん》を弾いていてください。家に金をとりに帰ります」

延べ十四日。一両一分にちょっと欠けるが、十露盤を弾くのは面倒くさい。一両一分を払えば文句はなかろうと、長火鉢の鍵付きの引き出しからきっちりそれだけを取り出し、懐にしまって市川堂に向かった。初江は聞いた。

「いくらになりましたか」

「二両と一分です」

「日割りとおっしゃいましたよねえ」

「そう申しました」

「わたしの計算では一両一分にちょっと欠けます」

「一両は退職慰労金です。そんなこと常識ですよ」

かあーと頭に血がのぼったが、一両を追加すれば、もうこいつの顔を見なくてすむ。そう踏ん切りをつけて、むろん一両や二両はいつも懐に入れている、豊次郎がいうとおりに二両一分を、耳を揃えて畳の上においた。豊次郎はふんだくるように懐に納めると、お世話になりましたともなんともいわずにぷいと市川堂をでていった。

入れ替わるように手習子のお母さんたちがやってきた。里もいた。お母さんの一人がいう。

「正太《しょうた》が帰ってきていったんですがね、みんなが帰ろうとするところを呼び止めて谷岡先生が手習子にこうおっしゃったんだそうです。本日をもって市川堂を辞することにしたと」

初江は首をひねって聞いた。

「本当にそういったのですか」

お母さんたちは声をそろえる。

「うちの子もそういってました」

するとと……と初江は考える。端《はな》から辞めると決めていたのに、それを隠して、酒山家への謝礼を払え払えと言い掛かりをつけ、こじれたから辞めるというふうに、やつ、豊次郎は話を持っていったのだ。辞めるなら辞めるで、辞めますとだけいえばいい。なんで、そんな手の込んだことをしたのだろう。お母さんのいま一人がいう。

「それでですねえ。谷岡先生はつづけてこうおっしゃったそうです。近く、わたしはこの近所で手習塾を開く。その気があったらわたしの所へくるがいい。無理にとはすすめぬ。市川堂への義理もあるだろうからなと」

そうか。それが狙いだったのか。初江はようやく気づいた。市川堂の手習子をごそっと引き抜くためだ。酒山師門流の肝煎りが考えたんだろうが、なるほど、ずいぶんと手の込んだことをする。また一人がいう。

「手習子の一人が聞いたそうです。なぜ、辞めることになったのですかと。それに答えておっしゃるのにはこうです。女お師匠さんはとてもいい人なんだけど、細々としたことに小煩く、男として耐えられないことがしばしばあってのこと。でも、女の人はおおむねそうだから、わたしは別に恨みに思っているわけではない。これからも女お師匠さんの教えに従って頑張りなさいと」

順番がまわってきて里がいった。

「手習子の一人がまた聞いたそうです。近くとおっしゃいましたがどこですか、どこで開かれるのですかと。それにはこう。いまはいえないが、およそ十日後の三月一日に開塾する。また、会えることになるのを楽しみにしていると」

初江は真っ青になって聞いた。

「十日後？　すぐじゃないですか」

「だそうです」

手習塾を開くにしてもそうそう大箱の家は見つからない。探すのに、半年やそこらはかかると思っていた。十日後とはどういうことか。市川堂にいま男座の師匠はいない。男の手習子はみんな豊次郎を慕っている。ということは百人近くいる手習子はごそっと豊次郎の手習塾に移ってしまうということではないか。頭がくらっとふらつき、思わずしゃがみこんだ。

「どうなさったんですか」

里が抱きかかえるようにしていった。

「具合がおよろしくないようです。お送りしましょう」

初江は顔をあげていう。

「大丈夫です。しばらく考え事をしたいのです。一人にしてください」

一人にしたほうが本人も落ち着きを取り戻せるかもしれない。

「そうですか。では、お大事に」

里らお母さんたちは初江を振り返り振り返り市川堂を後にした。

この谷岡豊次郎が辞めた一件は里からすぐに紋蔵に知らされただけでなく、八丁堀界隈に知れ渡った。豊次郎は十日後にというが、そうそう大箱の建物はない。どこだろう？　どこで開塾するのだろうと詮索するまでもなかった。すぐに分かった。長谷部源蔵の知新堂だった。

長谷部源蔵はやがて八十に手が届こうかという高齢になり、手習子も市川堂に流れてずいぶんと少なくなっていたこともあり、退隠の時期を探っていた。それを酒山師門流が聞き込んで、建物（土地は地借りだ）の買収話を持ちかけた。酒山師門流はかつて、市川初江が長谷部源蔵の縄張りに割り込んで手習塾を開いたのを知っていた。そのことを長谷部源蔵が根に持っていたこともだ。買収話はとんとん拍子に進んだ。

買収したからといってすぐに手習子を集められるというものでもない。市川堂はなかなかに人気があって、引き抜きは難しい。そこで肝煎りは一計を案じ、門流では飛びきりの腕こき、手習子をてなずけることにかけては天才といっていい、またそのころたまたま職場を失くしていた谷岡豊次郎に白羽の矢を立てて一働きさせることにした。村上亀女を初江のところへ送って豊次郎を推挙し、豊次郎はまんまと市川堂の男座の師匠の座におさまった。

市川堂の男座の手習子は浮足だった。誰もが二月末日をもって市川堂を辞め、知新堂から豊熾堂《ほうきどう》へと看板をあらため、衣替えした手習塾に通うつもりでいたからで、そわそわと落ち着きをなくした。ちなみに酒山師門流は酒山の手習塾が鐘熾堂《しょうきどう》と名乗っていたところから、ほとんどが豊熾堂などと看板に熾の字をつけていた。

ちょうどそのころだった。紋蔵の家に八官屋の捨吉から使いがあった。使いはいう。

「青野又五郎さんが八官屋に戻られました。親方がその旨、お伝えしてこいと、はい」

「承知した」

翌日、役所が引けると、紋蔵はその足でまっすぐ八官屋に向かった。

「青野さんが戻ってこられたんだって」

声をかけて八官屋の敷居をまたいだ。

「そうなんだよ」

声を聞き付けて奥から捨吉が顔をだす。

「おられるのか？」

「仕事から戻ってきて二階で横になっておられる」

「話があるんだ。呼んでもらえないか」

「お安い御用だ」

捨吉は階下から声をかける。

「又さーん。ちょいとお顔を」

「へーい」

返事をして神崎清五郎はおりてくる。

紋蔵はほほ笑んでいった。

「しばらくですねえ」

清五郎は頭を掻いていう。

「たしかにしばらくでした」

「折り入って話があるんですが」

「じゃあ」

と捨吉。

「上がってもらおう。差し支えなければおれも同座させてもらう」

「差し支えはない」

紋蔵がそういい、長火鉢を挟み、神棚を背にして捨吉が、捨吉と向かい合うように紋蔵と清五郎がすわった。紋蔵は清五郎に身体を向けていった。

「実は……」

市川初江が窮地に陥っている経緯を述べていった。

「いま一度、市川堂の男座の師匠の席にすわってもらえませんか」

「無理です」

「押して」

「わたしは近々、仏《ほとけ》になることになっております。相手にそう約束しております。違約はできません」

「仏になるって？」

「追っ手に討たれるということです。それが一番の解決策だと決心しました」

捨吉が口を挟む。

「又さんはなんかふっ切れたようで、今日も気分よく駕籠を担いで帰ってこられ、湯屋で汗を流してこられた」

「分かりました。そういうことなら、これ以上、無理は申しません。りっぱに往生してください」

紋蔵は肩を落としながら家路についた。

五

「恐れながら申し上げます」

助川作太郎が応じる。

「申せ」

三番組が当番の日で、紋蔵は背後にいて筆を走らせている。

「それがしは浪人稲葉弥兵衛《いなばやへえ》と申す。四谷塩町の伝兵衛店《でんべえだな》に住まいしており、家主殿に同道してもらって訴状を提出にまいった」

歴とした御武家なら役所の玄関先に立って名乗り、しかるべきお偉方に面会を求めて直接用件を申し述べる。浪人は元を糺せば百姓町人というのがほとんどで怪しげなのが多い。由緒正しい浪人というのは少ない。そんな連中は身分立場を弁《わきま》えていて、このようなときは玄関先に立つことなく、百姓町人と同様当番所前タタキにひざまずく。作太郎が聞く。

「訴状と申したか」

「さよう」

なんでもかんでもただちに受け付けるというわけにはいかない。ざっとではあるが質さねばならない。作太郎はいった。

「どのような内容の訴状だ？」

「麴町平河町源助店《ひらかわちょうげんすけだな》の市兵衛《いちべえ》にときなる娘がおり申す。それがしはときにそなたを嫁に迎えると約束を交わしておったのでござるが、ときはそれがしに断ることなく、赤《あか》坂新町《さかしんまち》三丁目の嘉助《かすけ》なる味噌・醬油屋の倅に嫁ぎ申した。それゆえ、嫁ぎ先から戻ってそれがしに嫁ぎ直すように命じていただきたいというのが訴状の内容でござる。お受け取りくだされ」

そういって稲葉弥兵衛は「上」と表書きしてある封書を差し出す。若同心が受け取り、それを作太郎が受け取って首をひねり、紋蔵を振り返る。

「このような訴え、かつてあったか」

紋蔵も首をひねっていった。

「聞いたことありません」

「だろうなあ」

作太郎はそういって向き直る。

「約束を交わしておったのに、断ることもなくというが、嫁いでしまったものは致し方あるまい。嫁ぎ先から戻っておぬしに嫁ぎ直せなどと役所が命ずることはできぬ」

「父親市兵衛には支度金《したくきん》として三両を渡しており申す。これ、このように」

懐から紙切れを取り出してつづける。

「請取もとってござる。ご覧くだされ」

作太郎は受け取る。

「なになに」

「　金子請取の事

一　金三両

私市兵衛は娘ときを貴殿稲葉弥兵衛殿に縁付かせるに当たり、支度金として右金員《きんいん》を受け取り申すこと実正也《じつしょう》。

天保〇年△月××日

稲葉弥兵衛殿

市兵衛判

」

作太郎は顔をあげていう。

「たしかにこれは請取だ」

「そのうえこの縁談には仲人《ちゅうにん》がおり申す。なんなら仲人を呼び出されてお確かめいただきたい」

「仲人がいると申すのだな？」

「さようでござる」

「しかし、仲人がいても先方はもう嫁いでいる。たとえば、おぬしとの縁談は話が進んだが、嫌気がさして心変わりしたということだってある。ましてやすでに嫁いでしまっている。おぬしも男ならめそめそしたことはいわず、きっぱり諦めたがいい」

「かりにそれがしに嫌気がさしてのことであったにしても、だったらそれがしが虚仮《こけ》にされたことになり、意趣返しをしなければならぬ。でなければ腹の虫がおさまらぬ。と、そんなわけで家主殿に同道してもらって訴状を持参いたした次第でござる。お受け取りくだされ」

助川作太郎はふたたび紋蔵を振り返る。

「このような訴状、受け取っていいのだろうか。それでなくとも役所は忙しい。なぜこんな馬鹿げた訴状を受け取ったのか、なぜ門前払いにしなかったのかとお叱りを受けるということにならないだろうか」

紋蔵は答えた。

「なきにしもあらずです。ですから、こうしましょう。仲人がいるということですから、その者に経緯をくわしく聞き、なお、そのうえで相手方からも事情をとくと聞き、もっともということでしたら受け取る。そうしましょう」

「そうだな」

作太郎はうなずいて稲葉弥兵衛にいう。

「聞いてのとおりだ。仲人を同道して、あらためて願え。日にちはそうだな。翌々日の朝一番ということにしよう。その日は相手方も呼ぶ。よいな」

「承知しました」

翌々日の朝一番に稲葉弥兵衛は仲人を同道して顔をだした。弥兵衛はいう。

「稲葉弥兵衛でござる。仲人を同道いたしした」

作太郎は仲人に向かっていった。

「前へでろ」

仲人は膝をにじって前へでる。

「仲人だな？」

「さようでござる」

「名を名乗れ」

「手跡指南谷岡豊次郎なる者にござる。八丁堀は九鬼家上屋敷裏にこのほど豊値堂なる手習塾を開塾することになっており申す」

なにイ、と紋蔵は筆を走らせていた手を止め、目を仲人にやる。なるほど聞いていたとおり一見人品骨柄は悪くない。だが、その顔の裏にそこらのワルも敵わぬ悪相が隠されている。そう思うと、人品骨柄も心なし卑しく見えてきた。作太郎がいう。

「仲人になった子細を申せ」

「それがしはこれまでずっと麴町の山元町に住んでおり、二年ほど病に臥しており申した。そのとき、暮らしに困るようになって、荊妻《けいさい》きわが麴町の呉服屋岩城屋《いわきや》に下働きにでた。本日はきわをも同道していることゆえ、それからのことはきわに語らせたほうがよろしかろうと思う。よろしいかな」

「構わぬ。きわとやら、申せ」

「きわでございます」

と女は名乗っていう。

「市兵衛さんの娘ときちゃんとは岩城屋での朋輩で、台所などでしょっちゅう身の上話などをしておりました。むろん、好きな人がいるとか、約束した人がいるとかも話題になり、そんな人はおりません、いい方がおられたら引き合わせてくれませんかとときちゃんはいいます。宿《やど》（亭主）の谷岡豊次郎とご浪人稲葉弥兵衛さんは幼馴染み。そのころ弥兵衛さんはさる御旗本の用人をしていて、奥方を亡くされたばかり。なにかと不自由をしている、これといった人はおりませんか、いたら世話をしてもらいたいのですと頼まれておりました。それで、歳は三十の半ば、あなたよりずっと上だけど、そのくらいの年の差は問題ありません。しっかりしたところにお勤めだし、いいお相手だと思いますよ、一度会ってみませんかということになって、鰻屋でお見合いという運びになりました」

「とき」

と作太郎は話しかける。ときも顔を見せていて後ろの方から返事をする。

「はい」

「前へでてきわと並べ」

ときは膝をにじって前へでる。なるほど稲葉弥兵衛が訴訟をしてでもと執心するだけの美形ではある。

「とき」

「はい」

「きわがいま申したことは事実であるか」

「事実ではありますが、肝心なところが違っております」

「と申すと？」

「わたしがお会いしたとき、弥兵衛さんはすでに御旗本家から暇《いとま》をとらされておりました。それを隠しての見合いだったのです」

「稲葉弥兵衛殿。どうだ？」

「たしかに暇をとらされたが、それは見合いの後のこと。御旗本家の用人だから見合いをして、その場でお世話になりますといっておきながら、その後、わたしが暇をとらされたものだから食言《しよくげん》して、すっとぼけてほかの男のところに嫁いだのでござる」

「いいえ、見合いをしたときは暇をとらされており、見合いはそれを隠してのことだったのです。ですから、わたしはきわさんに、騙されてのことですから破談に願いますと断って、たまたま話があった赤坂の味噌・醬油屋に嫁いだのでございます」

「要は」

と作太郎。

「稲葉弥兵衛殿が暇をとらされたのを隠していたのかどうかが決め手になるわけだ

な。そのことは御旗本殿に確かめればすぐに分かることだぞ」

　ときも弥兵衛も口を揃えるようにいう。

「どうぞ、念を入れてお確かめください」

「それもありますが」

　と弥兵衛。

「わたしは市兵衛殿から支度金の請取もとっております。それがなによりの証拠」

「さあ、その請取です」

　と市兵衛が背後から割って入る。

「暇をとらされているのを隠して……というのをときが知って、きわさんを通じて破談を申し出たあと、弥兵衛殿ときわさんの夫の谷岡豊次郎さんがやってきて、わたしを威《おど》しすかしして名前を書かせ、判をつかせて、無理遣り三両をおいていったものです。その後、三両はきわさんを通じて何度も返そうとしたのですが受け取っていただけません。三両はただいま持参しております。お役所にてお預りくださいませ」

　といって市兵衛は立ち上がり、目のくらいの位置になる高さの当番所の作太郎の膝元におく。

「おい、おい」

当惑して作太郎は紋蔵に向かっていう。

「どうすればいい？」

「預かっておきましょう。わたしが預かり証を書きます」

紋蔵は預かり証を書いて市兵衛に渡した。

作太郎は市兵衛にいう。

「威しすかしして名前を書かせ、判をつかせたというのは本当か」

「本当ですとも。なんで、嘘偽りを申しましょうや」

「嘘です。でたらめを申しておるのです」

弥兵衛が目を吊り上げ、作太郎がいう。

「威しすかしして名前を書かせ、判をつかせたとあらば謀書謀判《ぼうしょぼうはん》にもひとしい」

謀書とは証書の偽造および行使、謀判は印鑑のおなじく偽造および行使。これは大罪、引廻しの上獄門である。

「請取のことは嘘か本当か。御白洲でしっかり調べなければならぬようだ。訴状は受け付ける。追って沙汰する。今日のところは全員引き取れ」

六

稲葉弥兵衛が暇をとらされた時期については微妙だった。稲葉弥兵衛はいうところの、千二百石取り三宅主膳《みやけしゅぜん》家の仕送り用人だった。仕送り用人は台所を預かり、金を扱う。当然その仕事には多かれ少なかれ不正がつきまとう。弥兵衛も不正を働いた。使用する三宅家もそんなことは分かっていて、多少のことには目をつむっていたのだが、度を越した。辞めてもらおうということになった。ただ、弥兵衛でなければ始末がつかない借金整理の口が三口もあり、それが片づくまではと、止《や》むを得ず、三宅家はひきつづき弥兵衛を雇用していた。

市兵衛娘ときとの縁談が持ち上がったのはそんなときだった。ときは花も恥じらう十八。番茶も出花の十八。そのうえ美形ときている。弥兵衛は一目惚れした。なんとしてでもこの娘を嫁に迎えたいと思った。

旗本の用人は渡り用人という言葉があるほどで長続きしない。入れ替わりがはげしい。のべつ入れ替わっている。だが、それでも職としては安定している。まして千二百石もの旗本の仕送り用人ともなると余禄もかなりのもので、これ以上の職場はない。そのことを町人の娘といえども知っている。年の差は問題ではない。稼ぎがまああって仕事が安定しているかどうかが問題で、ときは二つ返事でお世話になりますといった。

その後、弾みで、弥兵衛はやがて暇をとらされるとときは知った。すると弥兵衛はただの尾羽《おは》打ち枯らした浪人に過ぎない。年の差も気になる。きわを通じて破談を申し入れ、かねてから縁談を持ちかけてきていた赤坂新町三丁目の味噌・醬油屋の倅嘉助に嫁いだ。弥兵衛はあきらめない。ときが嫁いだあともしつこく迫り、とうとう訴訟にまで持ち込んでしまった。

だから、時期については役所としてもなんとも断の下しようがなかった。

しかし、市兵衛がいう「威しすかしして名前を書かせ、判をつかせた」という支度金の請取は見過ごしにできなかった。市兵衛のいうとおりならおだやかではないからだ。

市兵衛によると、請取の文面は谷岡豊次郎が書いて、市兵衛は威しすかしされて署名捺印をさせられたということだった。筆跡を鑑定した。請取文面の筆跡は谷岡豊次郎のだった。

豊次郎は手跡指南である。もとより達筆だ。なにげなくすらすらと筆を走らせて代筆したということだった。文面は他人の筆跡であってもよく、それに当人が署名捺印していれば問題はない。しかしこの場合は「威しすかし」されて署名捺印したということで、そのとおりなら、謀書謀判に準じるのではないかということになった。問題を扱った吟味方与力は子細に吟味するため、谷岡豊次郎と当の稲葉弥兵衛とに入牢《じゅろう》を申しつけた。豊次郎が豊櫨堂と名づけた手習塾が開塾する三日前のことだ。

村上酒山師門流の肝煎りはあわてて代わりの師匠を豊櫨堂に送り込んだが、豊次郎がいてこその手習子の移動で、見ず知らずの師匠の豊櫨堂に目移りする手習子はいない。豊櫨堂は開塾したものの閑古鳥が鳴いた。ちなみに、小伝馬町の牢は不衛生で死人が続出していた。病み上がりの豊次郎は入牢中にあっけなく病死してしまった。豊次郎と稲葉弥兵衛が入牢を申しつけられたころだった。

「ご免」

と原田友之輔は八官屋の敷居をまたいだ。顔を合わせたことがある。

「これはようこそ」

と捨吉は迎えていった。

「いよいよお迎えですか」

友之輔は捨吉が聞いたことには答えずにいった。

「神崎清五郎殿はご在宅でござるか」

「仕事にでてます。待たれますか。それとも」

「待ちましょう」

といって友之輔は、

「いいですか」

と背後の婦人に目をやる。捨吉は聞いた。

「どなたですか？」

「清五郎殿の婚約者奥林千賀子殿です」

「ああ、あなたがそうですか。しかし、これはまたどういう取り合わせですか」

「清五郎殿が帰ってまいったらお分かりになりましょう。では、待たせていただきます」

「だったら、ここではなんです。お上がりください」

捨吉は二人を居間に迎え入れた。

「ただいま」

とやがて清五郎は仲間とともに帰ってきた。尻《しり》っ端折《ぱしょ》りして御大名の紺看板（法被）を羽織っているという絵に描いたような六尺手廻りの姿《なり》である。

「又さん、こっちへ」

「足をすいで」

裏にまわって足をすすぎ、

「何用ですか」

と捨吉に声をかけながら居間に入っていった。清五郎は首をかしげていう。

「千賀子殿と一緒とはまたどういうことだ？」

「御重役に相談したのだがなあ。御重役のおっしゃるのにこうだ」

重役はいった。

「神崎清五郎は旅先で事故死しておる。それでいいではないか。おぬしら六人で寄ってたかって突っ掛かったとしても、あいつは腕も立つし、死に物狂いだからおぬしら二人や三人は怪我をしよう。死人もでよう。それになにより、殿が襲封《しゅうほう》されたばかりというのに、江戸の近郊で派手に敵討ちなどやられたら安芸広島浅野家の名に傷がつく。清五郎はおぬしらに討たれてもいいといっていることでもあるし、それを良しとして納めてやれ。な、そうしろ」

友之輔はつづける。

「おれら六人は額を集めて話し合い、おれはいった。御重役のおっしゃるとおりかもしれぬ。御家に迷惑がかかることでもあり、神崎清五郎は旅先で事故死したことになっていることでもあり、そのままにしておこう。おぬし、青野又五郎と名乗っていたのであったな」

「さよう」

「これからは青野又五郎として、おれらとは別の世界で生きていくがいい」

清五郎は目頭を熱くしていう。

「かたじけない」

「では、これで。あ、そうそう、いい忘れたが、ここへでかける前に奥林千賀子殿に声をおかけした。同道されますかと。ぜひ、ということだったので、同道した。つもる話はおれがここを後にしてからにしてくれ。捨吉殿。世話になった。ご免」

「お送りしましょう」

表まで見送って、捨吉は居間の二人に声をかける。

「しばらくお二人で話し合っていてください。おっつけ、紋蔵さんと市川堂のお師匠さんが見えます」

捨吉は若い者二人にいった。

「おまえは南の御番所に走って紋蔵さんに、おまえは八丁堀は北紺屋町の手習塾市川堂に走って女お師匠さんに、すぐにきてくださいと伝えろ」

二人は春霞の江戸の町を東に西にと走った。

本書は二〇一四年五月に小社より単行本として刊行されました。

|著者| 佐藤雅美　1941年1月兵庫県生まれ。早大法学部卒。会社勤務を経て、'68年からフリー。'85年『大君の通貨』で第4回新田次郎賞、'94年『恵比寿屋喜兵衛手控え』で第110回直木賞をそれぞれ受賞。主な作品に『手跡指南 神山慎吾』『官僚川路聖謨の生涯』『信長』『青雲遙かに 大内俊助の生涯』『覚悟の人 小栗上野介忠順伝』『十五万両の代償 十一代将軍家斉の生涯』『千世と与一郎の関ヶ原』『戦国女人抄おんなのみち』など。他に『関所破り定次郎目籠のお練り 八州廻り桑山十兵衛』『頼みある仲の酒宴かな 縮尻鏡三郎』『侍の本分』『敵《かたき》討ちか主殺しか 物書同心居眠り紋蔵』などがある。

わけあり師《し》匠事《しようこと》の顚末《てんまつ》　物書同心《ものかきどうしん》居眠《いねむ》り紋蔵《もんぞう》

佐藤雅美《さとうまさよし》

2017年5月16日第1刷発行
2020年1月7日第2刷発行

発行者──渡瀬昌彦
発行所──株式会社　講談社
東京都文京区音羽2-12-21　〒112-8001
電話　出版（03）5395-3510
　　　販売（03）5395-5817
　　　業務（03）5395-3615

Printed in Japan

講談社文庫
定価はカバーに
表示してあります

デザイン──菊地信義
本文データ制作──講談社デジタル製作
印刷───株式会社廣済堂
製本───株式会社国宝社

ISBN978-4-06-293650-7

講談社文庫刊行の辞

二十一世紀の到来を目睫に望みながら、われわれはいま、人類史上かつて例を見ない巨大な転換期をむかえようとしている。

世界も、日本も、激動の予兆に対する期待とおののきを内に蔵して、未知の時代に歩み入ろうとしている。このときにあたり、創業の人野間清治の「ナショナル・エデュケイター」への志を現代に甦らせようと意図して、われわれはここに古今の文芸作品はいうまでもなく、ひろく人文・社会・自然の諸科学から東西の名著を網羅する、新しい綜合文庫の発刊を決意した。

激動の転換期はまた断絶の時代である。われわれは戦後二十五年間の出版文化のありかたへの深い反省をこめて、この断絶の時代にあえて人間的な持続を求めようとする。いたずらに浮薄な商業主義のあだ花を追い求めることなく、長期にわたって良書に生命をあたえようとつとめるところにしか、今後の出版文化の真の繁栄はあり得ないと信じるからである。

同時にわれわれはこの綜合文庫の刊行を通じて、人文・社会・自然の諸科学が、結局人間の学にほかならないことを立証しようと願っている。かつて知識とは、「汝自身を知る」ことにつきていた。現代社会の瑣末な情報の氾濫のなかから、力強い知識の源泉を掘り起し、技術文明のただなかに、生きた人間の姿を復活させること。それこそわれわれの切なる希求である。

われわれは権威に盲従せず、俗流に媚びることなく、渾然一体となって日本の「草の根」をかたちづくる若く新しい世代の人々に、心をこめてこの新しい綜合文庫をおくり届けたい。それは知識の泉であるとともに感受性のふるさとであり、もっとも有機的に組織され、社会に開かれた万人のための大学をめざしている。大方の支援と協力を衷心より切望してやまない。

一九七一年七月

野間省一